ICH WAR DORA SUAREZ

DEREK RAYMOND

BLACK LIZARD BÜCHER
BERLIN 1990

BLACK LIZARD BÜCHER
Verleger/Herausgeber: Frank Nowatzki
Lektorat: Angelika Müller
Übersetzung: Gabriele Kunstmann
Coverfoto: Uwe Arens
Covergestaltung: Martin Wiemann
Herstellung: Mercedesdruck, Berlin

Titel der englischen Originalausgabe:
I Was Dora Suarez

Deutsche Erstausgabe
ISBN 3-927734-05-5
Berlin 1990

Printed in Germany

BLACK LIZARD BÜCHER
Frank Nowatzki Verlag
Kurfürstenstraße 23
1000 Berlin 30

CIP-Titelaufnahme der Deutschen Bibliothek
Cook, Robin:
Ich war Dora Suarez / Derek Raymond.
- Dt. Erstausg. - Berlin: Nowatzki, 1990
Einheitssacht.: I was Dora Suarez <dt.>
(Black Lizard Bücher: british section)
ISBN 3-927734-05-5
Vw: Raymond, Derek [Pseud.] - Cook, Robin

The tragedy of help is that it never arrives

For Gisèle, Chopin, Claude and Marie-Pierre.
I could never have got through this without the four of you

1.

Von ihr gestört -- er war gerade dabei, das Mädchen fertigzumachen --, ging der Killer wortlos auf die alte Frau los, die hereingekommen war, um zu sehen, was nebenan vorging. Er packte sie, als wäre sie eine Fuhre Müll von letzter Woche, und schleuderte sie mitten in ihre Standuhr, die direkt hinter der Wohnungstür stand, dabei setzte er Kräfte ein, von denen nicht einmal er gewußt hatte, daß er sie besaß. Er sah, daß es gut funktioniert hatte: sie starb durch den Aufprall. Nach dem splitternden Krachen, das ihr Körper beim Zerschmettern der Uhr verursacht hatte -- das schreckliche, plötzliche Zerbersten, ihre Gehirnflüssigkeit spritzte in das Innere der Standuhr --, seufzte sie noch einmal und hauchte ihr Leben aus. Der Laut, als sie starb, den Kopf in der Uhr verborgen, erstickte jeden anderen Laut in der Wohnung.

Jedenfalls hörte der Killer nichts. Gut eine Minute lang stand er teilnahmslos da, wie gebannt, geistesabwesend und entstellt durch Ekstase und Erregung, ausgelöst durch die beiden Morde, die er gerade verübt hatte. Es war eine lange, öde Zeit, für die er sich entschädigen mußte; Monate, mitleidlos aneinandergereihte Tage und Nächte, angefüllt mit scheußlichen, harten Kämpfen, eisernem Training und Strafen. Es hatte Nächte gegeben, in denen er -- seine Hände hielten die schwarzen Fensterrahmen umklammert -- durch sein zerbrochenes Fenster in die Nacht von College Hill hinaus gejammert und geschrien hatte, dabei hatte er sich gefragt, ob er jemals wieder in Aktion treten werde.

Was sein zweites Opfer an diesem Abend betrifft: Betty Carstairs war sechsundachtzig, und so starb sie in jener Nacht. Sie hatte sich niemals wirklich gefragt, ob sich ihr langes und mühsames Leben gelohnt, ob es tatsächlich überhaupt irgendeinen Sinn gehabt hatte. Aber sie hatte zumindest angenommen, daß sie ein Recht auf ihren eigenen Körper hatte, ihn hingeben oder verweigern konnte, solange er noch ansehnlich war, und daß sie weiter in ihm leben durfte, sogar als er es nicht mehr war. Sie hatte zwei Kriege miterlebt, in beiden hatte sie den Verlust ihr nahestehender Menschen akzeptieren müssen, das bringen Kriege eben so mit sich. Sie hatte weniger Angst vor den Bombardements gehabt als vor dem Nachdenken darüber, warum so viele jener Menschen, die ihre persönliche Welt bildeten, offenbar willkürlich umkommen sollten und warum sie sich jedesmal Geduld abverlangen sollte -- und sie auch aufbrachte --, wenn ihr Mann, der schon seit langem tot war, in ihren Körper eingedrungen war -- denn sie war Schottin und niemals besonders scharfsinnig gewesen. Nur Spaziergänge hatten ihr wirklich Freude bereitet. Und dann, als sie schließlich ernsthaft herzkrank geworden war und wußte, daß sie am Ende war, fragte sie sich, wenn sie mal keine Schmerzen hatte, verwundert, warum sie sich so ängstlich und allein fühlen mußte.

Nun, jetzt war sie ermordet worden, in ihrer eigenen Uhr, das war's dann wohl. Das war das erbärmliche und traurige Ende von Betty Carstairs. Später, nach der Autopsie, wurde sie den Dieselflammen eines Londoner Krematoriums übergeben, ein geschnitzter Engel, der einen Augenblick durchs Feuer ging, preisgünstig arrangiert durch ihren Großneffen Valerian, der ein paar Beziehungen hatte und der mit einem Kumpel durch die Wohnung gegangen war, direkt nachdem wir fertig waren. Dabei hatte er nur solche Sachen aufgelesen, die er in zwei ihrer Koffer nach Chelsea schaffen konnte. Fortschritte bei den Ermittlungen waren ihm scheißegal.

Hier war also einer dieser vielversprechenden Burschen, die glauben, von allem eine Ahnung zu haben. Er ahnte aber nicht, daß ich ihn später mal ins Gefängnis bringen würde, indem ich ihm einen anderen Fall in die Schuhe schob, was ihm dann zwei Jahre einbrachte. Irgendwie mochte ich Valerian nicht. Warum, war mir scheißegal.

*

Jedenfalls war *das* Bettys Ende in unserer Welt.

Als er wieder zu sich kam, sah der Killer geistesabwesend zur Uhr; sie war für ihn bedeutungslos. Er atmete schwer, war angespannt, bereit zu weiteren Taten, und es war enttäuschend und beunruhigte ihn, daß es in der Wohnung jetzt so still war. Er fuhr mit dem Handrücken über seine Lippen; überzogen mit einer Kruste aus Anstrengung und Begierde, öffneten sie sich klebrig. Sie öffneten sich lustvoll, nur wußte er das nicht.

Die Vorderseite der Standuhr zeigte eine Ansicht der Themse, Windsor Castle im Hintergrund; der Fluß sah aus, wie er 1810 ausgesehen haben mußte. Es war eine einfache Uhr. Sie war nie wertvoll gewesen, jetzt war sie nur noch ein Trümmerhaufen. Ganz gleich, aus welchem Grunde sie hier auch gestanden, welches Können auch ihre Herstellung verlangt haben mochte -- die römischen Ziffern auf dem weißen Emaillezifferblatt, die Flußszene --, jetzt war all das zerstört. Ohne das staubige Glas, das der Killer zerschmettert hatte, war jedes Detail jenes kleinen Ruderbootes ziemlich deutlich zu sehen, das auf ein separates Kupferstück gemalt und dann mit dem Antriebsrad des Sekundenzeigers verzahnt worden war, mit dem es sich drehte. Die drei Zeiger der Uhr -- Stunden- Minuten- und Sekundenzeiger --, das winzige Boot und die beiden Menschen darin, das alles war so angefertigt worden, daß es das Verstreichen der Zeit so anzeigte, wie es zu jener Zeit erfahren wurde -- langsam und unabänderlich. Aber jetzt war auch das vorbei -- der Zeiger war von der Welle abgebrochen, der dünne Stahl aus der Halterung gerissen.

Doch die Zeit, die immer streng konstruiert und formal über das Zifferblatt geschritten war, hatte sich, obwohl sie jetzt aufgehalten wurde, nicht wirklich verändert; denn das gemalte Ruderboot, eins von denen, die sie auf der Themse *Perfect* nannten, war immer noch da, ruhte weit hinten auf dem Fluß, der dem Wechsel der Gezeiten unterworfen war. Dieses schaukelnde Spielzeug beförderte ein Miniaturpaar aus vergangenen Zeiten über das Zifferblatt, einen Jungen und ein Mädchen. Beide saßen dort, einander bis in alle Ewigkeit anblickend, jeweils einen nackten Arm über ein Ruder gelegt. Ein Liebespaar, das sich mit so inniger Liebe in die Augen sah, die auch durch hundertundachtzig Jahre nicht verwischt werden konnte. Allerdings waren die abblätternden Gesichter nicht mehr ganz klar zu erkennen -- entweder weil der kleine Pinsel sie nicht ganz eingefangen hatte oder weil die Sonne unterging oder weil der Maßstab zu klein war --, jedenfalls konnte man die Umrisse der Liebenden nur teilweise wahrnehmen. Aber die bewegungslosen Ruderblätter wurden immer noch in die weißen, schnörkeligen Wellen getaucht, das Boot lag in der langsamen Flußströmung -- und wenn die Uhr wieder hätte in Gang gesetzt werden können, dann hätte das Boot seine träumende Fracht zum Ticken der Uhr wieder befördert, sie im Takt des Pendels hin- und hergewiegt. Doch das war jetzt für immer vorbei. Denn die Kraft des Killers war so gewaltig gewesen, daß Betty Carstairs Kopf durch die Tür der Uhr geschossen war und sie in zwei Teile zertrümmert hatte, und das ließ sich nicht mehr rückgängig machen.

Dann, nach einer scheinbar langen Pause, löste sich plötzlich das Gewicht der Uhr und fiel auf Betty Carstairs Kopf. Als Reaktion darauf strebte das ganze Gehäuse der Uhr bedenklich nach außen, und das spitz zulaufende Oberteil glitt langsam aus den Fugen und krachte auf Betty Carstairs Beine, so daß sie, nachdem dieser neuerliche Krach vorüber war, für immer auf einer Seite lag, begraben unter Holz und Glas. Auch rundherum hatte es eine große Schweinerei gegeben. Da waren zum Beispiel die Scherben ihres Nachtgeschirrs, das sie gerade zum Badezimmer getragen hatte, als sie im anderen Zimmer den Krach gehört und hineingesehen hatte, er hatte es ihr in dem Augenblick aus der Hand geschlagen, als er sie tötete. Und dann der Gestank. Er hielt sich die Nase zu. Denn wenn es etwas gab, was der Killer verabscheute, dann war es der Geruch der Pisse anderer Leute.

Außerdem war da ihr Blut. Alles, was er getan hatte, löste sich in widerwärtige, kleine Details auf: zum Beispiel hatte sie in ihrer letzten Zukkung ihre obere Zahnprothese halb durch die Lippen gespuckt, was ihr das Lächeln einer Verrückten verlieh, die ein schlechtes Theaterstück kritisiert.

Jetzt hielt sich der Killer die Hände vor den Mund. Es war kalt in der Wohnung, und er blies kräftig gegen seine Finger. In einem vergoldeten Spiegel betrachtete er seine Lippen, für die er eine Leidenschaft hatte, und er war hocherfreut zu sehen, daß sie genauso voll und rot waren wie immer, darauf vorbereitet, jede Frau anzuziehen. Nur mit seinen Händen war er unzufrieden. Trotz der Handschuhe, die er für einen Augenblick auszog, waren die Handflächen von dem Abflußrohr der Regenrinne gezeichnet, das er erklommen hatte. Sie waren trocken und rostfarben, und das paßte nicht zusammen. Schnell zog er wieder die Handschuhe an: »Es ist verdammt kalt hier!« kreischte er. »In diesen beschissenen Barrakken gibt's die verdammte Heizung wohl nur zum Spaß.« Er zeigte mit einem einzelnen Finger nach oben und drohte dem Raum, als hätte dieser Anstalten gemacht, sich zu wehren. Aber das sekundenlange Vergnügen, das er empfunden hatte, als er sich um die Alte *gekümmmert* hatte, war schon vorüber: sie war abgemeldet, und wer würde auch nur eine verschissene grüne Banane gegen sie eintauschen? Die alte Vettel hatte den Fehler begangen, ihre dämliche Nase ins Wohnzimmer zu stecken, um zu sehen, was der Lärm sollte, als er das Mädchen fertigmachte. Sonst hätte er nicht mal gewußt, daß sie überhaupt existierte. Aber sie hatte zuviel gesehen. Es war logisch. Er konnte es sich nicht leisten, Grannie am Leben zu lassen, und außerdem haßte er es, unterbrochen zu werden, wenn er sich ganz seiner Arbeit widmete, das hatte noch dazu beigetragen, daß die alte Kuh abtreten mußte.

»Es wird Zeit, daß du dich aus dem Staub machst«, sagte er laut. Seine Stimme prallte wie ein Schrei von der Wand zurück.

Doch da wir schon mal vom Schreien reden, das Mädchen hatte sich fast die Seele aus dem Leib geschrien, diese dumme, kleine Nutte -- aber schließlich hatte sie immer übertrieben, egal, worum es ging, erinnerte er sich --, und es war gut, sie los zu sein. Aber er begann sich wirklich zu fragen, ob er die gegenwärtige Situation in den Griff bekommen würde. Er wußte, daß er sich irgendwie reinigen mußte, um sauber rauszukommen. Aber obwohl er wußte, was 'rauskommen' hieß, wußte er nicht, was 'sauber' bedeutete, so daß er einen Augenblick vor einer Art Problem stand. Er hatte keine Vorstellung von dem Begriff 'Schuld'. Er gehorchte nur seiner Kraft, den Eingebungen. Er konnte diese Eingebungen nicht in Worte fassen, sondern setzte sich fast automatisch in Bewegung, wenn die Eingebungen es ihm befahlen. Und es war diese Unberechenbarkeit, die ihn so gefährlich machte. Geräuschlos drehte er sich auf superdünnen Sohlen um; für den Job hatte er ein leichtes Paar brandneuer Wettkampfschuhe angezogen. Wenn er irgendwie an Frauen dachte, versetzte ihn das sofort in einen vitalen, fast krankhaften Zustand und erfüllte ihn mit dem dringenden Wunsch, sich selbst durch Wichsen zu bestrafen. Prüfend schlug er gegen seinen Schwanz, der noch vom letzten Mal schmerzte. Vor kurzem hatte er ihn während des Trainings raffinierter verletzt, weil er nicht wollte, daß dieser freche (weil offensichtlich von ihm unabhängige) und aufgeblasene Teil von ihm ihn bei der Arbeit störte; mit der Zeit würde er ihn langsam ermorden. Aber so wie er jetzt auftauchte (so wie ein Bulle beim Verhör *auftauchte*), bedeutete es, daß das Ding bald wieder ziemlich lang sein würde und daß es wie immer zur Rechenschaft gezogen werden mußte. Er berührte es, fühlte, daß es blutete, und überließ es vorübergehend sich selbst, indem er es zurück in seine Sporthose steckte. Dann ging er ins Zimmer zurück, wo die Leiche des Mädchens lag.

Er lehnte sich gegen den Türpfosten, sein schwarzes Haar bildete einen intensiven Kontrast zur leblosen, gelben Wand. Von dort aus musterte er seine Hauptarbeit, warf nur einen schnellen Blick in den Spiegel, um seine Augen zu bewundern, in denen sich die gestillte Gier widerspiegelte. Er mußte zugeben, daß sie -- als er sich dem feierlichen, absurden Ritual, sich selbst zu fragen, ob es wahr sei, unterzogen hatte -- ziemlich schrecklich aussahen. Niemals erkannte er die Wahrheit über seine Augen, denn er war es gewohnt zu glauben, daß ihr beherrschendes Starren einzigartig sei; doch tatsächlich waren sie überhaupt nicht so, wie er sie sich vorstellte. Sie waren weit davon entfernt. Waren überhaupt nicht anziehend, sondern fielen anderen als Augen auf, die Jahrhunderte zuvor gewaltsam vernichtet worden waren, und außerdem hatten sie eine Art Überzug, der ihnen den ausdruckslosen Blick verlieh, den man in den Augen von Toten sieht.

Während er auf das hinunterschaute, was er angerichtet hatte, flüsterte er: »Du hättest etwas ordentlicher sein können, Kumpel -- wirklich viel ordentlicher.«

Natürlich war niemand da, um ihm zu antworten, und es war wieder keine Frage, daß er recht hatte.

Wohlgemerkt, das Zimmer hatte schlimm genug ausgesehen, schon bevor er dort gewütet hatte. Der hohe, eisige, alte Raum, in dem er stand, war durch Vernachlässigung und die verlorenen Kämpfe seiner Bewohner zu dem verkommen, was er jetzt war: ein verfallenes, dreckiges Relikt schimmelnden Putzes, mit Tapeten, die durch die Feuchtigkeit zu Boden rutschten -- tatsächlich war es dort so kalt und feucht, daß der Atem des Killers als Nebel auftauchte und bewegungslos in der feindseligen Luft hing, bis er schließlich langsam von ihm weg zur Wand waberte, so wie schlechte Witze aus dem Mund einer Comic-Figur kommen. Zwei schmuddelige Betten, auf denen Teller mit Resten von Mahlzeiten lagen, standen in fünfzig Zentimeter Entfernung voneinander, jeweils bedeckt mit indischen Steppdecken aus rotem Gobelinstoff, der mit kleinen aufgenähten Glasperlen verziert war, und in der Lücke zwischen diesen Betten, auf einem schmierigen Teppich, hatte er Suarez niedergestreckt. Dort lag sie, die linke Seite ihres Kopfes war halb abgetrennt, und ihre linke Brust, exakt vom Brustkorb geschnitten, war vorn aus dem tief ausgeschnittenen Kleid gerutscht und lag nicht weit von ihr entfernt, teilweise in ihrem Blut, teilweise im BH.

»Yeah, das *war* wirklich Scheiße, nicht wahr?« schrie der Killer. »Ein richtig tolles Abschlachten! Das hättest du besser machen können, mein Freund -- unglaublich viel besser, nicht wahr, du Scheißamateur?«

Ja, das hätte er natürlich, doch er war total ausgeflippt, als sie eine Hand ausgestreckt hatte, um mit ihm zu reden. Sie begann zu sagen: »Ich liebe dich trotzdem.« Aber nur die Erwähnung des Wortes in Verbindung mit seinem Vorhaben machte ihn krank, so daß er ungeduldig die Schneide der Axt in die Schulter des Armes geschlagen hatte, der sich ihm entgegengestreckt hatte. Wie ein Musikliebhaber verfolgte er hingebungsvoll den Klang des sauberen Stahls, als dieser den feuchten, roten Knochen spaltete. Aber die Wunde hatte sie natürlich schreien und jammern lassen, so daß es für ihn schwieriger geworden war, sie in die Position zu bringen, in der er sie bei seinem Hauptschlag haben wollte -- und außerdem blutete es zu früh, während er sich wie jeder Liebhaber Zeit lassen und langsam den Höhepunkt erreichen wollte. Aber, verdammt noch mal, warum sollte er sich andererseits das anhören, was sie zu sagen hatte, wenn er nur Erleichterung von seiner rasenden Erregung suchte, den reinen Duft ihres Blutes in seiner Nase wahrnehmen wollte, sein Gesicht, seinen Mund, seinen Schwanz in sie stoßen wollte?

Und darum, übererregt durch ihre Angst und ihre mitleidsvollen Versuche, ihm auszuweichen, ließ er die kurze, solide Feuerwehraxt, die er in der vor Wut und Erregung schwitzenden Hand hielt, auf sie niedersausen, gab aber dem Mädchen den Bruchteil einer Sekunde, den die Klinge bis zu ihr brauchte, Zeit, sich zu drehen -- und obwohl sein Trick fehlschlug, schien er sich zu beruhigen. Mit einem leichten Lächeln sagte er zu ihr (indem er den Akzent der Midlands imitierte, weil er sich an eine Gelegenheit in Nottingham erinnerte, wo das sehr gut geklappt hatte): »Laß uns ganz ruhig sein, wollen wir uns nicht beruhigen?« Wie ein Pferdeknecht, der sich einer aufgeregten, jungen Stute besänftigend nähert, versuchte er, sie zu beruhigen, indem er zerstreut und freundlich vor sich hin murmelte. Doch sie wollte die Axt nicht akzeptieren, als er sie ihr wieder zeigte, sie ihrem weißen Nacken rituell präsentierte -- so daß er sie am Ende mit einem seiner weitausholenden, schnellen Hiebe erledigen mußte. Die dumme, kleine Nutte versuchte immer noch, ihm zu entkommen, obwohl es nichts mehr gab, wohin sie ausweichen konnte. Sie erzählte ihm wieder und wieder, daß sie ihren Frieden mit der Welt gemacht habe, was ihn herrlich in Wut versetzte -- durch die Panik, in die er sie versetzt hatte, erreichte er, daß sie über den Läufer zwischen den beiden Betten stolperte, und das gab einen erstklassigen Kampfplatz ab, denn sie fiel dort mit einem dumpfen Knall zu Boden. Aber etwas später, als sie es schließlich geschafft hatte, sich wieder aufzurichten, hatte sie ihren dummen, kleinen Kopf in einer für ihn vollkommen falschen Stellung, so daß er irgendwie zu verwirrt war, um ihr den Kopf sauber abzuschlagen, ihn einzupacken und zu verschwinden. Und jetzt sieh dir dieses verdammte Zimmer an, eine Sauerei, Scheiße! Weder das Blut, das überall war, noch der Gestank ihrer Eingeweide in dem eiskalten Raum regten ihn so auf wie die Schweinerei, die er mit ihr veranstaltet hatte. Sie war traurig anzusehen. Die verschiedenen Teile von ihr, die überall herumlagen, hinterließen in ihm ein Gefühl der Leere, am liebsten hätte er die ganze Szene gestrichen und noch einmal von vorn angefangen.

Natürlich würde er sich dafür bestrafen -- doch in der Zwischenzeit, *whow*!

Am Ende machte er sich über sie her, doch dabei biß er sich fast die Oberlippe ab. Der Schmerz, den er empfand, der Zustand, in dem er war, machte es ihm nicht leicht. Trotzdem, als er in College Hill die Tür hinter sich zugeknallt und seine Tasche auf die Schulter gehievt hatte, dann die South Circular Road entlanggehastet war, war er ziemlich sicher gewesen, daß er es schaffen würde, sie zum Schluß richtig kriegen würde. Ja, natürlich, es war schmerzhaft für ihn zu kommen, aber blick nur hinunter, dann siehst du, daß es geklappt hat! Es war verdammt hart gewesen, und er hatte sich weit über sie beugen und das Fleisch wegreißen müssen, aber als die Erleichterung kam, konnte man im wahrsten Sinne des Wortes sehen, wo er sie bespritzt hatte. Mein Gott, welche Potenz er immer noch hatte!

Und dann, als er sie zum ersten Mal angegriffen hatte, als seine Axt einfach so in ihren rechten Arm fuhr, fast wie zufällig -- und sie hatte geschrien und geblutet, wich ihm aus wie eine kleine Braut, während sie sich an ihre klaffende Wunde klammerte, die ihn schon erregt hatte und wie ein Schwein quiecken ließ --, und dann tanzten die beiden fast wie Liebende geschwind herum, vor und zurück, prallten gegen Möbel und andere Sachen. Er war einfach gehobener Stimmung, so daß er wieder zu ihr auf den Boden kriechen und noch einmal ihr Blut lecken mußte, dann starrte er in ihre Wunden, die er sanft mit den Fingern öffnete, um zu sehen, wo sein Sperma geblieben war und wie er und sie sich vereinigt hatten, dabei flüsterte er ihr Liebesworte zu, denn sie lebte noch. Dann, als er endlich genug hatte, zog er sie zu sich herauf, ihr blutendes Gesicht an seins und erzählte ihr: »Ich bin jetzt fertig, Dora, das war's, Liebling.« Und er schnitt ihr mit der falschen, stumpfen Seite der Axt die Kehle durch, während sie sich an ihren verstümmelten Arm klammerte wie ein schlechter Schwimmer an den Rand des Pools, und dabei starrte er auf die Spermaflecken auf ihrem neuen Kleid. Dann, nachdem sie gestorben war, enthauptete er sie träge, aber da sie nicht mehr reagieren konnte, langweilte ihn das Spiel ziemlich. Doch bald erwachte sein distanziertes Interesse: machten diese Leute nicht außergewöhnliche Geräusche, wenn man es richtig anpackte? Mein Gott, ja, das war noch etwas aus seinen Erinnerungen -- heute nacht hatte er wirklich gesiegt! Es war mehr ein gurgelndes Quäken als ein wirklicher Schrei, was sie von sich gaben; und dann gab es einen leisen Laut, der wie ein Keuchen klang, als sich der

Hals in lächelnde, triefende Lippen verwandelte. Das Geräusch klang so, als hätte sein Vater ein Huhn geköpft, nur viel lauter.

Jetzt wich er zentimeterweise und einer Ratte nicht unähnlich -- unerschrocken, aber vorsichtig -- zu der Stelle am Fenster zurück, wo er seine Schultertasche liegengelassen hatte, und dort lauschte er, aber in den Wohnungen war kein Laut zu hören. Als er aus seiner alten Adidas-Tasche einen Fetzen Stoff zog und begann, seine Axt abzuwischen, achtete er darauf, sich nicht zu schneiden. Mein Gott, war die scharf! Die Stille in den Wohnungen überraschte ihn überhaupt nicht, denn sie lagen in einem erstklassigen Wohngebiet, wo die großen Immobilienfirmen wirklich nur sehr wenige Häuser vergessen hatten und wo sie den Alten und Reichen etwas boten, denen es egal war, welche Mieten und Abgaben sie zu zahlen hatten, solange sie dafür nicht von Arbeitslosen, ethnischen Minderheiten, Behinderten oder ähnlich störenden Personen belästigt wurden. Da die Bewohner von Empire Gate von unangenehmen Dingen nichts wissen wollten, konnte sich der Killer tatsächlich mehr oder weniger wie zu Hause benehmen. Genau wie *Axel's servants* lebte *The Times* von diesen Bewohnern, und die sklavische Notwendigkeit, Zeitungen an sie verkaufen zu müssen, die jenseits ihrer intellektuellen und sonstigen Ambitionen lagen, bedeutete, daß die wirklich dreckige Wäsche nur auf irgendeinem Hinterhof oder sonstwo landete, wo all diese widerlichen Dinge auch hingehörten. Denn Empire Gate war eine Adresse für tatterige, alte Millionäre, deren Brieftaschen zu den Säulengängen und Fassaden ihrer Häuser paßten. Darum war das ganze Viertel schon am frühen Abend wie ausgestorben, und es waren keine Taxis zu haben, außer für gewisse Treffen, die in den japanischen und arabischen Hotels stattfanden, deren Türsteher die Wagen für ein Trinkgeld riefen. Die Wohnung, in der der Killer jetzt war, war von Betty und Billy Carstairs für neunundneunzig Jahre gemietet worden, als sie während der risikoreichen Tage des Jahres 1940 geheiratet hatten (zu Zeiten, als vernünftige Menschen, so wie es sie jetzt wieder in dieser Straße gab, nirgends zu finden waren, weil sie vor deutschen Bomben Angst hatten und 'mit Bedauern nach Kanada gezogen' waren, wie die Formulierung damals lautete, bis die armen, dummen Bastarde, die geblieben waren, die Kohlen aus dem Feuer geholt hatten). Betty Carstairs Wohnung war deshalb die einzige in dem Block, die die Sanierer wegen der langjährigen Vermietung gezwungenermaßen hatten auslassen müssen. Außerdem lag sie eingepfercht zwischen den Botschaften zweier verrückter Länder, deren Revolutionen mit den Abendzeitungen kamen und gingen -- aber wer kümmerte sich schon darum? Es gab ja die gute, alte britische Polizei, nicht wahr? Und die kostet genug!

In der Zwischenzeit stand der Killer frierend in der Wohnung, seine Gegenwart wurde von den Bewohnern nicht wahrgenommen -- was für ein Glück für ihren Schlaf, der von Träumen von der konservativen Partei, erpresserischen Ex-Schwiegertöchtern und ähnlichem geplagt wurde. Dank seiner jüngsten Aktivitäten fühlte er sich zum Platzen voll, endlich mal ein hungriger Mann mit einem vollen Bauch mitten in diesem Haufen selbstsüchtiger, alter Leute am Ende ihres Lebens, in dem sie nie etwas anderes getan hatten, als ihr Geld zu investieren und den Kopf einzuziehen. Er kannte diese Sorte Leute, denn er hatte sie mehrere Wochen lang von dem verwilderten Garten aus beobachtet und konnte sich den Aufschrei vorstellen, der durch ihre Reihen gehen würde, wenn dies hier entdeckt werden würde. Und zweifellos würde es bald entdeckt werden -- denn es war regnerisch und ziemlich warm, und ungenügend präparierte Leichen machten auf ihre Verwesung in Kensington ganz sicher genauso schnell aufmerksam wie in College Hill.

Der Killer wußte, daß er jetzt besser verschwinden sollte, aber er brachte es nicht fertig, sofort zu gehen. Wie hätte er es ertragen können, einem wahren Fest an frischem Blut wie diesem hier so nachlässig den Rücken zuzuwenden, als würde er einfach ein Bier ablehnen? In seinen Augen besaß diese Szene -- ihre Fleischfetzen, ihr Blut überall -- alle Attribute einer Hochzeit. Soeben hatte man sie gefeiert. Er, der Bräutigam, hatte gerade rituell ihr Blut getrunken, war darin herumgetrampelt und hatte auf Stücke ihres warmen Fleisches onaniert, sie so endlich besessen. Nein, es war keine Frage, er konnte seine Braut nicht einfach so zurücklassen -- das wäre eine Beleidigung gewesen! Hinzu kam, daß die Zwangsvorstellung von einer Hochzeit auf ihn wirkte wie fließendes Wasser auf einen vor Durst sterbenden Mann -- schließlich alles perfekt zu machen bildete einen wichtigen Teil seines Nervenkitzels. Jetzt, nach den Monaten der Vorhölle in College Hill, die er wie eine aus dem Verkehr gezogene Fledermaus, die sich im Winterschlaf mit dem Kopf nach unten an einen Balken klammert, verbracht hatte, war er wieder aktiv geworden. Als er sich in der Wohnung umsah, das Blut sah, die Leichen der beiden Frauen, ja, da fühlte er sich wie ein verheirateter Mann, wie das Oberhaupt einer Familie, das von den Frauen richtig versorgt worden war, reichlich gegessen und getrunken hatte, gut bedient worden war und jetzt eine Zigarette genoß, während man auf den Kaffee wartete. Worauf er jetzt wirklich Appetit hatte, war eine Tasse Schokolade mit Sahne. Wie andere Mehrfachmörder auch setzte er die negative Sprache des Todes einfach in ein Verlangen nach Nahrung um. Der Abend war beinahe ein Meisterstück, so daß er sich zum Schluß wirklich wie der kräftige, ausgepumpte, junge Liebhaber fühlte -- für den er sich halten mußte --, der vorsichtig aus dem Bett steigt, um den Kühlschrank zu plündern, während die Frau schläft. Nicht einen Augenblick glaubte er, daß er erwischt werden könnte, und er hätte jede Belehrung oder Bestrafung für seine abendlichen Taten so verächtlich abgelehnt wie ein Mann, dem man wegen eines Ficks mit einer Gefängnisstrafe drohen würde.

Natürlich gab es da eklatante Unterschiede.

Alles wäre gut gewesen (wirklich herrlich, sagte er sich), wenn er bei dem Mädchen nur nicht alles durcheinandergebracht hätte. Natürlich machte er sich nicht über das Mädchen selbst Gedanken (sie gehörte ihm), sondern über etwas mehr Verworrenes. Irgendwie war der Abend schiefgelaufen. Er war nicht hundertprozentig befriedigt, und seiner Meinung nach war das die Schuld des Mädchens: es lag an ihrer dummen Halsstarrigkeit, an ihrem Versuch, ihn davon abzubringen, das zu tun, was er mit ihr machen mußte. Denn der Killer war wirklich wie der schlimmste Soldat, den jede Armee fürchtet: er empfing Befehle von oben, egal, woher, die buchstabengetreu ausgeführt werden mußten. Er hatte dem niemals entrinnen können. Er hatte nicht die Fähigkeit zur Analyse (er glaubte, daß er seinen Begierden gehorchte, wenn er das Mädchen umbrachte, denn er war wirklich ein As der Torheit, dieser mordende Narr). Jedenfalls, irgendein Hirn hatte er. Das mußte er, denn natürlich war er eine Einmannarmee. Er war der Stratege im Hauptquartier -- aber er war genauso der Mann im Schützengraben mit der Granate und dem Gewehr. Der Killer glich einem verrückt gewordenen Angestellten, der eine Waffe hatte, deren Handhabung er durch einen schrecklichen Zufall erlernt hatte. Indem er sie benutzte, fühlte er sich nützlich, irgendwie half es ihm, seine einzigartigen, kleinen Erschütterungen loszuwerden, so daß er spätabends in sein kaltes, kleines Zuhause zurückkehren konnte -- nachdem er eiskalt und logisch dem Plan gehorcht hatte, den er von irgendwoher erhalten hatte. Zuhause rieb er sich die Hände und lächelte seine Frau mit einer Wärme an, die er aus der Freude über die großartige Ordnung zog, die in seinen Akten herrschte, was nur anderen absurd vorkam. Die Bedürfnisse anderer bedeuteten solchen Leuten nichts. Für solche Menschen ist nur eins wichtig: der von oben vorgelegte Plan muß, egal, welchen Inhalt er hat, buchstabengetreu ausgeführt werden, egal, was es kostet. Das ist der einzige Orgasmus, den so ein Mensch jemals erleben wird. Denn jeder autoritative Plan sichert die Existenz derjenigen, die keinen haben, darum lieben und kämpfen so viele. Wenn man das ausführt, was einem gesagt wird, verschafft einem das heutzutage sogar einen Scheck am Ende des Monats. Killer oder Angestellter -- wenn man tot geboren wird, ist das Leben sowieso nichts wert. Diese unglücklichen Menschen (Killer, Angestellte, irgendwie gestörte Leute) wären lächerlich, wenn sie nicht so viel Schaden anrichten würden. Und weil wir über sie lachen, weil wir den Fernseher ausstellen, wann immer sie dort erscheinen, und so weiter, richten sie Schaden aus Verzweiflung an. Eine Verzweiflung, die sie sich nicht eingestehen können.

Der Killer war gedanklich jetzt an einem Punkt in seinem Innern angelangt -- blickte auf den blutbesudelten Boden hinunter, auf die Leiche des Mädchens --, wo ihn sein Selbstverständnis (auf das er ungeheuer stolz war) irgendwie beunruhigte. Er fühlte, daß irgend etwas in ihm seine Aufmerksamkeit auf die falsche Seite der Stahltür lenken wollte -- ein Wesen, das hungerte, ausgeschlossen und ignoriert wurde. Natürlich war er es selbst, aber er hatte nicht die Fähigkeit, das zu erkennen. Er hatte immer ernsthafte Probleme mit sich auf praktisch jedem Niveau gehabt und würde sie auch weiterhin haben, denn er war nicht in der Lage, irgendein Problem als solches zu identifizieren. Er erkannte ein Problem nicht als Problem, genau wie die Bewohner einer Irrenanstalt, die aus diesem Grund in der Anstalt sind. Sie selbst sind das Problem, und es ist für sie zu groß, um es zu lösen -- diese Sucht, diese undefinierbare Traurigkeit, der plötzliche Verlust der Gefühle oder der wilde Wunsch, zu töten oder die Nase eines anderen abzureißen oder in einen überfüllten Zug zu scheißen. Nun, wenn man keine Ahnung hat, was ein Problem ist, dann ist es äußerst unwahrscheinlich, daß man es lösen kann. In diesem Fall zeigte der Killer das klassische Syndrom der Langeweile: er klammerte sich buchstäblich an das Leben, indem er sich nicht an sein Leben erinnerte -- oder besser, indem er sich genau an die Gegenwart und überhaupt nicht an die Vergangenheit erinnerte. Das bot ihm, aber nur ihm, die Illusion des Lebens. Jeder, der herausfand, daß es in Wahrheit nichts weiter als eine Illusion war, mußte verschwinden, und das war der Moment, in dem der Reißverschluß der Sporttasche aufgezogen wurde. Der einzige Weg, wie er diese Lücke füllen und überhaupt existieren konnte, war sein genaues Gegenwartsgedächtnis und die fehlenden Erinnerungen an die Vergangenheit, was ihm die Illusion des Lebens vermittelte, während er geistesabwesend litt und Leid verursachte. Jedenfalls gab es keine Möglichkeit, daß er sich änderte, und schon gar nicht, daß sich sein Zustand irgendwie besserte -- denn wie kann jemand hoffen, aus einer Situation befreit zu werden, die er überhaupt nicht versteht?

Langweiler und Killer sind fast das gleiche. Langeweile und Verzweiflung erklären die meisten Morde. Killer töten, weil sie zu viel Energie dafür aufwenden, auf eine Art und Weise höflich zu sein, wie es normale Menschen niemals sind. Die meisten Killer sind bürgerlicher Herkunft, oder noch schlimmer, wurden im Arbeitermilieu gezwungen, bürgerliche Verhaltensweisen nachzuahmen. Während meiner ganzen Zeit im A14 habe ich nicht einen einzigen anregenden Killer getroffen, und wenn man dort keinen trifft, dann bezweifle ich stark, daß man irgendwo sonst einen trifft.

Dieser Killer hatte sehr, sehr ernste sexuelle Probleme, deren Ursprung er natürlich nicht kannte, da er nicht in der Lage war, sie zu analysieren. Ein Teil seiner Schwierigkeiten äußerte sich (wenn es dabei nur geblieben wäre!) in dem abgrundtiefen, doch unbewußten Haß, den er gegen das Körperteil hegte, über das er, obwohl es mit ihm verbunden war, keine Kontrolle hatte: seinen Schwanz. Aus diesem Grund hatte er schon in sehr jungen Jahren angefangen, ihn zu bestrafen -- tatsächlich seit er beim ersten Mal, als er von einer Frau herausgefordert wurde, versagt hatte. Er hatte ihn wie ein platter Reifen im Stich gelassen, als er ihn zum erstenmal mit fünfzehn ausprobiert hatte, in diesem ersten, gefürchteten

Augenblick im Leben eines jungen Mannes, als, durch die hartnäckige und völlige Weigerung hochzukommen, ihm ein Teil seines Körpers bewies, daß er nicht das überlegene Wesen war, für das er sich immer gehalten hatte. Ganz im Gegenteil: dieser schlaffe, aber lebendige kleine Teil von ihm baumelte mit einer negativen, doch kontrollierenden Überheblichkeit gegenüber der Situation schlaff gegen seine Oberschenkel -- so wie es seitdem immer gewesen war --, zwinkerte ihm mehr oder weniger hinterhältig zu und forderte ihn heraus, etwas dagegen zu unternehmen. Schließlich hatte er ihm so einen kräftigen Schlag versetzt, daß er vor Schmerzen schrie und das Mädchen vor dem negativen Glanz seiner Impotenz floh, darum war das erste Strafblut, das er vergossen hatte, sein eigenes gewesen. Das Wesen, das er schon zu besitzen glaubte, eilte vernünftigerweise aus dem Zimmer und aus jenem billigen Hotel in der Caledonian Road.

Er machte einen Fehler und weinte mit dem nächsten Mädchen, nachdem er, psychisch wie betäubt, fast ein Jahr gewartet hatte. May war fett und trug eine Brille, deren Gläser ständig beschlagen waren -- ihre sehr wenigen Freunde nannten sie Preshy, ihre vielen Feinde Fleshy, seit sie als Klatschmaul bekannt war und schon eine ordentliche Tracht Prügel bezogen hatte, weil sie über die falschen Leute hergezogen war. Ihr neuer Fehler bestand darin, etwas mit diesem Sportsfreund anzufangen, denn trotz seines guten Aussehens wollte ihn sonst niemand, und außerdem war sie scharf auf einen Fick. Doch nach und nach bemerkte sie, daß dieses gute Aussehen bei näherer Betrachtung irgendwie verschwand, außerdem mußte sie bald mit anderen Problemen fertig werden, zum Beispiel mit seinen plötzlichen Wutausbrüchen, die sie in dieser Form noch nie erlebt hatte. Ihr eigenes Problem bestand darin, daß sie hinterhältig war und Ärger provozierte und sich dann zurücklehnte und ihn genoß. Sie war zu dumm, um jemals zu erkennen, daß er sich in den Kneipen, in die sie gingen, nur deshalb ruhig und gesittet benahm, weil er zu verstehen versuchte, was normales Benehmen bedeutete, indem er -- aus dem gleichen Grund und mit der gleichen Intensität -- wie ein schlechter Schauspieler die Leute um sich herum beobachtete, um das zu kopieren, was er niemals werden würde.

Als sie sich jedenfalls beide nach einem Abend mit reichlich Bier zum erstenmal auf einem Hotelbett wiederfanden, entledigte sie sich erfahren ihres BHs und ihres schwarz gepunkteten Slips und schleuderte ihre flachen Schuhe mit dem Fuß in eine Ecke. Halbbekleidet fingen sie an zu fummeln, aber das Vorspiel schien ihr furchtbar lange zu dauern, und es deprimierte sie. Er tat ihr immer noch leid, aber physisch veranlaßten sie seine Bemühungen, sich von ihm zurückzuziehen. Sie dachte, daß es in einem Desaster enden wird, wenn der Kerl nicht bald mal zur Sache kommt, und er ist so langweilig -- doch da sie dumm war, war sie auch naiv und hatte keine Ahnung, womit sie buchstäblich spielte, sie hatte keine Ahnung, wie wichtig es ihm war, sie zu erobern. Ihre Ignoranz war wirklich sehr gefährlich -- tatsächlich war sie tödlich, denn als er nach Stunden in der Dunkelheit weinend zusammenbrach und klagte, daß er es trotz stundenlanger, schweißtreibender Bemühungen nicht schaffte, beging sie einen schwerwiegenden Fehler. Sie schwang sich von der Matratze und ließ ihn abblitzen, weil sie erschöpft und unbefriedigt war und die Nase voll davon hatte, sich unter ihm abzukämpfen.

Es war das letzte, was sie tat. Wie all seine früheren und zukünftigen Frauen -- zum Schluß war er sich nicht mehr ganz sicher, ob es elf oder zwölf waren -- starb May. Und sie starb, weil sie von ihm nichts Ungewöhnliches, sondern etwas Unmögliches verlangt hatte -- einen guten, geraden, altmodischen Fick. Sie hatte überhaupt keine Ahnung, worum es ging. Es war, als würde man einen Lehrer bitten, eine verrottende, aber noch scharfe Bombe zu entschärfen. Gleichgültig erinnerte sich der Killer manchmal an sie, schnüffelte an der Unterhose, die er bei dieser Gelegenheit getragen hatte und die er in College Hill mit den anderen Souvenirs aufbewahrte, dann schüttelte er den Kopf und lächelte bei der Vorstellung, als wäre sie Teil einer Geschichte, die er in einem Buch gelesen oder im Fernsehen gesehen hatte. Dabei sagte er sich, sieh mal einer an. Sie muß wie der Krimi in dieser Serie auf *Channel 4* sein, den er sich still im Pub ansah, in dem der Kerl nur etwas zu tief geschnitten hatte, so daß sie zu schnell blutete und zu schnell starb. Das war bei fast allen die Schwierigkeit, sie leisteten kaum Widerstand, bis auf ein oder zwei kleine Zähe, die durchtrainiert waren und ihm so etwas wie einen Kampf lieferten. Die anderen wurden einfach aufgeschnitten wie nasser Fisch, gaben

noch einige gurgelnde Töne von sich und starben, wenn man dem Orgasmus nahe war -- wenn man Glück hatte.
So war es. Er traf nicht mehr Vorsichtsmaßnahmen als ein normaler Mensch, um nicht gefaßt zu werden, nicht mehr als ein Mädchen, das hin und wieder die Pille nimmt. Er machte es immer dann, wenn er wußte, daß er es machen mußte, und zwar dann, wenn er unfähig war, sich zu kontrollieren. Und dann las er es am nächsten Tag in der Zeitung, zufällig, sogar mit dem Benehmen eines seriösen Bürgers, denn jetzt schlief er wieder, und es war nicht möglich, überhaupt nicht möglich, daß diese Kreatur, die von den Leuten als Monster bezeichnet wurde, er sein könnte. Außerdem war der Bericht wirklich saumäßig, und die Arbeit der Polizei berechtigte zu der Frage, wie die Bullen es überhaupt schafften, irgend jemanden festzunageln.

Und darum hatte er niemals Angst gehabt. Was ihn betraf, so war ihm der Täter völlig unbekannt, trotz der schockierenden Anhäufung von Andenken, des Geruchs, eines Kopfes, der hin und wieder eine Zeitlang auf einem alten Teller stand, bis der Gestank wirklich zu stark wurde und er weggeworfen werden mußte. Es gab sogar Augenblicke -- wenn er von den Taten dieser Person in der Zeitung gelesen hatte --, in denen er vor sich hin murmelte: »Dieser Scheißkerl muß geschnappt werden, er ist ein wildes Tier.« Sicher, er hatte das unbestimmte Gefühl, daß derjenige, der diese arme, kleine Nutte von Seite eins abgeschlachtet hatte, ein merkwürdiger Typ war, den er vielleicht vage kannte. Er war sich nicht sicher, aber gab es da nicht einen sehr gut aussehenden, dunkelhaarigen Kerl, den er hin und wieder in der Kneipe traf und mit dem er dann einen saufen ging? Wenn sie sich das nächste Mal trafen, mußte er mit diesem Kerl mal ein Wörtchen reden -- wie immer auch sein Name lautete, wahrscheinlich hatte er viele. Doch man mußte dem Kerl auch einen Spielraum lassen -- schließlich ging er, genau wie er selbst, nur auf die Piste, um ein Mädchen aufzureißen, wie es die ganze Welt die ganze Zeit tat. Warum sollte man das abwürgen, nur weil sich ein paar Miesmacher aufregten?

Okay, die Neigungen dieses Kerls gingen ein wenig zu weit, war er doch als Chirurg sicher ziemlich schrecklich.

»Dein komisches, kleines Ding ist wirklich winzig, nicht wahr?« sagte May zu ihm, als sie es interessiert betrachtete und ihn zum ersten und letzten Mal in ihrem Leben nackt sah. Sie beugte sich herunter, krümmte sich in ihrer fetten Schwerfälligkeit und versuchte, es zu küssen. Mit der Schnelligkeit einer Viper zuckte er vor ihr zurück, und sie sagte: »Ist schon gut, hab' dich nicht so. Ich hab's mir nur angesehen, Love, es sieht irgendwie übel zugerichtet aus, tut es nicht weh?« Sie fügte hinzu: »So wie du dich im Pub aufgeführt hast, habe ich gedacht, es sei riesig, so wie Daddy's.« Sie war die Tochter eines Vikars aus der Arbeiterklasse, nur vom Sex besessen. »Ich habe alle möglichen Teile gesehen, aber deins gleicht keinem, oder?« sagte sie. »Funktioniert es überhaupt, so schwarz und verletzt, wie es aussieht? Sieh mal, ich kann's kaum finden. Nicht mal, wenn ich danach suche.«

Sie meinte diese Bemerkungen freundlich -- herzlich, als ob er jemals hätte verstehen können, was dieses Wort bedeutete. Diese Worte -- ihre letzten -- waren nur so dahergeredet wie viele Todesurteile, und wie jedes andere Todesurteil hatten sie ihre Konsequenz. Er erinnerte sich, daß die Lampe auf ihrer Seite des Bettes in dem billigen Hotel -- achtundzwanzig Pfund für beide, bar, keine Fragen, nicht weit von Waterloo Station -- zu hell gewesen war. Und mit distanzierter Zuneigung erinnerte er sich auch daran, wie ihr Hinterkopf ausgesehen hatte, als ihre Nase plötzlich in den Schweppes-Aschenbecher auf dem Nachttisch eintauchte, während er sie zerstückelte und sie starb. Zur gleichen Zeit beschäftigte er sich mit diesem breiten, roten Streifen, der dort, wo ihr Miederhöschen endete, quer über ihren Bauch lief und der ihm Übelkeit beschert hatte. Außerdem ordnete er gewissenhaft die gescheitelten Haare am Hinterkopf, so daß May kahlköpfig gewesen wäre, wenn sie lange genug gelebt hätte -- wozu aber kein Anlaß bestand. Wie die verblichene Photographie von irgendeiner Familie, die er nur oberflächlich gekannt hatte, weckte die Erinnerung an sie hin und wieder nostalgische Gefühle in ihm -- es war eine Schande, wer würde sich schon die Mühe machen, sie zu töten, wahrscheinlich hatte er sie einfach irgendwo in einem Pub aufgelesen. Nun, sie sollte froh sein, daß ihr nun alle zukünftigen Demütigungen erspart blieben, aber warum erinnerte er sich daran -- wenn er an sie dachte --, daß er sein Messer abgewischt hatte, es in die schwarze Sporttasche gesteckt hatte und über eine rostige Feuerleiter abgehauen war?

Doch was bedeutete das schon? All das gehörte zu diesen Dingen, Gestalten aus zweitklassigen Filmen, die vor Jahren von irgendwoher kamen und die einen, ehrlich gesagt, ziemlich kalt gelassen hatten -- keine Hauptrollen.

*

Nun, der Killer sah sich gezwungen, jetzt zu verschwinden -- nicht um sich in Sicherheit zu bringen, sondern um die kostbaren Erinnerungen an sein reichhaltiges Mahl zu konservieren und um sie mit sich hinaus in die Kälte zu nehmen -- und gleichzeitig war es der Augenblick, in dem ihm das reichhaltige Bankett sauer aufstieß. Gerade als er sich entschlossen hatte zu gehen, brodelten die schweren, blutigen Saucen in seinen Eingeweiden und zwangen seinen Magen dazu, das Festmenü, das er sich gegönnt hatte, in seinen Mund zurückzuschleudern. Er schaffte es bis zum Klo und spie das meiste von dem aus, was er gerade geschlürft hatte, und dann, als er zurückkam, fand er nichts mehr vor, an dem er sich hätte weiden können, nur noch den widerlichen Abfall eines verlassenen Festes. Plötzlich war es Zeit zum Aufräumen. Der Duft des Mädchenblutes hatte sein Bouquet verloren, das würzige, frische Aroma. Und all das, was er wegen Übersättigung nicht hatte genießen können, lag geronnen auf dem Boden, ihr Blut roch jetzt streng und sauer wie abgestandener Wein. Ihre gespreizten Glieder ließen nur eine Deutung zu. Sie konnten nur eins sein -- durcheinandergeworfene, gekühlte Fleischstücke, und dann ihr blutverschmiertes Grinsen. Die starre, aber träge Abwesenheit ihrer dunklen Augen war jedoch das Schlimmste von allem; sie verdammten einen Killer, indem sie an ihm vorbeisahen. Ja, diesmal war etwas schiefgegangen. Jetzt ließ ihn der Ort frösteln; er hatte eine eigene Intensität angenommen. Da er nicht das geistige Rüstzeug hatte, sich dem entsetzlichen Resultat seiner Metzelei zu stellen, machte er wütend das Zimmer dafür verantwortlich. Während er draußen war und gekotzt hatte, mußte es einen raffinierten Dreh gefunden haben, um gegen ihn zu intrigieren, und darum war die regungslose Luft stickig geworden und bedrohte ihn zusammen mit dem trüben Licht auf hinterhältige Art und Weise. Darum hatten sich auch die unterschiedlichen Gerüche gegen ihn verschworen. Gerüche, die gleichzeitig an kaltes Essen, Gas und grüne Erbsen erinnerten, der süßliche Gestank der Unterwäsche der alten Frau -- zusammen transportierten sie das schreckliche Szenario wieder zurück in seine Kehle, so daß er augenblicklich noch mehr Kotze auf seiner Zunge spürte. Er blickte in den Spiegel, dem er erst vor kurzem triumphierend zugelächelt hatte. Er schrie: »Ich sehe verdammt gut aus!« und spannte seine Muskeln an, aber jede andere Person hätte nur einen gebeugten und eingefallenen Schatten bemerkt, ein durchfurchtes, gelbes Gesicht und Augen, vor denen sogar eine erfahrene Krankenschwester voller Grauen zurückgeschreckt wäre.

Es stimmte, er fühlte sich frustriert und betrogen. Er hatte nur das machen wollen, was er immer tat, sofern es möglich war -- den Kopf des Mädchens in einem Stück abzuhacken, ihn einzupacken und damit direkt zurück nach College Hill zu gehen. Dort hätte er ihn auf einen Teller gelegt und auf den Boden gestellt, genauso wie er es mit den anderen gemacht hatte, so daß sie ihn beobachten konnte, während er sich bestrafte. Während er trainierte, hätte er sie dort so lange wie möglich behalten, aber am Ende war es natürlich immer das gleiche -- früher oder später fing der Kopf an zu vermodern, bis er schließlich in Stücke geschlagen und weggeworfen werden mußte, dabei hinterließ er eine Lücke. Es war, als würde einem ein Ornament geraubt, eine Erinnerung bis zum nächsten Mal.

Aber diesen Kopf konnte er nicht mitnehmen -- sieh ihn nur an! Es war wie an dem Tag, an dem Vater das Wohnzimmer tapeziert hatte -- was für eine Schweinerei!

Plötzlich hörte er draußen Geräusche: jemand klopfte an die Wohnungstür. Er kümmerte sich nicht darum. Er dachte an etwas anderes, durch das er sich bald besser fühlen würde. Doch schnell hob er seine alte Sporttasche auf, schlang die Riemen um seinen Nacken, schob den unteren Teil vom Rahmen des Küchenfensters nach oben und kletterte an dem Abflußrohr der Regenrinne nach unten, an dem er auch hochgeklettert war. Er hatte schon ein Viertel des Weges nach unten geschafft, als er innehielt, um dem drängenden Klopfen an der Wohnungstür und einer älteren, weiblichen Stimme zu lauschen, die sagte: »Betty? Mrs. Carstairs? *Mrs. Carstairs!* Betty! Dora! Ist alles in Ordnung? Bitte antwortet mir. Bitte!«

Der Killer lächelte, während er weiter an der Wand entlang hinunterkletterte und gezwungen war, seinen verstümmelten Schwanz, der notdürftig verbunden war, um die Blutung zu stoppen, an dem Eisenrohr zu reiben. Er wimmerte vor Schmerzen und plante schon die grausamen Übungen, die folgen würden.

(Wir erfuhren schnell, daß die alte Dame, die an Carstairs Tür geklopft hatte, eine ältere Nachbarin war, eine Mrs. Drewe. Und wie immer stellte sich heraus, daß sie nichts Nützliches zu erzählen hatte. »Wissen Sie, genau wie Amor bin ich ziemlich scheu und fast blind«, erklärte sie mir. »Obwohl ich natürlich wie jede moderne Frau sehr *mondän* aussehe.« Ich hatte das Gefühl, daß sie nicht genau wußte, was dieses Wort bedeutete, darum setzte ich einen interessierten Gesichtsausdruck auf und hoffte, sie würde etwas Interessantes sagen, wenn ich sie nur lange genug anstarrte. Doch das tat sie nicht. Nachdenklich verzog sie ihre rissigen, roten, verwelkten Lippen und sagte: »Ich schieße nur meine kleinen Pfeile ab, Sergeant, ohne jemals genau zu wissen, wo sie landen -- aber der Polizei muß ich mein Innerstes enthüllen und gestehen, daß ich zu meiner Zeit viele aufregende, kleine Abenteuer hatte. Als ich 1953 in Buenos Aires war ...«

Doch schließlich mußte sie zugeben, daß sie, seit sie 1938 aus Turnbridge Wells weggezogen war, außer Klatschgeschichten nichts Brauchbares zu berichten gehabt hatte, darum hatte ihr Ehemann ihr auch 1949 während einer rosa Champagnernacht in einer Bar in Shepherds Market den Laufpaß gegeben. Sie fügte hinzu, daß sie schrecklich reich sei, aber sehr einsam, und obwohl sie sich so junge Männer wie mich abgewöhnt habe, könnten wir vielleicht nach oben in ihre Wohnung schleichen und einen kleinen Gin nehmen, jeder einen, nicht mehr, und *es* machen.

Aber ich war Lichtjahre von ihr entfernt und schnitt ihr das Wort ab, indem ich ihr versicherte, daß ihr der Mörder, wenn sie drei Minuten früher an Carstairs Wohnungstür gewesen wäre, geöffnet hätte und daß sie in dem Fall tot wäre. Ihr instinktiver Sinn für schlechtes Timing hatte ihr zweifellos das Leben gerettet.

Da ich schon einmal dabei war, gab ich ihr auch zu verstehen, daß sie keine Chance hatte, ihr einziges Ziel zu erreichen -- ganz offensichtlich wollte sie zweihundert Jahre alt werden --, wenn sie sich nicht selbst von der fürchterlichen Gewohnheit kurierte, an den Türen anderer Leute zu lauschen und verstohlene Blicke durch Schlüssellöcher zu werfen, zumal es Leute wie mich gab, die sogar dafür bezahlt wurden, derart dumme Sachen zu machen.

Als einzig greifbares Resultat dieser kurzen, ziemlich strengen Belehrung war ein Anruf in der *Factory* zu verzeichnen, in dem sie sich über meine Manieren beschwerte, was ihr eine vage Antwort des diensthabenden Sergeants einbrachte. Er stellte sich ihr gegenüber genauso taub wie an dem Tag, an dem ein redseliger Tourist in einem leichten Sommeranzug und mit einer Perücke vor ihm stand und ihm eine ganze Stunde lang in Schwedisch geduldig erklärte, daß sein brauner Pudel, der auf den Namen Hooki hörte, zuletzt gesehen worden war, als er an einem Pfeiler der Albert Bridge das Bein gehoben hatte.)

*

In der Zwischenzeit mußte sich der Killer in seinem gesteigerten Erregungszustand mächtig in die Hosen geschissen haben, als er das untere Ende des Abflußrohres erreicht hatte. Spuren davon, in knallgelber Farbe, wurden später von uns zusammen mit anderen Flecken an einer seiner alten Unterhosen in College Hill gefunden. Er überquerte den kleinen, verwahrlosten Garten, in dem leere Zementsäcke und anderer, schwerer zu identifizierender Abfall herumlagen, und fand abseits des Lichts der Straßenlaternen einen dunklen Platz. Dort nahm er seine Sporttasche ab und ordnete die Bekleidung seines Unterkörpers, die einschließlich ihres Inhaltes während seines Hinunterkletterns ziemlich viel mitgemacht hatte.

Was über ihm geschehen war, verschwamm schon in seinen Gedanken. Wie jeder Mann, der sich mit sehr vielen Frauen vergnügt hatte, hatte er Schwierigkeiten, all seine Eroberungen zu zählen, und er versuchte es auch nur selten. Er zog seine vollgesogenen, roten Handschuhe aus und stopfte sie in die Sporttasche, dabei sagte er sich, daß er sich für das nächste Mal Sporthandschuhe besorgen werde, mit denen er richtig zupacken könne. Dann trat er zurück, rannte auf die niedrige Mauer zu, die zwischen ihm und der Straße war, und schwang sich geschickt hinüber.

Bis auf den Nebel, der träge die Laternen umspielte, war die Straße leer. An den Laternenmasten lehnten zusammengesackte Müllsäcke und warteten auf den Müllwagen -- wie alte Männer, die erschossen worden waren. Der Killer zwängte seine blutdurchtränkten Handschuhe durch einen Riß, der in einem der Säcke klaffte, dann ging er quer über die Straße zu einem pinkfarbenen Fiat Uno, der dort parkte.

Obwohl er ihn erst vor drei Tagen in Kensington geklaut hatte, ließ er sich so selbstverständlich in ihn fallen, als besäße er ihn seit Jahren. Dem Anlasser machte er es leicht, indem er den Choke weit herauszog, denn die Batterie war etwas schwach.

*

Der Killer fuhr davon, er machte einen wirklich erregten Eindruck, Erschöpfung spürte er nicht. Er war jetzt im Training, darum würde es eine dieser großartigen Nächte werden, die im Widerspruch zum Sterben stehen. Er würde jetzt möglichst schnell zu Felix Roattas Luxusschuppen an der Clapham Common North Side hinüberfahren, denn dort hatte er noch etwas zu erledigen. Als er dort ankam, war es weit nach ein Uhr morgens. Es war etwas neblig, und der Nebel wurde zusehends dicker. Er hielt mit dem Fiat in Marjorie Grove, fand am vollgeparkten Bordstein Platz, indem er zwei Autos rammte, ging dann in seinen Sportschuhen mit schnellen, ruckartigen Schritten zurück zu Roattas Haus. Zwei auf einmal nehmend, rannte er die Stufen hinauf zu der raffiniert lackierten echten Eichentür und drückte den unteren Knopf der Gegensprechanlage. Nachdem der Killer das Codewort zweimal wiederholt hatte, knarrte Roattas Stimme durch den Blechlautsprecher. »Wer ist da?«

»Wer wohl«, sagte der Killer, »mach auf und nerv mich nicht.«

»Weißt du, wie spät es ist?«

»Ich habe nicht gewußt, daß Geld sich darum kümmert«, sagte der Killer.

Dem stimmte Roatta offensichtlich zu, denn das Schloß der schweren

Tür öffnete sich klickend, und der Killer ging hinein. Sein Körper genoß die plötzliche Wärme der protzigen Eingangshalle, seine Füße in den dünnsohligen Sportschuhen waren dankbar für den kostbaren Teppich. Roatta sagte oben von der Treppe: »Komm rauf.« Aber er hätte sich nicht die Mühe machen müssen, das zu sagen, denn der Killer war schon da. Er ging nah an Roatta heran, der an ihm herumschnüffelte.

Roatta sagte: »Du riechst seltsam.«

Der Killer sagte: »Ich bin seltsam.«

»Hier rein«, sagte Roatta und wies auf sein großes Empfangszimmer. Als Abgeordneter der Konservativen im Stadtrat, als bekannter Bürger fürchtete und verabscheute er seinen Besucher, aber sie hatten gemeinsame Geschäftsinteressen, darum mußte sich Roatta mit ihm abfinden, ob er wollte oder nicht. Roatta wollte es nicht. Er war inzwischen zu verweichlicht, um außer seiner Bequemlichkeit überhaupt noch irgend etwas zu mögen. Die gemeinsamen Geschäftsinteressen konzentrierten sich auf einen Club im West End namens *Parallel Club*, der sehr gut gelaufen war, jetzt aber wegen so einer verdammten, blöden Zeitungsstory ins Blickfeld der Öffentlichkeit geraten war, so daß sogar die Polizei, obwohl sie immer außergewöhnlich gut bedient worden war, unruhig wurde. Roatta wollte aus dem Geschäft aussteigen und sich auszahlen lassen, solange es noch ging, und außerdem glaubte er, daß er seinen Besucher wegen bestimmter Vorkommnisse, für die er photographische Beweise besaß, in der Hand hatte, darum wollte er für die Reglung der Angelegenheit viel Geld. Roatta war ein Mann, der sowieso viel Geld wollte, aber manchmal ahnt man gar nicht, daß man das Falsche will, bis es dann zu spät ist, oder?

»Das erste Mal, daß ich hier bin«, sagte der Killer. »Und es ist auch ein schönes Zimmer, wenn man es schafft, hier drinnen zu überleben.«

Er faßte sich zwischen die Beine. Etwas Blut sickerte durch den Schritt. Er wischte es mit dem Zeigefinger weg.

Roatta war wie hypnotisiert. Wie benommen starrte er auf den blutigen Fleck.

»Benimm dich nicht so unanständig«, sagte der Killer leise. »Du solltest deine Augen nicht da hinwandern lassen, wo sie nicht hingehören.«

Mit einem Finger entfernte er einen weiteren Tropfen Blut. Doch diesmal hielt er ihn sich unter die Nase und schnüffelte daran herum. Dann betrachtete er wieder Roatta -- aber nicht dessen Äußeres, sondern dessen Inneres. Es war ein Blick, der durch Roatta hindurch und noch viel weiter ging. Roatta wies auf die große Bar auf der anderen Seite des Zimmers und fragte: »Was zu trinken?«

Der Killer sagte: »Nein.«

»Nun, dann setz dich, und fühl dich wie zu Hause«, sagte Roatta. Insgeheim jedoch fürchtete er um seine Polstermöbel, denn tief im Innern war er ein eher unmännlicher Charakter.

»Nein«, sagte der Killer. Er stand einfach direkt vor Roatta -- viel zu nah. Er stand vollkommen ruhig, schien nicht einmal zu atmen, und lange Zeit sagte er nichts, so daß schließlich Roatta, der nervös wurde, die Gesprächspause überbrückte.

»Okay«, sagte Roatta, »hast du's gekriegt?«

»Was gekriegt?« fragte der Killer.

»Mein Geld«, sagte Roatta. »Meine Scheinchen. Hast du sie dabei?«

Das war der schlechteste Witz des Jahrhunderts, aber Roatta lachte so darüber, als würde er sich prächtig amüsieren -- ein Glück für den Witz, denn offensichtlich wollte in dem Zimmer sonst niemand darüber lachen.

»Ja, okay«, sagte der Killer, »hier ist es.«

Mit der müden Leichtigkeit eines Taschenspielers, der vor ein paar Mädchen angibt, zog er eine 9mm Quickhammer Automatik und entsicherte sie. Er sagte zu Roatta: »Ich will, daß du dich nett und ruhig verhältst, während sich das hier abspielt, Felix, denn du wirst eine schöne Schweinerei veranstalten.«

Roatta schrie sofort: »Warte! Warte!« Aber seine Augen waren gescheiter als er und wußten es besser. Sie hielten eher in ihren Bewegungen inne als er selbst, denn sie sahen, daß es für sie nichts Lohnendes mehr zu sehen gab. Darum verwandelten sie sich in zwei dunkle, ölige Steine, die starr auf das letzte gerichtet waren, was sie jemals sehen würden -- die Ewigkeit im Lauf einer Pistole. Auch seine Ohren warteten, konzentriert wie die eines Konzertpianisten, angespannt auf die allererste Aktion innerhalb der Waffe, wenn der Finger den Druck verstärkte, denn sie wußten, daß es das letzte Geräusch war, das sie hören würden. In den letzten Sekunden seines Lebens -- jede durch seine Sinne geregelt -- saß Roatta da und wartete mit der gespannten Aufmerksamkeit eines Opernbesuchers anläßlich einer Vorstellung mit seinem Lieblingsstar auf die Explosion der Waffe. Er beugte sich in seinem Sessel weiter und weiter vor, bis seine Existenz zu den Akten gelegt, eingeschränkt wurde und schließlich in der Waffe aufging.

Gleichzeitig gingen in ihm große Veränderungen vor. Roatta war erst fünfzig, aber als er das erste, kaum wahrnehmbare Geräusch im Mechanismus der Waffe wahrnahm, war er plötzlich einhundertundfünzig, dann eintausendundfünfzig und dann zweihunderttausendundfünfzig, bis -- als der Killer feuerte -- Roattas Gesicht hellgelb wurde und er eine Million Jahre alt war. Sein Gesicht erstarrte in eiserner Konzentration, noch bevor die Kugel eindrang.

Die Munition war alt, genau wie die Waffe, und die für Roatta bestimmte Kugel hatte in ihrer weichen Spitze ein eingeschnittenes Kreuz. Die Kanone war mit einem Schalldämpfer versehen, aber es war eine große Waffe, so daß sie zwar nur ein diskretes *flop!* von sich gab, als alles passierte, ein Geräusch zwischen einem Niesen und einem Furz, ihre Wirkung war jedoch um einiges präziser und spektakulärer.

Eine verwirrende Serie von Ereignissen geschah. Der obere Teil von Roattas Kopf verschwand vollständig. Er löste sich auf in einem roten Schleier explodierenden Blutes und explodierender Knochen, und als dieser sich verzogen hatte, war von dem Kopf nur noch der Unterkiefer vorhanden, von dem eine vorwitzige Zunge, an der Überreste herunterliefen, matschig und schlaff über seinem Kinn hing. Roatta ähnelte jetzt einer absonderlichen Orchidee -- die sichtbare Vorderfront mit Goldfüllungen dekoriert, aber in den Backenzähnen nur Amalgam von National Health, was nicht viel kostete und nicht zu sehen war --, oder man konnte ihn mit einem riesigen, wackeligen Eierbecher vergleichen, die rote Schüssel seines Schlundes war eine erbärmliche Krone für seinen Rest, der sich noch immer aufmerksam in dem echten Ledersessel vorbeugte. Zur gleichen Zeit, als sein Hirn anfing, die geschmackvollen Tapeten hinunterzulaufen und über die Glasscheiben der ausgesucht wertvollen Bilder zu rutschen, schwirrte ein Klumpen fester Materie, der einst seine Nase dargestellt hatte, als er noch eine besessen hatte, durch die Luft und schlug *zack!* auf einem Mehrzwecktischchen auf wie die Hand einer dieser entschlossenen Frauen, die sofort eine Scheidung verlangen -- nur daß diese *Hand* hellgrün war. In der Zwischenzeit spritzten, rutschten und prasselten andere Splitter aus Roattas Kopf, Knochen, viel Gehirnflüssigkeit, Mark und Zeugs, das ein Team von zwanzig Top-Chirurgen nur mühsam hätte benennen können, durch das Zimmer. All das regnete auf die geschmacklosen, teuren Möbel, auf die Polster, um die sich Roatta so gesorgt hatte, auf den Teppich, wo sie wie blutrote Kotze wirkten -- mein Gott, die Teile regneten einfach auf alles herunter.

Aber der Killer lachte, denn er fand es überaus amüsant, daß die sitzende Leiche ihre einst weiße Hose immer noch vorsichtig nach oben gezogen hatte, um die scharfe Bügelfalte zu bewahren. Das war kein Gelächter, wie es ein normaler Mensch hören wollte. Solange es andauerte, änderte sich der Gesichtsausdruck des Killers nicht, und es war ein Gesicht, das nicht offen lachen konnte.

Wenn Roattas Tod überhaupt irgend etwas bewies, -- was höchst unwahrscheinlich war --, dann erinnerte es den ermittelnden Beamten daran, wie unklug es war, Geschäfte mit einem mehrfachen Mörder machen zu wollen -- anders ausgedrückt, Roatta war zu erpicht darauf gewesen, zu versuchen, jemanden hereinzulegen. Ein Mann, der schon so gut wie tot ist, tötet leicht, und der Beweis dafür war überall in Roattas Wohnzimmer zu finden.

So plötzlich wie er angefangen hatte, hörte der Killer auch auf zu lachen. Mit einem Baumwollappen wischte er Roattas Spritzer von der Quickhammer, entfernte die leere Patronenhülse und warf sie neben die Axt in seine Sporttasche. Dann nahm er eine Plastiktüte heraus, in der Kleidungsstücke zum Wechseln waren, und zog sich in Roattas Badezimmer um. Schließlich, als er alles zusammengepackt hatte, ging er geradewegs nach unten und verließ das Haus, schloß die Tür, streifte die Handschuhe ab, zog ein anderes Paar an und ging dorthin zurück, wo er den Wagen stehengelassen hatte. Er parkte ihn eine Meile von College Hill entfernt und joggte den Rest des Weges zurück, dabei faßte er sich mit einer Hand zwischen die Beine, mit der anderen hielt er seine Tasche. In dem dichten Nebel traf er niemanden. Als er nach College Hill zurückkam, kletterte er an der Rückwand der ausgebrannten Fabrik die Feuerleiter hinauf und schlüpfte durch das Fenster, in dem keine Scheiben mehr waren. Er war nicht einmal außer Atem. Er ging direkt in die Ecke, wo sein Jutesack lag, zog sich nackt aus und legte sich auf den Zementboden, dabei benutzte er seine Sporttasche als Kopfkissen. Es gab hier weder Licht noch Wasser, aber das machte nichts, er war nicht zivilisiert. Er brauchte nur sehr selten Wasser, und Licht haßte er von allem am meisten. Sich in sich selbst zurückziehen, ungestört bleiben und es sich für seine Begriffe gemütlich machen -- das konnte er am besten im Dunkeln, und davon gab es hier genug. Nur eine weit entfernte Straßenlaterne sandte einen orangefarbenen Lichtschein durch den Nebel -- in hundert Meter Entfernung, dort, wo die Lovelock Road auf College Hill traf, sprang eine Ampel regelmäßig an und aus. Ja, dieser Platz würde es so lange tun, bis die aufdringlichen Leute von der Stadtverwaltung vorbeikommen würden, um ihn rauszuschmeißen, aber das würde noch nicht morgen sein, er hatte noch Zeit. Als er sich aufs Schlafen vorbereitete, erinnerte er sich nicht mehr bewußt an die beiden Frauen. Sogar die Erinnerung an Roattas Kopf, noch nicht eine Stunde alt, verblaßte. Das Training würde beginnen, wenn es um sieben Uhr hell wurde, die Bestrafung morgen abend.

Er schloß die Augen.

Er träumte, er sei an der See. Es gab dort keinen Himmel. Die Farbe des Meeres war braun, und während die Wellen in mißbilligenden Linien zum Strand rollten, tanzten Gehirne, durchzogen mit roten Fäden, auf den schwerfälligen Brechern. Der Traum beunruhigte ihn nicht, aber er erwachte auf dem feuchten und kalten Boden, weil die Strafe, die er sich selbst auferlegt hatte, als er das Abflußrohr in der Empire Gate heruntergerutscht war, die Fetzen seines Penis' wieder zum Bluten gebracht hatte, und er war aufgewacht, weil er Schmerzen hatte.

Halbwach zog er seine Unterhose aus. Einen Augenblick lang hielt er sie mit abwesendem Gesichtsausdruck vor sein Gesicht, dann vergrub er plötzlich seine Nase darin -- seine dunklen Augen waren riesig, sein Gesicht zeigte die monströse Weisheit des Bösen. Zu dem Blut und dem versickerten Sperma der Ejakulation der letzten Nacht kam noch hinzu, daß er im Schlaf reichlich geschissen hatte, eine matschige, gelbe Flüssigkeit. Nachdem er eine Zeitlang damit verbracht hatte, sein Gesicht darin zu vergraben, legte er die Unterhose zusammen und tat sie vorsichtig auf den Stapel anderer Unterhosen. Er würde sie niemals waschen. Er würde sie nie wieder tragen. Jedes Sekret, das er während oder manchmal kurz nach einer Tat absonderte, war ein wertvolles Souvenir, das aufgehoben und geschützt werden mußte. Er war in keiner Bedeutung des Wortes ein sauberer Mensch. Er war mit seinen Körpergerüchen so verbunden, als würden sie allein, in Ermangelung anderer Beweise, ihm bestätigen, daß er existierte. Jahre nachdem sie getrocknet waren, würde er von Zeit zu Zeit aus diesen Exkrementen etwas auswählen, sie konsultieren, ihre Assoziationen riechend aufspüren und dann langsam, nostalgisch den ganzen Stapel durchgehen -- schnüffeln, über die stinkenden, kleinen Krusten streichen, so wie viele von uns wehmütig Blumen betrachten, die wir als Kinder zwischen Buchseiten gepreßt haben. Schließlich legte er die Unterhose weg und sprang in Sätzen zum Fenster. Dort schüttelte er seinen verwirrten Kopf und sagte halblaut:

»Wirklich, es gibt Zeiten, in denen ich ehrlich nicht weiß, wie ich den Verstand behalten soll.«

Seine Lippen, grau und spitz, waren in Form einer Sichel scharf nach unten gebogen. Seine Augen paßten zum übrigen, denn sie zeigten den Blick eines auf Erden vollkommen verirrten Menschen, und der Blick war so schrecklich, daß man betete, ihn niemals wieder zu sehen.

2.

Ich war für einen Tag unten in Brighton. Die Fassaden umringten das Meer, und das war keine schlechte Idee. Das einzig Schlechte war nur die Stadt dahinter, das war der Jammer. Ich dachte, es wäre schön, nur die Landschaft von Sussex zu haben, schmale Straßen, die zu ein oder zwei Dörfern führen, aber da bestand keine Hoffnung. Ich stand in einiger Entfernung vom Meer auf dem steinigen Strand. Nicht, daß es mich gekümmert hätte, naß zu werden, denn es regnete sowieso. Die See grummelte grünlich zwischen den alten Hafenmauern und den Wellenbrechern und unter dem Pier herum. Sie sah aus, als wäre sie genauso schlecht drauf wie ich. Darum entschied ich schließlich, daß es wohl die beste Kur sei, zu gehen und ein Bier in einem Pub niederzumachen, den ich nicht weit entfernt gesehen hatte und der tatsächlich geöffnet war. Er hieß *The Fishing Smack*, da unsere seefahrenden Londoner Brauer praktisch jeden Pub in Riechweite des Seegrases so nennen, wenn nicht schon die Konkurrenz den Namen für eins ihrer Lokale in Anspruch genommen hat. Als ich eintrat, bemerkte ich eine Tür an der Seite. Was von dem Wort *Gents* auf der Türfüllung aus dickem Glas übriggeblieben war, strahlte hell, jemand mußte eine Flasche dort zertrümmert haben oder, was wahrscheinlicher war, einen Kopf.

Da es noch früh war, waren nur wenige Leute in dem Pub, also bestellte ich ein Kronenbourg und ging damit zum Fenster am Ende der langen Theke, setzte mich und beobachtete wieder das Meer bei seinen anstrengenden, immer gleichen Bewegungen. Daß es jetzt wirklich kräftig regnete, sah ich, ohne daß der Barmann mit der roten Schürze, der die Biergläser in einer halben Meile Entfernung polierte, mich darauf aufmerksam machen mußte. So beobachtete ich das Treiben der See; wie ein Kricketspieler aus der Landesliga, der sich beim Spiel nicht besonders anstrengen muß, aber ein Schlagproblem am Mal hat, schlug sie Plastikflaschen vom Kamm einer klebrigen Welle zum nächsten. Ich trank etwas Bier und beobachtete, wie drei ältere Männer aus der Gegend, die Regenmäntel, Südwester und Gummistiefel trugen, langsam den steilen Kiesabhang hinuntergingen, um die gleiche Szenerie zu beobachten. Von meinen Platz im Pub aus blickte ich zusammen mit ihnen auf die Plastikflaschen und dann weiter hinaus, Richtung Süden, bis das Wasser nicht mehr das Grün der Küste hatte, sondern ein kaltes Kanalblau angenommen hatte und mit der Ebbe zurückrollte, bis es -- wie ich annahm -- in Frankreich war oder bis es auf etwas anderes traf, das solide genug war, um es aufzuhalten.

Ich wußte nicht genau, warum ich hier unten war. Es war Sonntag, und kaum war ich morgens aufgewacht, als ich sofort aufstand und mich anzog, als müßte ich mich immer noch beeilen, ins A14 zu kommen. Nur daß ich mich, sobald ich ganz wach war, wie immer daran erinnerte, daß ich gefeuert worden war. Aber heute hatte ich dem plötzlichen Bedürfnis, von Acacia Circus wegzukommen, nachgegeben und hatte den Ford den Gräsern am Bordstein entrissen, die an seinen Reifen nagten, und war nach Brighton gefahren, weil es nicht sehr weit war. So hatte ich etwas zu tun -- es half mir, wenigstens einen Nachmittag lang zu vergessen, daß ich meinen gewohnten Job nie mehr ausüben würde, weil man mich gefeuert hatte. Gegen meine Verbitterung darüber gab es einen Schlüsselsatz: ich sagte mir immer, so auch jetzt, während ich mein Bier trank: »Tatsache ist, daß Frank Ballard, der tapfere Kerl und der beste Kumpel, den ich jemals gehabt habe, durch einen Schuß für den Rest seines Lebens von der Hüfte an abwärts gelähmt ist, und wenn er es ertragen kann und nicht verrückt wird, dann, verdammt noch mal, kann ich es auch ertragen.« Während ich das Bier austrank, dachte ich: »Was ist schließlich die Alternative?« Ich war sowohl ein menschliches Wesen als auch ein ausgebildeter Polizist, und weil ich das, was ich als Gerechtigkeit ansah, mit meiner Pflicht kombiniert hatte, hatte ich einen Kollegen zusammengeschlagen und war daraufhin von der Polizei abgeurteilt und gefeuert worden. Es war im Zusammenhang mit der Mardy-Affäre. Nachdem ich ihn wiederholt gewarnt hatte, seine Befugnisse nicht zu überschreiten, und ihm geraten hatte, mir, ihm selbst und dem Beschuldigten zuliebe, aus dem Weg zu gehen, mischte er sich immer noch ein, weil er zum Inspector befördert worden war und nie gemocht hatte, wie ich meine Arbeit erledigte. Darum schlug ich ihn zusammen und brach ihm dabei den Kiefer, und deshalb kam ich vor einen Disziplinarausschuß der Polizei, wurde von drei hohen Beamten aus dem Norden, wo mich niemand kannte, angehört, wurde schuldig gesprochen und gefeuert -- das war vor einem Jahr.

Aber wenn es wieder sein müßte, dann würde ich es wieder tun. Ich weiß, daß meine Hände sauber sind.

Ich hatte das Bedürfnis, ein paar Minuten nach draußen zu gehen, darum spazierte ich zum Palmyra Square, wo ich vor langer Zeit hingeschickt worden war, um den Tod eines jungen Paares zu untersuchen, das hier in der obersten Wohnung in Nummer Acht gelebt hatte. Es hatte wirklich keinen Grund gegeben, mich dorthin zu schicken, denn die beiden waren tot, und es gab nichts Wissenswertes, was ich herausfinden oder dem hinzufügen konnte, was die Brightoner Polizei sowieso schon wußte. Es hatte sich bei ihnen um Kreditkartenbetrüger gehandelt, und man war ihnen auf die Schliche gekommen. Im *Wheelers* hatten sie großartig zu Mittag gegessen und andere Leute auf ein paar Brandies an ihren Tisch eingeladen, danach gingen sie Hand in Hand über den Kiesstrand, auf dem ich vorhin gestanden hatte, und dann in die See hinaus. Die See tat für sie, um was sie sie gebeten hatten, und brachte sie dann später an den Strand zurück, naß wie Fisch und von Algen bedeckt, ihre Gesichter waren gräulichweiß, und ihre Arme waren noch immer halb umeinandergeschlungen. Ich weiß nicht, warum, aber als ich sie so im Brightoner Leichenschauhaus sah, wurde ich von, wie ich meinte, gerechtem Zorn geschüttelt.

Ich blickte wieder auf die See hinaus. Es war Ende Februar, der sechsundzwanzigste, und auf einmal hatte der kurze Nachmittag genug. Gejagt von kleinen, schmutzigen Wolken, zerstreute er sich in die Nacht. Ich erinnerte mich, daß ich damals gegen zwei Uhr morgens nach Hause zu meiner Frau Edie kam, und sie sagte: »Du siehst schrecklich aus, was war's?«

»Ein Doppelselbstmord in Brighton, ein Mann und eine Frau. Banken. Kreditkarten. Man bat die *Factory*, jemanden runterzuschicken.«

»Warum regst du dich auf?« fragte Edie. »Das passiert dauernd, du brauchst nur die Zeitung aufschlagen.«

»Das weiß ich«, sagte ich, »und ich will immer den Grund wissen.«

»Nun, sie bezahlen dich dafür, das herauszufinden, wenn man das Bezahlung nennen kann, was du dort verdienst.«

»Das habe ich auch getan«, sagte ich, »aber das ist es nicht. Ich frage mich, ist eine verdammte Plastikkarte zwei Tote wert?«

»Die Öffentlichkeit muß geschützt werden«, sagte sie.

Ich sagte: »Sie waren die Öffentlichkeit, du Dummkopf.«

»Sie haben versucht, in die Kasse zu greifen, und es hat nicht funktioniert«, sagte Edie ernst. Das war eine der Schwierigkeiten mit meiner Frau Edie. Für sie und ihren Vater standen Polizisten der niederen Chargen unterhalb ihrer sozialen Stufe. Sie war nicht umsonst die Tochter eines erfolgreichen Unternehmers -- Obsthandel, tonnenweise Äpfel aus Kent. Dann sagte sie: »Kratz mich bitte am Rücken. Es juckt zwischen meinen Schulterblättern, und da komme ich nicht ran.«

Wir gingen zu Bett, und ich sagte: »Ich habe sie gesehen.«

»Was gesehen? Also schalt doch mal ab. Warum schaltest du nicht endlich ab?«

»Ihre Leichen gesehen«, sagte ich.

»So?«

»Die See hat sie überraschenderweise verdammt wenig verändert«, sagte ich.

»Oh«, sagte sie. Sie fügte hinzu: »Ich wünschte, du würdest nicht fluchen.«

»Bei meinem Job kann man das nicht verhindern, Edie. Merkst du nicht, daß Worte manchmal Tränen ersetzen?«

»Du solltest jetzt schlafen«, sagte sie. »Es ist fast vier.«

»Ich kann nicht, Edie«, sagte ich. »Oh, warum kannst du nicht eine Minute lang wie eine richtige Ehefrau zu mir sein, mich einen Augenblick halten und nichts mehr sagen.«

Aber sie sagte: »Ich glaube, du solltest wirklich wissen, daß du manchmal eine schreckliche Last für mich bist -- Dad ist der gleichen Meinung -- all diese beunruhigenden Gedanken, und dabei bist du nichts weiter als ein Detective Sergeant, der niemals befördert werden wird, weil du behauptest, nicht der Rang würde zählen.« Sie saß kerzengerade im Bett, wies auf ihren Bauch und schrie: »Gut, wenn du es dann so willst, dann sieh, welche Last ich deinetwegen mit mir herumtrage, Herr Polizeibeamter mit den hochfliegenden Plänen -- manchmal denke ich, du bist für die Polizei viel zu empfindlich, wirklich, und im Mai kommt das Kind und all die Ausgaben, die damit verbunden sind, und du kümmerst dich überhaupt nicht darum! Der Arzt sagt, am zwanzigsten sei es soweit, und ich sage dir, daß mir das bald alles egal ist!«

Aber bald darauf legte sie sich wieder hin, und ihre Stimme verstummte. Ich war froh darüber. In jener Nacht wurde mir klar, daß ich Edie wegen ihres unheilvollen, außergewöhnlichen Körpers und nicht wegen ihrer Ansichten geheiratet hatte. Ich verstand, daß kein Körper genug sein konnte, wenn er Ansichten beherbergte, die total im Gegensatz zu meinen standen. Ich wußte damals bereits, daß das werdende Kind, das dann für neun kurze Jahre, meine Tochter Dahlia sein sollte, für mich weit wichtiger war als für Edie. Ich liebte Dahlia schon, bevor sie geboren wurde, vielleicht haßte Edie sie darum, wer weiß. Und meine Liebe zu dem Kind bedeutete, daß ich immer Wege finden würde, Edie Dahlias wegen zu tolerieren. Ich würde Wege finden, mich taub zu stellen. In jener Nacht, in jener verwundbaren Stunde nach dem Tag in Brighton wollte ich Edie nur an mich drücken. Ich brauchte ihre primitive Sicherheit, nur einen Bruchteil von dem, was Edies Körper dem Kind gab, das sie gebären sollte. Das war alles, was ich zur Erholung brauchte, und so beruhigt, fühlte ich mich fähig, dieses grünliche Paar in ihrer sich auflösenden Umarmung, ihre geschwollenen, ausdruckslosen Gesichter, an denen Fische genagt hatten, in der richtigen Perspektive zu sehen -- ich brauchte Edies Küsse, ihren Trost, nur für wenige Minuten, um so zu beweisen, daß Liebe die kalten, verfaulenden Augen, die acht Tage unter Wasser gewesen waren, bannen kann.

Wir alle haben unsere schwachen Momente.

*

Als ich das Haus am Acacia Circus betrat, läutete das Telefon. Schnell steckte ich den Schlüssel ins Schloß, aber als ich die Tür geöffnet hatte, hörte das Telefon auf zu läuten. Doch ich hatte das Gefühl, daß es bald wieder anfangen würde. Ich hatte einfach so ein Gefühl, als es läutete, das ist alles. Es war nicht mal so was wie Intuition. Erstens werde ich selten angerufen, und zweitens hatte ich auf dem Heimweg im *Princess of Wales* drüben in Battersea noch ein Kronenbourg getrunken, und dort kamen drei Männer herein, einer von ihnen mit der Sonntagsausgabe des *Recorder*, die er aufgeschlagen neben sich auf die Bar legte. Die Schlagzeile lautete: »Abscheulicher Doppelmord -- der Mann mit der Axt schlägt zu.« Ich fragte den Mann, dem die Zeitung gehörte: »Darf ich mir das mal ansehen?«

»Bedienen Sie sich.«

Ich legte die Seite flach auf die Bar und beugte mich darüber. »Mrs. Betty Carstairs, 86, aus Empire Gate 19, South Kensington, und eine Frau um die 30, deren Identität die Polizei noch feststellen muß, wurden unter schrecklichen Umständen ermordet und letzte Nacht von einer Nachbarin, Mrs. Philippa Drewe, in dem viktorianischen Gebäude gefunden. Es besteht kein Zweifel, daß der Killer durch das hintere Wohnzimmerfenster in die Wohnung eindrang und sie auf dem gleichen Weg verließ. Die Wohnung befindet sich im Erdgeschoß, aber auf der Rückseite des Gebäudes ist die Entfernung zum Erdboden ziemlich groß, und die Polizei ist überzeugt, daß der Killer das Abflußrohr der Regenrinne benutzte, die zu dem verwilderten, kleinen Garten acht Meter tiefer führt. Mrs. Carstairs starb, als sie in ihre Standuhr geschleudert wurde. Ihre Freundin oder Untermieterin wurde von dem Killer mit der Axt buchstäblich in Stücke gehackt. Chief Inspector Charles Bowman vom Dezernat für Kapitalverbrechen, der die Ermittlungen gegenwärtig leitet, sagte uns in seiner üblichen energischen Art: 'Sie können wirklich nicht von mir erwarten, daß ich schon jetzt eine Stellungnahme zu dieser abscheulichen Tat abgebe, da ich gerade erst angekommen bin und diese Angelegenheit vielleicht in die Hände von Kollegen legen werde, da ich mit der Affäre um die jugoslawische Prinzessin beschäftigt bin, die drüben in Walthamstown verschwunden ist.'

Es waren nur ein paar Zeilen Gedrucktes, aber ich hatte ein komisches Gefühl, als ich sie las. Ich trank schnell mein Bier aus und ging.

*

Als ich zum Acacia Circus zurückfuhr, dachte ich an die weit zurückliegenden Nächte, in denen ich Edie geliebt hatte. Einmal erzählte sie mir -- kurz bevor sie das mit Dahlia machte, ich meine, sie tötete --, daß in all den Augenblicken, in denen wir uns geliebt hatten, sie sich mir nur dreimal nahe gefühlt hatte. Sie sagte mir, die anderen Male sei sie völlig abwesend gewesen. Tief im Innern wußte ich das selbst. Es gab Nächte, in denen meine Hände, während sie ihren Körper streichelten, wußten, daß sie völlig ihren Gedanken über Haß und neue Vorhänge nachhing. Wegen ihrer psychischen Probleme, deren Existenz ich, bis es zu spät war, nicht anerkennen wollte, war sie mir gegenüber niemals aufrichtig, reagierte aber auf alle meine Annäherungen mit einer mechanischen Sanftheit, die ich am Ende nicht mehr ertragen konnte, egal, wie sehr ich es auch wegen meines nicht enden wollenden körperlichen Verlangens nach ihr versuchte. Bis am Ende selbst diese schreckliche Koketterie, die alles war, was der Wahnsinn ihr gelassen hatte, wenn es um andere Menschen ging, nur nach einem mit viel Rum und Coke im *The Maid's Head* verbrachten Abend möglich war. Sonst fing sie einfach an zu schreien, sobald ich sie berührte, und das Kind schlief nebenan.

Seit jenen Tagen, die jetzt so viele Jahre zurückliegen -- acht, seit Dahlias Tod und Edies Aufnahme in Banstead --, dachte ich nur noch an Edie, wenn ich spürte, daß etwas Schreckliches geschehen würde, etwas Wichtiges und Unwiderrufliches für mein Leben. Und heute abend, zum erstenmal seit ich bei der Polizei entlassen wurde, trat Edie, während ich fuhr, in ihrem aufgerissenen Kleid wieder in meine Gedanken und faselte wirre Bösartigkeiten. Seit sie zur Mörderin Edie wurde, die mich so tief durchdrungen hatte, daß ich mich ohne Hoffnung auf Frieden oder Ersatz für sie immer an sie erinnern würde, konnte ich Mörder besser verstehen, als ich es sonst gekonnt hätte: ihre Irrtümer, der abstoßende Lärm, wenn sie die gewohnte Umgebung im Dämmerzustand verließen, das ganze negative Concerto der Unsicherheit, das sich in geistesabwesender Gewalt ausdrückte, ihre Triebe, die sich auf eine Art und Weise ausdrückten, die man längst für ausgestorben gehalten hatte, aber das Böse stirbt nie. Früher, wenn ich mit ihr einen Orgasmus erreichte, stöhnte, keuchte oder schrie Edie wie vor Lust. Aber später erfuhr ich, daß sie niemals gewußt hatte, was dieses Wort bedeutet. Ich strengte mich immer zu sehr an und war auch emotional zu sehr mit ihr verbunden, um sie jemals objektiv beurteilen zu können. Aber langsam verstand ich, daß sie geduldig eine Reihe von Verhaltensweisen ausprobierte, alle nachgeahmt, und daß ich ihrer Meinung nach ein Stück Pappe war, das grob als Mann zurechtgeschnitten worden war. Wie alle Mörder wußte sie, daß sie nicht zu viele offensichtliche Fehler machen durfte, darum handelte sie intelligent und geduldig, unterdrückte ihre wirklichen Triebe so lange, wie sie brauchte, um diese Kopien der Liebe zu entwerfen, die mich ihr gegenüber blind und von ihr abhängig machen würden. Schließlich hielt sie das As in der Hand, meine Leidenschaft für sie, und beherrschte mich zusehends durch diesen Trumpf. Sie spielte mit mir, wußte, daß sie ihren Haß in jenen Nächten nicht zeigen durfte, teilte sich mir unbemerkt in Rationen zu, als sie erkannte, daß ich sie haben mußte, wenn sie als normal durchgehen wollte. Wenn ich zu ihr kam, lag ihr langes Haar immer schmückend ausgebreitet auf dem Kopfkissen, und sie umarmte mich sofort mit ihren dicken, weißen Armen, streckte mir ihre offensichtlich heißen, festen Schenkel und ihren Bauch entgegen, alles ganz im Kontrast zu den dünnen, belehrenden Lippen und falschen Augen, die sie hat, wenn ich sie jetzt in Banstead besuche, und murmelte, daß sie mich liebe.

Trotz der bestürzenden Wahrnehmungen meines Herzens und meiner Sinne konnte ich niemals akzeptieren, daß diese Liebe nur vorgetäuscht war, denn ich wollte nicht ohne ihren Körper leben, was ich hätte tun müssen, wenn ich sie mit meinem Verstand beurteilt hätte.

Nachdem ich durch diese harte Lehre gegangen war, habe ich lange Zeit bei meiner Arbeit von diesen Erfahrungen Gebrauch gemacht, um die Taten und Motive anderer beurteilen zu können. Um eine wirksame Waffe gegen Mörder zu sein, muß ein Polizist mitunter in seinem Leben persönlich etwas mit einem zu tun haben.

Ich nahm eine Dose Bier aus dem Kühlschrank, riß sie auf und stellte sie auf den Küchentisch mit den Chrombeinen und der rauhen, blauen Kunststoffoberfläche. Ich trank einen Schluck und versuchte zu begreifen, was es heißt, ermordet zu werden. Ich versuchte, mir Carstairs' und Suarez' Angst vorzustellen, als der Killer am Samstagabend plötzlich in ihre Wohnung eindrang -- bis ich am Ende selbst für einen Augenblick physisch zu Suarez wurde. Es war der Moment, als der Killer auf sie losging, und ich fühlte mich so gelähmt wie sie, als die Axt am Ende der schwungvollen Parabel in ihren Arm fuhr.

Wieder läutete das Telefon. Ich nahm ab und sagte: »Ja.«

Als wenn ich niemals fort gewesen wäre, sagte DIE STIMME: »Na also. Sie sind wieder bei der Polizei.«

»A14?«

»Ja.«

Ich sagte: »Es hat nicht zufällig mit dem Axtmord an diesen beiden Frauen drüben in Kensington zu tun, Carstairs und Suarez?«

DIE STIMME sagte: »Doch, das hat es. Was haben Sie darüber gehört?«

Ich sagte: »Ich habe es heute abend in der Zeitung gelesen, als ich von Brighton zurückkam.« Ich fügte hinzu: »Ich bin nicht mehr im Dienst. Ich muß mir nicht gleich den Arsch aufreißen, bloß um wieder in die Poland Street zurückzukehren.«

»Doch, das müssen Sie«, sagte DIE STIMME, »also kommen Sie sofort her.«

»Das geht nicht«, sagte ich, »da ist die Sache mit Fox, der Disziplinarausschuß, der ganze Ärger, den Sie sich aufhalsen, wenn Sie versuchen, mich wieder mit diesem Haufen Arschlöcher zusammenzubringen.«

»Es ist alles arrangiert«, sagte DIE STIMME, »die Angelegenheit mit Fox ist vergessen, ich habe zu wenig Leute.«

»Sie geben mir richtig das Gefühl, daß man mich haben will«, sagte ich.

»Niemand will Sie besonders«, sagte DIE STIMME. »Ich brauche Sie, das ist ein Unterschied. Also kommen Sie rüber, setzen Sie Ihren Arsch in Bewegung. Ach, übrigens, ein Kumpel von Ihnen, Sergeant Stevenson, ist im A14, er kümmert sich um einen anderen Todesfall, drüben in Clapham, geschah in der gleichen Stunde, als Carstairs und Suarez starben, und er will mit Ihnen reden. Wenn Sie kommen, fragen Sie nach meinem Stellvertreter, Chief Detective Superintendent Jollo, unterschreiben einige Papiere, damit Sie einen Polizeiausweis erhalten, und gehen dann zu Chief Inspector Bowman, Kapitalverbrechen. Er ist als erster am Tatort gewesen. Er wird Sie rüber nach Kensington bringen. Treffen Sie sich so schnell wie möglich mit Stevenson. Also los, bewegen Sie sich -- außer Ihnen habe ich niemanden, der hartnäckig genug hierfür ist, also beeilen Sie sich -- man macht mir von oben wegen dieser Sache schon die Hölle heiß.«

»Warum das?« fragte ich.

»Stellen Sie den Toten Ihre Fragen«, sagte DIE STIMME, »es hat keinen Sinn, sie mir zu stellen.«

Das Freizeichen ertönte.

*

Ich fuhr zur Poland Street und fand Bowman. Er trug eine brandneue, schwarze Lederjacke, die mir bewußt machte, wie sechzigjährige Hippies einmal aussehen werden, und sein Gesicht hatte eine seltsame Farbe.

»Was ist mit dir los?« fragte ich. »Hast du Grippe oder so was?«

»Fang nicht damit an«, sagte er, »tu's nicht, Sergeant, das ist alles, und jetzt laß uns gehen, der Wagen wartet.«

Er tat mir leid, und die Schwierigkeiten zwischen uns kamen daher, daß ich es immer zeigte.

*

Obwohl Empire Gate eine Meile lang war -- die Straße verlief nach Süden und bildete mit der Themse hinter Kensington Palace und der Sowjetischen Botschaft einen rechten Winkel --, war es ziemlich einfach, das Stuckportal zu finden, denn unter dem Säuleneingang am Fuße der Treppe, die ins Haus führte, stand ein Beamter in Uniform. Als wir ankamen, war es Sonntagmorgen elf Uhr, und die Februarsonne -- sie hatte die Farbe einer falschen Guinee -- schien blaß auf den ruhigen, schmutzigen Bürgersteig und auf die dicken Wagen der Marke Mercedes-Benz, die vor dubiosen Botschaften parkten und der Beförderung drittrangiger Sekretäre dienten. Bowman wandte sich mit seinem üblichen Charme an den Polizisten vor der Tür. »Bowman, Kapitalverbrechen, laß uns rein, Junge.« Indem er auf mich wies, fügte er hinzu: »Und erzähle deinen Leuten, daß dieser Beamte den Fall übernimmt, damit sie Bescheid wissen, ja?«

»Okay«, sagte der Beamte und sah mich an. »Ich werd's weitergeben.« Er brachte uns hinein und führte uns über einen abgetretenen Teppich, der auf dem Flur lag, zu einer dunklen Tür unter der Treppe. »Waren alle da und sind wieder weg?« fragte ich Bowman und meinte damit die Spurensicherung.

»Ja«, sagte der Uniformierte. Er zog den Wohnungsschlüssel aus seiner Tasche und gab ihn mir. Bowman sagte zu ihm: »Gehen Sie jetzt zur Tür zurück, und bleiben Sie dort, bis Ihnen gesagt wird, daß Sie etwas anderes tun sollen.«

Der Beamte antwortete: »Ich habe ein gutes Angebot von dieser großen Bäckerei drüben in Camden Town bekommen.«

Bowman sagte: »Dann nehmen Sie's doch an, Junge. Sie haben verdammt recht, warum sollten Sie hier in der Kälte stehen und sich die Eier abfrieren?«

Nachdem er gegangen war, sagte Bowman zu mir: »Gehst du zuerst rein?«

»Du hast das Kommando«, sagte ich, »so wie du dich gerade benommen hast.«

»Ja, aber ich bin jetzt schon zum zweitenmal hier«, sagte Bowman. Er schluckte.

Ich fragte: »Ist es so schlimm?«

Er antwortete. »Ja.«

»Gut«, sagte ich, »dann bleib mit dem uniformierten Bäcker hier im Flur.«

Bowman sagte: »Nein, aber ich wäre dir trotzdem dankbar, wenn du als erster reingehen würdest.«

So hatte ich Bowman vorher noch nie erlebt. Aber ich nahm den Banham-Schlüssel, den man mir gegeben hatte, steckte ihn ins Schloß, öffnete die

Tür und trat ein. Das erste, was ich sah, waren Betty Carstairs' Unterschenkel, denn sie lagen direkt vor meinen Füßen außerhalb der aus den Fugen geratenen Uhr, die sich der dreckigen Wand wie ein überfallener Betrunkener entgegenstreckte. Das Oberteil der Uhr war auf ihren Kopf und ihre Brust gestürzt, und eins der Bleigewichte, Teile eines Nachtgeschirrs, Holz und Glas lagen, teilweise blutbespritzt, verstreut um sie herum. Ich bemerkte flüchtig, daß das Zifferblatt der Uhr als Verzierung eine Miniaturbootsszene mit Windsor Castle im Hintergrund zeigte.

Als nächstes betrachtete ich das Trümmerfeld in dem dunklen, vollgestopften viktorianischen Flur. Es stank überall penetrant nach Urin. Ein alter, gepunkteter Wollhut lag unter einem Tisch, auf dem das Telefon mit herausgerissenem Kabel stand. An dem Hut befand sich Blut. Er mußte von Carstairs' Kopf gefallen sein, als sie in die Uhr stürzte. Direkt hinter ihrer Leiche führte ein enger Korridor im rechten Winkel zu einer Küchentür, die von einem durch Feuchtigkeit aufgequollenen Läufer offengehalten wurde -- dieser ganze hintere Teil der Wohnung, der Flur und die Küche, waren bitter kalt.

Ich ging in die Küche. Sie wurde immer noch durch eine schwache, schmierige Birne hoch oben an der Decke erhellt. Es war ein hoher Raum, aber er war vollgestopft mit Müll, der bis an die Überreste des modellierten Stuckkranzes reichte. Truhen, uralte Fernseher, haufenweise zerbeulte Koffer und Kartons, die von dem Zeug überquollen, das man am Harrow End der Portobello Road zu meiden versuchte. Stapel angeschlagenen Geschirrs erhoben sich unsicher von Sesseln, die von *British Rail* gepolstert sein mußten. Auf dem Boden lagen verrostete Fischbestecke mit Griffen aus Elfenbeinimitation. Stoffbahnen, ein Stapel Homburger aus den Dreißigern, Baumwollröcke, Perlonstrümpfe, rosa Unterwäsche, die nach siebzig Jahren ein Comeback erlebte -- all dies quoll aus Koffern mit defekten Schlössern oder aus Müllsäcken, so daß der einzig freie Platz eine Enklave unter einem mit dunkelrotem Papier abgedunkeltem Fenster war. Der süßliche, faulige Geruch, der dieses Zimmer beherrschte, kam von einem niedrigen, ungemachten Bett, bestehend aus zwei Matratzen, die auf Büchern lagen. Ich hob die Bettdecke hoch und sah, daß die Matratzen mit Urin getränkt und mit schon angetrocknetem menschlichem Schmutz besprenkelt waren.

Rechtwinklig zum Bett stand ein alter General-Electric-Kühlschrank, dessen Motor unaufhörlich brummte. Er würde weiterbrummen, bis er durchbrannte, denn das Gehäuse war schon vor langer Zeit verrostet. Dem Kühlschrank gegenüber stand ein schmieriger, alter, amerikanischer Herd, in dessen fleckige, graue Emaille 'Mark I Series 1940' gestanzt war. Der Backofen war vollgestopft mit riesigen Tellern und Platten, so wie sie große Familien vor fünfzig, sechzig Jahren benutzt hatten. Ein zerbeulter Aluminiumkessel stand auf einer Gasdüse des Herdes neben einem Stück Schinken, das vergessen worden war und vor sich hin faulte. Und irgendwo strömte Gas aus, wahrscheinlich aus dem fünfzig Jahre alten Durchlauferhitzer, der den Heißwasserhahn des Spülbeckens versorgte.

Sobald ich mich dazu in der Lage fühlte, wandte ich mich wieder dem Flur zu und kniete neben Betty Carstairs nieder. Ich nahm jedes Detail ihrer Lage auf, schätzte die Kraft, mit der sie in die Uhr gestoßen worden war und prägte mir jeden Zentimeter ihrer Kleidung ein. Als erstes bemerkte ich ein kurzes, nacktes Stück des verwelkten Oberschenkels, durch den zerrissenen Strumpf schimmerten Haut und Knochen; dann einen dikken, alten Tweedrock, hochgerutscht bis zur Taille. Was immer sie einmal an sich selbst schön gefunden haben mochte, jetzt war es so bedeutungslos wie ein toter Soldat nach einer Schlacht. Wofür auch immer sie sich einst gehalten haben mochte, es war durch die ihr zugefügte Gewalt zerstört worden.

Neben der Leiche lag ein zerknülltes Stück Schreibpapier, ich hob es auf und glättete es. Ich sah sofort, daß es nicht Mrs. Carstairs', sondern die Handschrift einer jungen Frau war. Nur ein Satz stand darauf. »Ich brauche jetzt eine lange Ruhepause.«

Da es in der Wohnung so dunkel war, nahm ich meine Taschenlampe und untersuchte als nächstes die Stelle zwischen Mrs. Carstairs' Kopf und ihrer Schulter, und dann, indem ich vorsichtig ihr Genick befühlte, überzeugte ich mich, daß es gebrochen war. Ich drehte ihren Kopf ein wenig, und dabei glitt ihr Gebiß, das halb aus ihrem Mund gedrängt worden war, dankbar in seine normale Position zurück, und die alten Lippen schienen mich trotz ihrer Starre anzulächeln. Ansonsten war ihr Gesichtsausdruck durch Todesangst und Entstellung ausgelöscht worden -- weggewischt und ersetzt durch jene verschlagene Miene, die Tote schon nach wenigen Stunden aufsetzen.

Ich sagte zu Bowman, der hinter mir stand: »Habt ihr schon die Tatzeit festgestellt?«

»Sie sagen, Samstagnacht zwischen elf Uhr abends und morgens ein Uhr, aber natürlich haben wir noch nicht die Resultate der Autopsie.«

Ich sagte: »Die will ich so bald wie möglich.«

Er sagte: »Du weißt, wie die da unten sind, du wirst ihnen auf die Füße treten müssen.«

Ich sagte: »Ich werde ihnen auf die Füße treten, wenn sie das brauchen.«

Bowman sagte: »Und du wirst dir wegen dieser Sache den Arsch polieren müssen, oben gehen denen schon die Sicherungen durch.«

»Es ist die Presse, die denen dort den Schlaf raubt«, sagte ich, »nicht die Leichen.« Ich fügte hinzu: »Und was meinen Arsch angeht, den werde ich so lange polieren, bis man sich drin spiegeln kann.«

»Du solltest jetzt besser kommen und nebenan nachsehen«, sagte er.

Ich streichelte Betty Carstairs' halbgeöffnete rechte Hand und sagte: »Ja, gut, laß uns jetzt ins andere Zimmer gehen und das Mädchen ansehen.«

Er sagte: »Warte, laß dir Zeit.«

»Macht das einen Unterschied?« fragte ich.

Zeit? Wie lange hatte meine Begegnung mit der toten Frau gedauert? Was war mit mir geschehen? Wie lange hatte ich wirklich gebraucht, um mich über Betty zu beugen, ihr zertrümmertes Gesicht und ihre Hand zu streicheln und dann die Splitter von ihrem hohlen Brustkorb zu pflücken?

»Laß uns reingehen«, sagte Bowman, aber sein Gesicht war ganz weiß, und ich hielt ihn zurück, indem ich meine Hand sanft auf seine Schulter legte. Und die Geste wirkte seltsam gegenüber jemandem, gegen den ich normalerweise eine tiefe Abneigung hatte.

»Nein«, sagte ich, »bleib, wo du bist.«

Der Moment konnte nicht mehr aufgeschoben werden, darum ging ich in den dunklen, gelben Raum, in dem das Mädchen lag. Als ich die Tür langsam öffnete, sah ich auf dem Vorleger ein paar schon leicht angetrocknete Blutspritzer. In dem trüben Februarlicht sahen sie schwarz aus, genau wie die verschmierten roten Flecken an der abblätternden gelben Türkante und am Türrahmen, und durch diesen Anblick stieg ein so eisiges Gefühl in mir auf, daß ich den Eindruck hatte, mich wie jemand in einem Alptraum zu bewegen. Statt normal zu gehen, hatte ich eher das Gefühl, als würde ich hinschweben, hintreiben zu der Stelle, wo das Mädchen lag. Der Gestank ihrer Eingeweide war schon deutlich wahrnehmbar, aber nach einiger Zeit beugte ich mich vor und berührte die Blutlache, die ihr am nächsten war. Das Blut war schon kalt, verkrustete an der Oberfläche wegen der niedrigen Temperatur. Blut befand sich auf den Teilen des Fußbodens, auf denen kein Teppich lag, tränkte die Dielen. Blut, in Klecksen auf dem Bettzeug, auf den durch Armut zerstörten Möbeln, an den Wänden; hier und dort klebten größere Klumpen an den Oberflächen. Als ich mit meiner Untersuchung fortfuhr, entdeckte ich, daß der Killer offenbar Blut aufgeleckt und kleine Stücke von ihr gegessen hatte. Außerdem hatte er gegen ihren rechten Oberschenkel ejakuliert. Etwas auf dem mit Brettern vernagelten Kamin zog meine Aufmerksamkeit auf sich. Ich ging hinüber und fand einen kleinen Haufen schwärzlicher Scheiße.

Bowman kam herüber, und wir blickten auf den kleinen Haufen hinunter.

Bowman sagte: »Warum haben so viele von ihnen das Gefühl, das tun zu müssen?«

»Es ist Egoismus und Übererregung«, sagte ich. »Das ist Teil eines komplizierten Prozesses, sich zu befriedigen -- außerdem ist es eine primitive Methode, ein Dokument mit drei Kreuzen zu unterschreiben.«

Er stieß mit der Spitze seines teuren Schuhs gegen den Kot. »Was meinst du, welche Chance hast du, ihn zu kriegen?«

Ich sagte: »Ich kriege ihn.«

»Das glauben wir auch«, sagte Bowman, »aber glaube nicht, daß wir dir auch nur einen außergewöhnlichen Gefallen erweisen werden.«

Ich sagte: »Ich habe meinen eigenen Weg, die Hilfe zu bekommen, die ich brauche. Und was den Gefallen betrifft, du findest vielleicht, daß du dir selbst kcinen erwiesen hast, als du mich auf die Sache angesetzt hast.« Ich fügte hinzu: »Verpiß dich jetzt einfach, Charlie, ja? Ich will allein sein.«

»Achte auf deinen Ton, Sergeant.«

Ich sagte: »Es ist mein Fall. Geh raus. Ich will mit ihr allein sein.«

Nachdem er gegangen war, kniete ich mich neben Doras Leiche und fühlte mich ihr sofort nahe, gleichzeitig aber auch durch etwas von ihr getrennt, das ich nicht durch Worte beschreiben konnte. Sie war sehr schlank und trug die blutigen Reste eines neuen Kleides. Es war rosa und weiß mit dunklen Blumen und bedeckte gerade ihre Knie. Als ich einen ersten Blick auf ihre Beine warf, die verrenkt unter ihr lagen, schien es mir, als wäre ihr Körper von den Oberschenkeln bis zu den Füßen angeschwollen und in Relation zum Rest zu kräftig -- als wären ihr dunkelhaariger Kopf, die schmalen Schultern zu elegant dafür. Aber dann bemerkte ich den Grund: ihr Körper war gegen das Bett gelehnt, und das Gesetz der Schwerkraft hatte ihren Unterkörper mit Blut gefüllt wie Fleisch einen Darm bei der Wurstherstellung, und so hatte der Tod sie zurückgelassen.

Es dauerte lange, bis ich mich überwinden konnte, die übelzugerichtete Seite ihres Gesichtes mit den furchtbaren Schnitten, klaffenden Wunden, zerquetschten und gebrochenen Knochen genau zu betrachten. Ich wollte das erst machen, wenn ich allein war, und doch war es sehr schlimm, mit ihr allein zu sein, denn ich hatte Angst, mich so zu verlieren, wenn ich sie ansah, daß ich niemals mehr zurückkommen würde. Ich hatte so viel Angst davor, sie anzusehen, wie ich es beim Ertrinken haben würde.

Als ich in ihr Gesicht blickte, jedoch weit davon entfernt, Angst zu haben, bemerkte ich, daß ich weinte. Die eine Gesichtshälfte war bis auf einen verschmierten Blutfleck auf der Wange unversehrt geblieben. Die Axt hatte ihr Gesicht quer und dann auf der vollkommen verunstalteten Seite senkrecht getroffen. Ihre Augen waren nicht zerstört. Sie waren schwarz, ironisch und dreiviertel geöffnet -- blinde Mandeln, die mit der verschlagenen Sinnlosigkeit der Toten in eine Ecke der Zimmerdecke starrten.

Ich holte sogleich meine Taschenlampe heraus und leuchtete sie ab, denn die Stelle, wo sie zwischen den Betten zusammengebrochen und gestorben war, war sehr dunkel. Der weiße, staubige Lampenschirm, der über ihr hing, war so angebracht, daß er nicht genug Licht auf sie fallen ließ. Im Schein der Taschenlampe funkelten mich ihre schwarzen Augen kalt an.

Der Staub unserer großartigen Hauptstadt legte sich schon sacht auf diese Augen. Da sie erst seit kurzem tot war, würde sie noch einige Stunden lang eine schöne Frau bleiben, jedenfalls so lange man den unzerstörten Teil betrachtete. Nur ihre Augenbraue, verzerrt durch ein starres Stirnrunzeln in Todesangst, verdarb ihr Aussehen, und ihre Lippen wirkten unnatürlich. Sie waren leicht, aber schlaff geöffnet, so daß man ihre Zähne sehen konnte, als hätte sie zuletzt ein Argument gelangweilt. Der Tod war schon am Werk gewesen und hatte auf ihren Wangen bis zu dem schönen Ansatz ihres schwarzen Haares Spuren hinterlassen. Aber das Traurigste, weil es mir so völlig widersinnig erschien, war die Geste ihres ausgestreckten, unverletzten Armes, der jedem auf der Welt zuzuwinken und zu verstehen zu geben schien, keine Angst zu haben, sondern ihr zu folgen. Erst als ich ihren Rücken berührte und ihr Rückgrat abtastete, das sich gegen die Bettseite stemmte, bemerkte ich, wie das arme Ding in der letzten scheußlichen Agonie versucht hatte, noch einmal aufzustehen, um dem Tod noch eine weitere Sekunde entfliehen zu können, um all das zu erklären, was sie so plötzlich verlassen mußte.

Nicht weit von ihr, ein Meter von den Betten entfernt, stand ein niedriger Tisch, der während des Kampfes nicht umgeworfen worden war. Darauf lag eine Illustrierte, aufgeschlagen war die Werbung eines Reisebüros, das billige Charterflüge nach Hawaii anbot. Ich fühlte, daß das der letzte Fluchttraum gewesen war, den Dora hatte, bevor sie starb. Und als ich die Annonce las, fühlte ich Doras Anwesenheit, ihr großes Bedauern, das sich auf die ausgebreitete Doppelseite richtete. Auf der Hochglanzphotographie neigten sich Palmen nach außen, deren Wedel im Wind seewärts zu den glitzernden Wellen strebten. Direkt unter den Bäumen stand ein junges Paar und starrte auf die Unendlichkeit des leeren Pazifikstrands, der so weit war, daß er schließlich in dem Coupon verschwand, den man abschicken mußte, um noch in den Genuß des Rabatts zu kommen, der nur bis zum ersten Juli gewährt wurde.

In diesem Augenblick, und nur da, verstand ich, was gerechter Zorn und Verzweiflung bedeutete, und dieses Gefühl paarte sich mit dem Wunsch, mich über Suarez zu beugen und zu flüstern: »Es ist alles gut, Darling, mach dir keine Sorgen, alles ist gut, ich bin jetzt hier, alles ist jetzt gut.« Und das Gefühl war so stark, daß ich niederkniete und ihr kurzes, schwarzes Haar küßte, das noch immer nach dem Apfelshampoo roch, mit dem sie es erst letzte Nacht gewaschen haben mußte. Nur war das Haar jetzt schmutzig, mit Blut verklebt, starr und kalt.

Ich ging zum Streifenwagen auf der anderen Straßenseite und sagte zum Fahrer: »Geben Sie über Funk durch, daß die Leichen jetzt abgeholt werden können.«

Bowman krümmte sich auf dem Rücksitz des Wagens.

»Was ist los mit dir?«

»Die Magengeschwüre machen sich wieder mal bemerkbar.«

Ich sagte: »Während die Ambulanz unterwegs ist, gehe ich noch mal rein, um ihre Sachen durchzusehen.«

»Das ist alles schon erledigt«, sagte Bowman.

»A14?«

»Natürlich nicht. Nein, der richtige Haufen. Kapitalverbrechen.«

»Das ist nicht gut genug«, sagte ich.

»Du frecher Bastard«, sagte Bowman. »Was meinst du damit, nicht gut genug?«

Ich sagte: »Ich werde es auf meine Weise machen, Charlie. Du brauchst nicht zu warten -- ich will dich nicht von deiner jugoslawischen Prinzessin abhalten.«

»Es war ein Fehler, dich nach allem zurückzuholen«, sagte Bowman. Er griff sich krampfhaft in den Magen und grinste vor Schmerzen.

»Du solltest zum Arzt gehen«, sagte ich. Ich fügte hinzu: »Es war kein Fehler -- wer immer Carstairs und Suarez getötet hat, ich will ihn. Ich löse meine Fälle, aber ich schaffe es viel schneller, wenn keine Horde unnützer Leute um mich herumsteht. Wenn du mir nicht glaubst, dann frag Inspector Fox.«

Bowman fuhr wütend ab, knallte die Wagentür zu, die er geöffnet hatte, um auszuspucken. Es war immer das gleiche mit ihm, er war geil darauf, andere Leute runterzumachen -- nur daß es bei mir nicht funktionierte, und das wußte er. Nicht, daß ihn das aufhielt, seine fixen Ideen waren stärker als er.

Ich rief Stevenson in der *Factory* an. Ich mochte Stevenson. Kurz bevor ich gefeuert wurde, kam er von Camberwell zum A14, und wir kamen gleich miteinander klar. Er war ein blasser, blonder Mann um dreißig, der aussah, als sei er sehr gut im Sport -- was er aber nicht war. Er war gut darin, Freibiere, Psychopathen oder Schurken klarzumachen -- außerdem, genau wie ich, die Preise von Informanten herunterzuhandeln, was vielleicht an seinem schottischen Blut lag. Er gönnte der Zigarettenfirma, die Westminster Filter herstellte, keine Ruhe, da er während jeder Erdumdrehung praktisch ihre ganze Produktion rauchte. Ob Tag oder Nacht, er blies diesen abscheulichen Qualm in die Gesichter der Menschen, die ihm irgendwo über den Weg liefen. In der *Factory* blies er es ihnen in Zimmer 202 ins Gesicht. Quer durch alle Dienststellen hielt man ihn im allgemeinen für einen intelligenten, nicht gewalttätigen Mann, mit dem man sich besser nicht anlegte. Tatsächlich war Stevenson mir sehr ähnlich, das bedeutete, daß wir offen miteinander reden konnten, ohne ein Wörterbuch zu Hilfe nehmen zu müssen.

»Also«, sagte er, »wie sieht's aus? Bist du in Empire Gate?«

»Ja, darum rufe ich dich an«, sagte ich. »DIE STIMME hat's mir geraten. Stimmt es, daß du den Roatta Mord drüben in Clapham untersuchst?«

Er sagte: »Todsicher.«

»Wie war's?«

»Kommt darauf an, ob du Wohnzimmer magst, die in Grau und Rot gehalten sind -- ich habe in der Zeitung gelesen, daß das jetzt modern wird, der neue makabre Stil. Aber mich interessiert die kurze Zeitspanne zwischen deinem Job und meinem.«

»Es wäre wirklich brutal, wenn es ein und derselbe Kerl gewesen sein sollte«, sagte ich.

»Mach dir darüber keine Gedanken«, sagte Stevenson, »es war derselbe.«

»Nun«, sagte ich, »ich schätze, von Empire Gate bis nach Clapham Common North Side sind's nicht mal zwei Meilen, und Verbrecher lieben doch Autos, oder? Ja, es paßt zusammen, nicht? Um ein Uhr morgens dauert es nur einige Ampelphasen, die Brücke zu überqueren. Roatta, wie wurde er erledigt? Unangenehm? Ich habe es nicht gelesen.«

»Der obere Teil des Kopfes weggeschossen«, sagte Stevenson, »nur der Unterkiefer blieb, der Rest schmückt kostenlos die Tapete. Mit einer Quickhammer, neun Millimeter, Kugel war ein Dumdum-Geschoß, wenn du das unangenehm nennst.«

»Nun, ich finde es nicht gerade höflich«, sagte ich.

»Diesen Maniacs scheint man keine Manieren beibringen zu können«, sagte Stevenson.

»Andererseits kann ich nicht behaupten, daß mir das Herz blutet, nur weil Roatta tot ist«, sagte ich. »Wir wissen alles über Felix, im Stadtrat Vater und Freund aller, außerdem dick im Geschäft mit West End Clubs und Prostitution, versuch mal, den festzunageln. Doch erst mal liegt uns der Killer am Herzen, also gut, laß uns bald darüber reden, vielleicht haben wir endlich mal Glück, und es ist ein und derselbe. Jedenfalls müssen wir ja irgendwo anfangen.«

»Wer war diese Suarez überhaupt?« fragte Stevenson. »Ist was bekannt?«

»Das ist das Problem«, sagte ich. »Ich habe sie gründlich überprüfen lassen, aber soweit ich weiß, war sie sauber, nicht ein Aktenvermerk.«

»Das schmeißt unsere Theorie über den Haufen«, sagte Stevenson, »denn wenn sie auch nur im entferntesten etwas mit Roatta zu tun hatte, kann sie nicht sauber gewesen sein, also suchen wir zwei Killer, nicht einen, und das ist bedauerlich.«

»Sei dir da nicht zu sicher«, sagte ich. »Ich habe Empire Gate gründlich durchsucht und ein Notizbuch gefunden, in das sie Aufzeichnungen gemacht hat. Ich bin dabei, es durchzuarbeiten, hatte nur noch keine Zeit, es ganz durchzulesen -- aber Suarez war nicht sauber. In ihren eigenen Notizen ist sie keine strahlende Heldin, jedenfalls nicht für mich.« Ich fügte hinzu: »Irgend etwas kommt mir sonderbar vor. Diese beiden Frauen wurden mit der Axt erschlagen, aber nach dem, was ich in ihrem Notizbuch gelesen habe, glaube ich nicht, daß es sich dabei um einen Gelegenheitsspinner handelt, der mal eben auf blauen Dunst mit der Axt vorbeikommt. Ich glaube, Suarez war eine Prostituierte. Ich nehme an, daß sie unglücklich in jemanden verliebt war. Das, was ich gelesen habe, sagt mir, daß sie genug hatte. Als ich mit Bowman in der Wohnung war, habe ich gesehen, daß sie sich so angezogen hatte, als wolle sie jemanden töten oder selber sterben. In ihrem Notizbuch befinden sich keine Datumsangaben, nur Wochentage, aber ich bin mir ziemlich sicher, daß der Samstag, an dem sie sich -- laut Notizbuch -- umbringen wollte, derselbe Tag ist, an dem sie erledigt wurde. Außerdem war sie, wenn man dem Notizbuch glaubt, sehr krank, die ganze Sache stinkt.«

»Es würde uns helfen, wenn es nach Roatta stinken würde«, sagte Stevenson.

»Nun, Carstairs und Suarez haben diesen Geruch«, sagte ich, »wenn wir nur eine Verbindung herstellen könnten.« Ich fügte hinzu: »Ich werde so schnell, wie es der Verkehr erlaubt, dort sein. Ich fahre jetzt los. Weißt du, wo sie mich hingesteckt haben?«

»Du bist wieder in 205.«

»Ich wette, daß meine Plastiktulpen verschwunden sind.«

»Ja, irgendein Arschloch hat das Fenster offengelassen, und ein Aasgeier ist aus dem Zoo ausgerissen, ist darüber geflogen und hat auf die Tulpen geschissen, so daß eine reinliche, kleine Polizistin sie mit ausgestrecktem Arm nach unten zum Müll getragen hat.«

»Oh, gut, die sahen sowieso schon etwas verblichen aus«, sagte ich. »Zu schade -- ich werde mir vom ersten Gehalt neue kaufen, wenn ich das überhaupt erlebe. Nebenbei, hast du Charlie Bowman irgendwo im Haus gesehen?«

»Stell dir vor«, sagte Stevenson, »er rollt gerade herein und fragt nach dir, und nach dem Ausdruck seines Gesichts zu urteilen, das knallrot ist und etwas seltsam aussieht, solltest du hier besser aufkreuzen. Ich warte auf dich.«

»Ich bin schon unterwegs«, sagte ich.

»Schön, es ist gut, daß du wieder da bist«, sagte Stevenson. »Es bedeutet, daß hier wieder jemand mit Durchblick ist.«

»Einige Leute werden darüber nicht glücklich sein«, sagte ich.

»Scheiß auf die.«

*

Als ich endlich, Gott sei dank, allein war, ging ich in die Wohnung zurück und wanderte ganz ruhig durch das Halbdunkel. Die Leute vom Labor hatten alles so gelassen, wie sie es vorgefunden hatten. Das rückwärtige Fenster, durch das der Killer nach Meinung aller eingedrungen und verschwunden war, stand halb offen, der Staub am unteren Fensterrahmen war noch immer von hastig zupackenden Handschuhen verschmiert.

Ich streifte in der Wohnung umher. Die beiden Leichen störten mich nicht mehr, darüber war ich hinweg.

Ich wußte, was es bedeutete, wenn die Leute vom Dezernat für Kapitalverbrechen eine Wohnung untersucht hatten. Sie waren gründlich, gut. Das Problem war immer, daß sie gründlich, aber nicht vollkommen waren. Das lag daran, daß die sich häufig nicht genug Zeit nahmen, darüber nachzudenken, wonach sie suchten. Darum ignorierten sie, was ich erfassen würde, weil sie es für unwichtig hielten. Umgekehrt sammelten sie reichlich Dinge in ihren Spezialkoffern, die sich später als vollkommen uninteressant herausstellen könnten.

Ich wollte sofort Spuren von Betty und Dora, die sie hinterlassen hatten -- Schriftstücke, Briefe, sogar eine zusammengeknüllte Notiz -- alles, was etwas über sie verriet.

Um nicht gestört zu werden, schloß ich mich ein und lebte bald in diesem Golgatha. Ich suchte zwischen den Kartons, Truhen und Koffern. Allein in der Küche waren über hundert. Aber von Dora schien bis auf ein paar Kleidungsstücke am Ende ihres Bettes und einem BH und einem Slip, die zum Trocknen auf einer Leine im Badezimmer hingen, nichts da zu sein.

Was hatte Wilfred Owen 1917 an der Sambre Front geschrieben?

> »Oh, warum quälen sich die Sonnenstrahlen sinnlos,
> um den Schlaf der Erde zu unterbrechen?«

Es kam mir in den Sinn, daß Zimmer wie diese, Situationen wie diese die Front der Achtziger waren -- aber diese Wohnung schien mir schlimmer zu sein als gewöhnlich, denn zur Abwechslung waren genau die Leute, für deren Schutz die toten Armeen gekämpft hatten, ermordet worden, und dieses Mal war niemand dagewesen, um sie zu beschützen.

Während ich die Wohnung durchsuchte und auf die Ambulanz wartete, schwand das wenige Licht, so daß ich die Lampen anmachen mußte. Der Nachmittag hatte sich als ein kurzer Winternachmittag gezeigt, der die hohen Fenster in ein schmutziges Gelb tauchte und die Platanen draußen schwärzte, während in der Kellerwohnung jemand wieder und wieder dasselbe Präludium von Chopin spielte.

*

In der Nacht bevor ich nach Brighton fuhr, hatte ich einen phantastischen Traum, in dem ich die bezauberndste Frau traf, die ich jemals gesehen hatte. In einem heißen, fremden Land lag ich in einem fremden Zimmer im Bett. Aber das südliche Licht wurde gedämpt, verändert durch halbgeschlossene Jalousien, und in dem hohen Zimmer war es kühl. Im Traum erwachte ich gerade mit einem Gefühl des Bedauerns über die Abwesenheit von jemandem, aber zärtlich und ohne Bitterkeit, als sie plötzlich hereinkam und sich neben mich aufs Bett kniete.

Es war ganz sicher ein sehr altmodisches Zimmer, in dem ich war. Ich würde sagen, es war mindestens hundert Jahre alt, mit einem grünen Eisenbett, das auf einem Fußboden mit sechseckigen Fliesen stand, vielleicht Terracotta. Ich schien in einem fremden Hotel auf dem Lande zu sein. Sie war nicht schön oder besonders jung. Sie war gut gekleidet und trug viel Schmuck. Sie lächelte mich an, streckte ihre Hand aus, um mein Gesicht zu streicheln, und sagte: 'Ich habe keinen Namen.'

Aber als sie im Traum erschien, brauchte ich sie nur anzusehen, um zu denken: ah, gut, endlich bist du da -- jetzt sind wir zu zweit, zusammen können wir endlich etwas machen. Und diese Gedanken hatten im Traum einen sehr beruhigenden Effekt auf mich. Die eine, schnelle Bewegung, mit der sie zu mir kam, gab mir keine Zeit zum Nachdenken, und man kann nicht von mir erwarten, daß ich alles weiß, was sie im Traum ausdrücken wollte. Aber als wir unsere Gesichter zum erstenmal genauer betrachteten, geschah das nicht hastig. Ich erinnere mich nur an mein Erstaunen über die Schlankheit ihrer Hand, an den intensiven Bronzeton ihres Gesichts und an ihr Haar, das kurz war und schnell und praktisch am Hinterkopf zusammengeknotet. Außerdem war ihr Haar auf eine Weise parfümiert, an die ich mich hinterher nicht mehr erinnern konnte. Sie hatte das Gesicht einer Göttin auf einer tausend Jahre alten Münze, die niemals berührt, gefunden, zerstört oder eingewechselt worden war. Lächelnd zog sie den Rock ihres Kleides schnell über die Hüfte, und wir trafen uns sofort in meinen Armen. Wir hatten für nichts mehr Zeit, aber ich schaffte es zu sagen: »Du bist die himmlischste Frau, die ich kenne.« Und sie sagte. 'Ich weiß, und du hast lange nach mir gesucht, darum bin ich gekommen, weil du glaubtest und wußtest, daß ich kommen würde.' Und so liebten wir uns, und ich erwachte in einem Zustand großen Friedens und wußte irgendwie, daß alles in Ordnung war.

Später im Traum saß ich in einem weißen Restaurant. Das strahlende Sonnenlicht, das durch das Glasdach fiel, wurde durch dunkle Jalousien gedämpft. Ich saß allein an einem Tisch, als sie mit ihren vielen Kindern hereinkam und sich mit vollkommener Selbstsicherheit ans Ende eines anderen großen Tisches setzte. Trotzdem war ich glücklich, an meinem Tisch zu sitzen -- tatsächlich hatte ich mich noch niemals so glücklich gefühlt. Sobald sie sah, daß ich sie bemerkt hatte, rückte sie ihren Stuhl in eine Position, von der aus sie direkt in mein Gesicht blicken konnte. Und als sie mir direkt gegenübersaß, spreizte sie plötzlich ihre Oberschenkel, so daß ich ihr Geschlecht sehen konnte, und dann drängten sich ihre unzähligen Kinder aufgeregt und fröhlich um mich, wobei sie sich gegenseitig anrempelten, und sie sagte mit ihren leuchtenden Augen, die in meine blickten, sagte es mit den Augen, da wir zu weit voneinander entfernt waren, um zu sprechen: 'Na! Gefällt dir das jetzt?' Ich wußte es nicht -- ich wußte nur, daß Barmherzigkeit, Liebe und Gerechtigkeit das gleiche waren.

*

Bevor er ging, hatte Bowman gesagt: »Besteht die Möglichkeit, daß der Killer eine Frau ist?«

»Mein Gott, nein«, sagte ich. »Sogar Squeaky Fuentes hat nie so gemordet. Du erinnerst dich an sie. Und sie war so verrückt wie ein Sack heißer Affen.«

»Gut«, sagte Bowman, »es war nur eine Theorie, die ich zufällig losgelassen habe.«

»Zum Glück hat sie mich nicht getroffen«, sagte ich.

Er verkniff sich eine Erwiderung und fragte: »Kann ich dir sonst irgendwie helfen?«

»Vielleicht«, sagte ich, »aber nicht mit deinem Hirn, eher mit deinen praktischen Qualitäten.«

»Die kannst du zu spüren bekommen, du kannst in meiner freien Nacht was in die Fresse kriegen«, kreischte er.

»Warum gehst du nicht einfach und verlierst beim Billardspiel mit Alfie Verlander noch mehr Geld«, sagte ich, »dann bekommst du wenigstens nur Herzflattern und keinen Infarkt.«

In dem Augenblick knallte er die Hintertür des Streifenwagens vor meiner Nase zu und machte sich in einer stinkenden Wolke von Auspuffgasen zur *Factory* davon.

Ich dachte daran, wie außergewöhnlich groß die Zahl der Menschen ist, die die Wahrheit nicht ertragen können, und ging in die Wohnung zurück. Eines Nacht hatte meine Frau Edie zu mir gesagt: »Du wirst erstaunt sein, wie viele Leute dich nicht mögen.« Und ich erinnere mich, daß ich antwortete: »Nein, aber ich glaube, daß die Leute, die mich nicht mögen, sich selbst nicht leiden können, das ist alles.«

»Du erwartest doch nicht, daß du bei der Polizei mit dieser Haltung weiterkommst, oder?« fragte sie.

»Nein«, sagte ich. »Dafür ist die Polizei nicht da, und ich will, daß du aufhörst, dir wegen meiner Karriere Sorgen zu machen.«

»Wir brauchen das Geld«, sagte sie entschieden, drehte sich mit einem lauten Ruck um und schlief.

*

Ich hatte die Wohnung einen Augenblick verlassen, um Luft zu schnappen und nachzudenken. Jetzt kehrte ich um, um wieder hineinzugehen, und wich dabei auf dem feuchten Bürgersteig einer Gruppe Bauhandwerker aus, die gerade damit fertig geworden waren, einen Container mit Abfall zu beladen. Sie hatten ihn auf dem Lastwagen verstaut und gingen jetzt ins *Queen Anne* hinter den Remisen auf der Rückseite des Blocks, um ein paar Glas Swan zu trinken. Und warum auch nicht? Sie trugen leuchtendgelbe Helme, scherzten miteinander, kamen für die Nacht in Fahrt, schlugen sich gegenseitig auf die Schulter und boxten sich. Dadurch, daß ich sie eine oder zwei Sekunden um mich hatte, fühlte ich mich besser. Es waren alles junge Männer, und ich stellte mir vor, daß sie so waren wie ich in ihrem Alter -- entweder verheiratet oder mit fester Freundin oder mit der Hoffnung, nach dem nächsten Samstagsspiel auf ihre Kosten zu kommen. Durch sie fühlte ich mich weniger einsam, als ich zu dir zurückkam, Dora.

Denn ich küßte dein Haar und wußte nicht warum, aber ich bin dir verbunden.

Dora, ich weiß nicht, wie weit ich ins Dunkel muß, um dich zu finden, aber versuch, mir zu helfen, dich zu erreichen, hilf mir, dich zu finden, entgleite mir nicht einfach. Streng dich an, mir zu helfen.

Ich habe keine Angst vor deinem Killer, Dora. Hör mir zu. Ich werde versuchen, es mit den Worten eines anderen Mannes zu erklären -- einer meiner besten Freunde, ein Polizeibeamter namens Frank Ballard, der unten in der Fulham Palace Road gegenüber vom *Golden Bowl* von einem kleinen Arschloch mit einem abgesägten Kaliber zwölf, das eine große Wunde riß, in den Rücken geschossen wurde. Seitdem ist mein Kumpel Frank bis ans Lebensende von der Hüfte an gelähmt. Nun, Frank hat sein neues Leben als Krüppel wunderbar in den Griff bekommen, und ich wünschte, du hättest ihn kennengelernt, denn das hätte dir gut getan. Er weiß, wie man schwierige Sachen erklärt. Ich respektiere Frank, und ich mag ihn und frage ihn immer um Rat, wenn ich in der Klemme stecke. Wir waren zusammen beim A14 und arbeiteten an einigen heiklen Sachen. Nun, kurz nachdem er angeschossen wurde und im Charing Cross Krankenhaus lag mit Blumen und Büchern, die wir ihm brachten, traf ich ihn eines Nachmittags alleine an, und er sagte: »Ich glaube, es gibt nichts Schlimmeres bei wichtigen Polizeiermittlungen -- damit meine ich Ermittlungen in einem Mordfall -- als die Möglichkeit, daß der ermittelnde Beamte, und er kann der Beste sein, zu oft unbewußt daran denken könnte, wie er in den Augen seiner Vorgesetzten mit den Ermittlungen vorankommt. Er könnte dann immer dazu neigen, den Fehler zu begehen, an sich selbst zu denken. Das Resultat ist, daß der Beamte der toten Person gegenüber blind ist, da er sich im allgemeinen darüber nicht im klaren ist, kann er den Fehler nur schwer korrigieren. Doch das muß er ganz sicher, denn wenn er es nicht macht, beraubt er sich des objektiven Gefühls für Gerechtigkeit und wäre so nicht mehr der richtige Mann. Er könnte es nicht mehr sein, denn wenn der Tote sich nicht genügend auf den Beamten verlassen kann, wie würde dann die Aussage dieses Beamten vor Gericht gewertet werden, gesetzt den Fall, der Tote würde dort sitzen? Angenommen, sie könnten immer noch eine Meinung in dieser Welt formulieren, in der sie mal gelebt haben, dann würden die Toten wissen wollen: *Was waren die wahren Interessen des Beamten?*«

Verstehst du, Dora, und dann lächelte Frank und sagte: »Entschuldige, daß ich so denke ...«

Aber ich habe niemals vergessen, was er gesagt hat, denn es war genau das, was ich auch immer geglaubt habe, und Frank wußte das.

*

Ich wußte, daß ich Doras Sachen schließlich finden würde, wenn ich nur lange genug suchte, und im vierzigsten Karton, den ich in der Küche öffnete, fand ich sie auch. Es waren nur ein paar Papiere darin -- ihr Sozialversicherungsausweis, eine alte geknickte Schwarzweißphotographie, die zeigte, wie sie in irgendeinem Club mit einem dunkelhaarigen Mann tanzte, der der Kamera den Rücken zuwandte, und ein Schreibheft. Ich schlug das Heft auf: es war zu mehr als drei Viertel mit ihrer Handschrift vollgeschrieben. Ich wollte es sofort lesen, da ich die ganze Wohnung durchsucht hatte und sonst nichts Wichtiges gefunden hatte.

Denn über eins war ich mir im klaren -- daß Dora der Schlüssel zu den beiden Morden war, nicht Betty Carstairs.

3.

Als ich die Poland Street betrat und sagte, wer ich war, sah mich der Sergeant am Empfang durchdringend an und sagte: »Sie sollen sofort in den vierten Stock kommen.«

Im vierten Stock war das Büro DER STIMME. Ich dachte, daß ich sie vielleicht zum erstenmal im Leben treffen würde, aber ich hatte kein Glück. Ich nahm den Fahrstuhl zu Zimmer 471, und dort erwartete mich der Stellvertreter DER STIMME, Chief Detective Superintendent James Jollo.

Ich sagte: »Hier bin ich also.«

Er sagte: »Ja. Und es ist üblich, mich in gebührender Form anzureden, Sergeant.«

»Sie werden aufhören, sich darüber Sorgen zu machen, sobald Sie mich besser kennen«, sagte ich. »Ist der Commander nicht da?«

»Was geht das Sie an?« fragte Jollo. »Er bewegt sich nicht in Ihrer kleinen, beschissenen Welt.«

»Ich weiß«, sagte ich, »das ist das Problem -- genau wie Sie verwirrt es ihn, wenn er nicht weiß, was los ist, und dann will er Leute wie mich und nicht Sie. Zu dumm, nicht wahr?«

»Ich habe Sie nicht herkommen lassen, um mich mit Ihnen zu streiten«, sagte Jollo.

»Gut«, sagte ich. »Dann lassen wir das. Sprechen wir besser über die Morde an Carstairs und Suarez.«

»Sie waren da?«

»Ja«, sagte ich und spreizte meine Finger. »Sehen Sie, ich habe noch ihr Blut an meinen Händen.«

»Sie sind wirklich ein schrecklicher Mensch«, sagte Jollo. »Sie haben sich nicht geändert -- ich finde, Sie sind genau das, was Chief Inspector Bowman von Ihnen behauptet.«

»Das kommt von den Toten, mit denen ich verkehre, Jollo«, sagte ich. »Warum versuchen Sie es eines Tages nicht selbst mal, statt sich wie ein Chief Detective Superintendent anzuziehen und Arschlöcher und Briefmarken zu lecken?«

»Wenn Sie jemals wieder so mit mir reden«, sagte er, »dann ist die erste Verwarnung Ihre letzte, Arschloch.«

»Nun, so rede ich mit den meisten Leuten«, sagte ich, »also machen Sie sich nicht die Mühe, mich zu warnen, Sie vergeuden nur ihren Atem.«

»Wie kommen Sie damit durch?« fragte Jollo. »Was ist das große Geheimnis?«

»Das Geheimnis ist einfach«, sagte ich. »Das Geheimnis ist, daß es mir scheißegal ist.«

Er öffnete den Mund, aber ich sagte: »Öffnen Sie den nicht, Jollo -- Sie waren ein guter Detective, bevor Sie befördert wurden. Ich habe jetzt keine Zeit, also geben Sie mir den Briefumschlag mit dem Polizeiausweis, den Sie in einer Ihrer Schubladen haben, wie mir gesagt wurde, und lassen Sie mich den Killer von Carstairs und Suarez ergreifen -- deswegen bin ich hier.«

Er sagte: »Ich würde Sie gerne draußen irgendwo auf einem Stück Brachland treffen -- wann immer es Ihnen paßt.«

»Fühlen Sie sich nicht in Ihrem Stolz verletzt, Superintendent«, sagte ich. »Geben Sie mir einfach das Ding, und ich verschwinde, denn hier riecht es mir zu sehr nach hohen Dienstgraden -- es riecht hier verdammt nach hohen Dienstgraden.«

Er gab mir den Umschlag, weil er es mußte, aber er übergab ihn mir so, als sei er eine Waffe, mit der er mich aufforderte, mich zu erschießen.

Ich öffnete ihn, und es war ein Polizeiausweis darin. Ich sagte zu Jollo: »Seltsam, ich bin wieder ein Bulle.«

Er sagte: »Hoffentlich nicht für allzu lange Zeit.«

Ich sagte: »Stecken Sie sich den Kommentar in den Arsch. Ach, übrigens, ist Detective Sergeant Stevenson vom A14 noch auf seinem alten Platz?«

»Ja«, sagte Jollo, »er bearbeitet gerade einen Fall. Einem Kerl namens Roatta wurde drüben in Clapham zur gleichen Zeit, als Ihre Sache passierte, der Kopf weggeblasen.«

»Roatta?« sagte ich. »Nun, das ist ein riesiger Haufen Scheiße, den die Welt jetzt getrost vergessen kann. Und Sie sagen, Stevenson ist bereits dran? Gut, denn wenn es hier im Haus einen fähigen Detective gibt, dann ist er das.«

Ich ging. Ich rannte zum Lift, um nach unten in den zweiten Stock zu kommen, wo die Büroräume vom A14 waren, denn ich wollte sofort anfangen, Suarez' Notizen zu lesen. Einer von Charlie Bowmans vielversprechenden jungen Günstlingen -- einer dieser Inspektoren im Teenageralter mit Brille und der ganzen Welt auf den Schultern, also einer von den Typen, mit denen Charlie so gern das Dezernat für Kapitalverbrechen bestückte -- bestieg zur gleichen Zeit wie ich den Lift und fuhr mit mir nach unten. Sein Rasierapparat hatte drei Stoppeln unterm Kinn stehenlassen, aber das war seine Sache, nicht meine.

»Hallo«, sagte er, »dann sind Sie also wieder da?«

»Nun, Ihr scharfes Detektivauge muß Ihnen doch schon gesagt haben, daß ich nicht abwesend bin«, sagte ich.

»Sie haben nichts von Ihrem Charme verloren, oder?« sagte er.

»Ich brauche soviel Charme wie möglich«, sagte ich. »Ich weiß nicht, wie es Ihnen geht, aber die Leichen, die ich finde, haben ihren ganzen Charme verloren.« Als der Lift langsamer wurde, sagte ich zu ihm: »Sie sind ein Intellektueller. Warum fragen Sie sich nicht mal eines Tages, warum auch nicht eine Träne hinter Ihrer Brille herunterläuft und kein störender Gedanke durch dieses Ding geht, von dem Ihr Hut aus der Regent Street den Regen fernhält?«

»Nun, wir haben die Laufarbeit ziemlich aufgegeben, Detektivarbeit ist heutzutage mehr und mehr computerisiert«, sagte er ernsthaft.

»Warten Sie, bis Sie auf dem verdammten Ding den Tod Ihrer Frau voraussehen«, sagte ich, als die Aufzugtüren zur Seite glitten, »und dann rennen Sie zu ihr rüber und finden sie mit abgeschnittenem Kopf, und an Ihre Haustür wurde mit ihrer eigenen Scheiße ein Hakenkreuz geschmiert. Fröhliche Programme, Bye-Bye.«

»Sie Bastard«, rief er.

»Die Wahrheit ist immer schmerzhaft«, sagte ich. »Hat Ihnen das noch keiner von den Tausenden von Gangstern erzählt, die Sie verhört haben? Oder haben Sie noch keinen getroffen?«

*

Ich ging in 205 und stieß den schrecklichen Plastikstuhl in eine Position, in der ich sitzen konnte, ohne mir die Knie an der Unterseite des Schreibtischs zu zertümmern oder mir die Eier zu quetschen. Glücklicherweise kümmerte ich mich weder um die abscheuliche grüne Wandfarbe noch um die häßlichen Poster, und es war gut, daß ich auch nicht auf die Heizung achtete, denn es gab keine. Die Heizung war ein Spezialsystem, das so konstruiert worden war, daß es nur im August richtig funktionierte. Die linke oberste Schreibtischschublade hatte sich zu einer Art Todeszelle für sieben Fliegen des letzten Jahres entwickelt. Aber sonst war der Schreibtisch leer. Darum beschloß ich jedem im Haus, einschließlich mir selbst, zu beweisen, daß ich lebte, indem ich das Telefon abhob. Eine Zeitlang war das Telefon tot, aber nachdem ich null-neun gewählt und den grauen Plastikhörer mehrmals kräftig gegen den Holzschreibtisch geschlagen hatte, hörte ich endlich eine Polizistin mit einer hellen, leisen Stimme, die sagte: »Wer ist da, bitte?«

»Ich werde runterkommen und mich selbst vorstellen, wenn Sie nicht aufpassen«, sagte ich.

»Apparat 205 ist nicht angeschlossen«, sagte sie.

»Nun, das erklärt dann auch wohl, warum wir zwei Arschlöcher jetzt miteinander reden, was?« sagte ich. »Jetzt lassen Sie mal Ihre Finger spielen, Missis, und schließen es an, als wenn es vor fünf Minuten schon hundert Jahre zu spät gewesen wäre, und dann gebe ich Ihnen die Erlaubnis, sogar noch weiterzugehen und total verrückt zu werden, indem Sie keine Anrufe zu mir weiterleiten, während ich etwas über zwei Morde lese, denn ob Sie es glauben oder nicht, aber das ist die bizarre, ziemlich dreckige Arbeit, die in diesem Teil des Gebäudes gemacht wird.« Ich fügte hinzu: »Und versuchen Sie nicht, meine Zeit zu verschwenden, denn beim gegenwärtigen Zeitkurs haben wir keine.«

»Ich habe nur meinen Job gemacht.«

»Ich weiß«, sagte ich, »und das ist es ja, worüber ich mich beklage.«

»Nach diesem Gespräch mit Ihnen muß ich feststellen, daß ich nicht gerne bei der Polizei arbeite«, sagte sie bitter.

»Dann tun Sie, was ich getan habe«, sagte ich. »Gehen Sie.«

Sie sagte: »Es sind Ihre ekelhaften Manieren.«

»Meine Manieren sind zusammen mit mir von der Straße hereingekommen, Love«, sagte ich. »Und dort draußen ist es schmutzig. Regen Sie sich jetzt ab.«

DIE STIMME rief an. »Nun?«

»Ich habe was gefunden, was Suarez geschrieben hat.«

»Können Sie was damit anfangen?«

»Das werde ich Ihnen sagen, wenn ich es gelesen habe«, sagte ich, »und ich werde in dem Augenblick damit anfangen, wenn die Leute aufhören, mich zu belästigen.« Nachträglich fügte ich hinzu: »Sir.«

»Achten Sie auf Ihren Ton«, sagte DIE STIMME. »Ich bin an Sie gewöhnt, aber gerade war Jollo hier im Büro, und der ist es nicht. Und so wie er sich über Sie aufgeregt hat, dachte ich, ihn trifft der Schlag.«

»Ich kenne einen sehr guten Blumenladen unten in der Fulham Road, gegenüber von St. Stephen's«, sagte ich, »die Lilien sind ziemlich billig, aber sie machen sich bei einer Beerdigung wirklich gut.« Ich fügte hinzu: »Ich schnappe den Mann, der Carstairs und Suarez ermordet hat, und ich mache es schnell, aber es gibt eine Bedingung.«

»Welche?«

»Ich werde von ungebetener Hilfe verschont.«

»Gut«, sagte DIE STIMME und legte auf.

4.

Suarez

Ich las: »Ich war einmal Dora Suarez, aber schon jetzt, lange bevor ich sterbe, bin ich es nicht mehr. Ich bin etwas Entsetzliches geworden. Wenn ich mich nackt im Spiegel betrachte, sehe ich, daß ich das Recht verloren habe, mich als Mensch zu bezeichnen. Das, was von mir übriggeblieben ist, ist kaum noch menschlich.«

(»Warum das?« dachte ich. Ich nahm den Hörer ab und wählte die Nummer des diensthabenden Beamten. Ich fragte: »Ist der Autopsiebericht von Suarez und Carstairs schon da?«

»Nein.«

Ich sagte: »Warum nicht?«

Der Sergeant sagte: »Unten im Leichenschauhaus gibt's eine Warteschlange.«

»Dann richten Sie denen mal aus, sie sollen sich gefälligst in Bewegung setzen«, sagte ich. Der Sergeant lachte. »Lachen Sie nicht«, fuhr ich ihn an, »oder ich komme runter und haue Ihnen eins in die Fresse. Ich will den Bericht, und zwar sofort wenn er eintrifft, verstanden?«)

Suarez.

»Ich bin gebrandmarkt. Ich habe diese Ruhepause zwischen jetzt und meinem Ende. Hier bei Betty habe ich dieses letzte Stückchen Freiheit. Aber in Wirklichkeit habe ich keine Zeit mehr. Ich akzeptiere, daß ich mit dreißig sterben werde. Ich will nicht von meinem Körper getrennt werden -- was mit ihm geschehen ist, ist nicht sein Fehler. Aber er sagt, daß er sterben will.«

(Ich rief wieder unten an. Ich sagte: »Na los -- Carstairs/Suarez.«
»Noch nichts. Warum rufen Sie dort nicht selbst an, Sergeant?«
»Weil ich mir heute nacht nicht noch mehr Feinde machen will.«)

Suarez.

Ich weiß nicht, was ich ohne Betty getan hätte. An dem Tag, an dem wir uns trafen, war ich zufällig in Kensington, hatte meinen Koffer in der Nähe bei einer Freundin stehenlassen, die wegen ihres Freundes keinen Platz für mich hatte -- und außerdem hatte sie Angst vor meiner Krankheit. Ich begegnete Betty, die die Empire Gate in die entgegengesetzte Richtung entlangging, und sah, daß sie mit ihren Einkäufen gegen den Nordwind ankämpfen mußte. Ich weiß nicht, warum, aber ich blieb stehen und half ihr tragen, eigentlich wollte ich später Richtung Süden über den Fluß gehen und sehen, ob ich dort nicht irgendwo bei nicht allzu neugierigen Leuten ein billiges Zimmer bekommen könnte. Aber als wir zu ihrer Haustür kamen, fragte Betty, ob ich nicht einen Augenblick mit reinkommen wolle, um nicht länger dem Wind ausgesetzt zu sein. Ich wollte eigentlich nicht mit Fremden zusammen sein, sondern für mich allein bleiben, doch es war bitter kalt, darum folgte ich ihr schließlich und fand mich in dieser seltsamen, dunklen Wohnung wieder, die vollgestopft war mit Uhren, kaputten Möbeln aus alten Zeiten, Kisten und Koffern, die bis zur Küchendecke gestapelt waren. Sie ging sofort in die Küche und machte uns Tee. Sie brachte den Tee herein und setzte mich in den Sessel neben der Heizung, der gegenüber von ihrem stand. Das Zimmer war in einem schrecklichen Zustand und roch so, wie alte Menschen riechen. Aber seltsamerweise war mir das egal. Außerdem war ich sehr müde. Es war einer meiner schlechten Tage.

Nach ungefähr einer Stunde fing sie an, mich auszufragen, etwas, was ich normalerweise nicht mag -- aber sie machte es nicht dumm und drängend, sondern vermischte es mit Geschichten aus ihrer eigenen Vergangenheit, nahm meine Hand und streichelte sie abwesend, während sie redete. Sie sprach leise im Tonfall der Highlands, was mich an Sprühregen erinnerte. Und später holte sie Whisky und einen Teller Kekse, um den Besuch so richtig abzurunden. Sie trank selbst ein großes Glas, und bevor sie zu Bett ging in der Küche unter dem Fenster, sang sie in Gälisch Bruchstücke von Liedern der Highlands, als hätte sie vergessen, daß ich da war.

»Bring mich zum Haus mit den vielen Fenstern,
dann bleibe ich für immer bei dir ...«

Sie hatte die hohe, herrliche Stimme eines jungen Mädchens.

Später am Abend sagte ich: »Ich muß jetzt wirklich aufbrechen, Betty -- ich habe noch keinen Platz zum Schlafen gefunden, und es wird dunkel.« Betty sagte: »Ich möchte, daß du hier bei mir bleibst, Dora. Seit Reg von mir ging, bin ich so einsam.« Und ich sagte sofort: »Das werde ich, Betty« -- und nicht nur, weil es mir gut paßte oder weil ich mich krank und müde fühlte. In dem Augenblick wußte ich wirklich nicht, warum ich so glücklich war, bleiben zu dürfen, aber jetzt weiß ich natürlich, daß es daran lag, daß sie mir Frieden anbot.

Schon vor langer Zeit hatte ich vergessen, wie es ist, wenn man freundlich behandelt wird. Darum bildete sich während der folgenden Tage in meiner Kehle immer ein Kloß, wenn sie meine Hand nahm, mir in die Augen sah und sagte: »Dein Platz ist jetzt hier, Dora, und es ist für mich so wunderbar, daß du hier bist. Du wirst doch noch eine Zeitlang bleiben, nicht?« Aber da sie schon sechsundachtzig war, konnte ich ihr nicht viel von mir erzählen. Nach ein paar Whisky fragte sie mich: »Was meinst du, wo wirst du später wohnen, Sweet?« Ich antwortete nur: »Wo immer ich mich verstecken kann.« Sie nahm meine Hand, drückte sie kräftig und sagte ruhig: »Nun, wovor du dich auch versteckst, du weißt, daß du dich immer hier verstecken kannst.« Sie ging niemals weiter, wollte niemals etwas wissen, was ich ihr nicht erzählen konnte.

Sie ist aus purem Gold.

Am nächsten Tag stand sie aus ihrem Sessel neben der elektrischen Heizung auf, packte mich an den Schultern und hielt mich ein Stück von sich weg, so daß sie mich genau betrachten konnte. Sie sagte: »Weißt du, mir gefällt dein Aussehen nicht, Dora. Du siehst nicht gesund aus.« Ich wollte weinen und ihr alles erzählen, aber ich tat's nicht und sagte nur: »Mir geht's gut, Betty.« Sie sagte: »Dora, ich habe etwas Geld, ich will, daß du es nimmst und dich vom Arzt untersuchen läßt. Du kannst zu meinem Arzt gehen, Doktor Mathers. Er ist immer so nett, und seine

Praxis ist gleich hier um die Ecke.« Aber ich rief: »Nein! Nein, nein!« und konnte mich gerade noch rechtzeitig zurückhalten, ihr zu erzählen, daß mir kein Arzt mehr würde helfen können. Ich sagte nur: »Nein, Betty, es ist wirklich alles in Ordnung, ehrlich. Ich schwöre es. Ich bin jung.« Natürlich glaubte sie mir nicht, aber sie drehte sich nur um, ging in die Küche, um den Whisky und die kleinen, harten Kekse zu holen, die sie so gern mochte, und erwähnte das Thema nie wieder. Während dieser Zeit sagte ich mal zu ihr: »Betty, glaubst du, daß es außer dir noch mehr richtige Menschen gibt, Leute, die einem nicht nur wie Menschen vorkommen?« Und sie sagte: »Ach, du liebe, hübsche Frau, weißt du nicht, daß mein Reg, obwohl er schon vor so vielen Jahren von mir ging, immer noch ziemlich häufig vorbeikommt, um zu sehen, ob es mir gut geht? Es stimmt, er hat viel getrunken, Dora, aber er ist immer ein Gentleman gewesen -- selbst wenn er betrunken war, hat er sich immer korrekt benommen, und in meinem Leben konnte es außer ihm keinen anderen Mann geben.« Einen Augenblick war sie still und starrte auf den Boden, dann blickte sie zu mir auf und sagte: »Mir fällt gerade ein, hast du nicht mehr Gepäck als das, was du mitgebracht hast?« Ich fing an zu weinen und sagte: »Nein, ich habe nur mein Herz, Betty, und das ist schwer genug.« Nachdem sie mich in ihren dünnen Armen getröstet hatte, sagte sie: »Weißt du, Dora, ich habe alle möglichen Kleider hier in der Küche in den Kartons, und obwohl sie alt und unmodern sind, sind sie doch von guter Qualität -- alle sind mit der Hand genäht, denn während des Krieges war Reginald Major, und ich mußte mich an den Damenabenden in der Offiziersmesse immer korrekt anziehen.«

Aber ich sagte ihr, ich hätte alles, was ich brauchte. Später sagte ich: »Betty, findest du es nicht seltsam, daß der letzte Gegenstand von jemand, der nicht mehr mit dir zusammen ist -- eine Postkarte, ein Photo -- viel wichtiger für dich wird, als wenn die Person selbst da wäre?« Sie sagte: »Die Menschen, die dich geliebt haben, gehen niemals weg, Dora.« Ohne mehr zu verraten, sagte ich, es gebe einen Fall, wo ich hoffte, daß das nicht zutreffe.

(Ich fragte mich: »Welcher Fall? Wer war es?« Aber ich sah schon, daß Dora keine Frau war, die Namen nannte. Während ich die schreckliche grüne Wand von Zimmmer 205 anstarrte, rief ich mir die unsichtbare Präsenz ins Gedächtnis zurück, die ich während der ganzen Zeit in der

Wohnung gefühlt hatte -- den bedrückenden Kummer, der mir so nahegegangen war, Körper, die nicht in der Lage waren, mich zu erreichen, der brennende Wunsch zu sprechen, eine kleine Sonate, für die die Worte fehlten, bis ich sie in Doras verstecktem Karton gefunden hatte.)

Suarez.

»Ich habe niemals in meinem ganzen Leben jemanden so geliebt, wie du Reg geliebt hast«, sagte ich zu ihr. »Niemals.« Aber Betty streichelte meine Wange und sagte: »O doch, das hast du. Denn jetzt hast du mich. Ich bin jetzt hier zusammen mit dir und werde es immer bleiben.«

Ich fragte: »Betty, kommen dir die achtziger Jahre nicht seltsam vor?« »O nein«, sagte sie, »denn ich lebe mehr in der Vergangenheit, und meine Erinnerungen sind wunderbar -- stell dir vor, wie schön es an jenem Abend war, als Reg im Frühjahr 1940 zum erstenmal in unser Dorf kam. Er kam vom Bahnhof und sah in seiner Uniform so großartig aus. Er war aus einem Grund in Argyllshire stationiert, den er nicht mal mir verriet, aus Angst, daß sie mich foltern könnten, falls ich vom Feind gefangengenommen würde. Oh, es war für mich sehr aufregend zu wissen, daß er so wichtig war. Mädchen, die halb so alt waren wie ich, waren verrückt vor Neid, Frauen waren damals so romantisch. Ich sehe es jetzt vor mir, Dora, wie sich unsere Augen trafen, als er sich nach mir umdrehte, als ich, während er zum erstenmal unsere einzige Straße entlangschritt, an ihm vorbeiging. Sein Bursche trug seine große Reisetasche zum McGrath Haus, wo er einquartiert war. Mein Herz schlug sofort schneller, denn ich wußte, daß wir ineinander verliebt waren, obwohl ich niemals schön war. Ah, aber das machte nichts, Dora, Mädchen. Und war nicht das ganze Dorf überrascht, als das Aufgebot vom Pfarrer verkündet wurde und wir dann heirateten, und ich hielt mich schon für eine alte Jungfer, da ich -- hm -- 1904 geboren wurde. Eins kann ich dir sagen: Liebe ist so schön. Nebenbei, nach der kirchlichen Trauung gab es viel zu trinken, sogar der Pfarrer torkelte gegen Abend im Vorderzimmer herum. Ah, an dem Tag vergaßen wir den Krieg.« »Hast du nicht manchmal das Gefühl, daß wir alle nur Illusionen sind, Betty?« fragte ich. »Nein, niemals«, antwortete sie. »Ich bin Schottin und zu realistisch.« Ich sagte: »Ich möchte über etwas anderes sprechen, Betty -- die Miete. Ich kann nicht einfach hierbleiben, ohne daß etwas gesagt oder vereinbart wird, aber ich muß dir sagen, daß ich im Moment kein Geld habe.«

»Du dummes, liebes Mädchen«, sagte sie. »Verstehst du nicht? Bleib einfach bei mir, und das ist Bezahlung genug.«

Betty ist sehr schwach, und ich weiß, daß sie immer Herzschmerzen hat. Nachts stöhnt sie oft, und ich höre sie jedesmal sofort und gehe zu ihrem Bett in der Küche. Ich hole ihr dann ihre Tabletten, bringe sie ins Badezimmer und bleibe mit einer Daunendecke um die Schultern auf ihrer Bettkante sitzen, um mit ihr zu reden und sie zu beruhigen, bis sie einschläft.

Ja, Betty ist der einzige Mensch, der mich liebt oder jemals geliebt hat. Ich hätte niemals gedacht, daß die Liebe so zu mir kommen würde, durch sie. Aber da ist sie.

(Ich legte Doras Heft aus der Hand, ging zu dem vergitterten Fenster hinüber und schaute auf die andere Seite der Straße zu *Marks & Sparks*. Durch Doras Worte hörte ich jetzt die Stimmen der beiden Frauen. Ich konnte sie miteinander reden hören, sie sogar reden sehen. Unter mir pfiff plötzlich der Wind über den Bürgersteig der Poland Street, peitschte den Regen um die Beine der Leute, kreischte durch das obere Schnappschloß, das nie richtig schloß, und heulte dann wie ein kräftiger Luftzug durch die Tür hinaus.)

Suarez.

Nein, niemals hatte ich auch nur geahnt, daß die Liebe durch Betty zu mir kommen würde. Meine früheren Liebhaber zahlten für mein Gesicht, meine Schenkel, meinen Busen und mein Geschlecht, dann drangen sie in mich ein. Machte ich eine Bemerkung wegen des Rituals, waren sie schockiert. Denn für sie waren meine Lippen nur eine Ermunterung, mich zu ficken. Einer sagte mir mal, ich sei zu schön zum Denken, woraufhin ich ihm den Rücken zuwandte und im Spiegel beobachtete, wie er im Badezimmer ängstlich seinen Schwanz wusch. Ich ertrug ihn in meinen Armen, weil ich es mußte -- ein dünner, heiserer Mann von sechzig Jahren, reich, geizig und stümperhaft. Wenig anziehend kräuselten sich einige spärliche Haare rund um seine verschrumpelten Brustwarzen. Und nach einer kalten Dusche lag ich morgens im Bett und beobachtete, wie er eine rosa-weiß gestreifte Unterhose anzog, die drei Nummern zu groß für ihn war. Als er angezogen war, ging er sofort, um sein Flugzeug zu den Midlands zu erreichen. Er war kalt und sprach nicht. Aber als er das Hotelzimmertür verließ, erinnerte er mich daran, daß er für alles bezahlt habe. Er hatte seinen Orgasmus gehabt, aber ich kam meinem nur so nah, daß ich in Tränen ausbrach. Am Abend zuvor hatte er beim Dinner in einem mittelteuren Restaurant in der Nähe vom Leicester Square noch zu mir gesagt: »Ich werde meine Frau deinetwegen verlassen, Dora!«

Wirst du? Wirst du das wirklich?

Ha! Von wegen!

»Wie willst du Geld verdienen, Dora, später, wenn wenn du mal knapp bist?« fragte Betty mich eines Abends. Es war eine dieser namenlosen Stunden. »Ich beziehe meine Pension, und hier unter dem Kissen sind hundert Pfund, wenn sie dir helfen.«

»Nein, Betty«, sagte ich. »Niemals. So läuft das nicht.«

In jener Nacht war es in der Wohnung sehr still. Es gab nur das langsame Ticken der Standuhr, in der Ferne den Nachtverkehr und uns beide.

Sie sagte: »Schließlich ist es nur Papier.«

»Nein, Betty, Darling«, sagte ich.

»Aber wie willst du's schaffen, wenn mir etwas passiert?«

»Es wird nichts passieren, Betty.«

Aber in dem Augenblick hatte sie plötzlich einen Anfall und griff sich ans Herz. Ich packte sie, legte sie hin und deckte sie warm zu. Sie wandte mir ihr Gesicht zu und sagte weinend: »Verlaß mich nicht, Dora!« Ich sagte: »Als ob ich das jemals tun würde, Himmel. Geht's dir besser? Brauchst du Tabletten?«

»Keine Tabletten«, sagte sie langsam. Sie lächelte und war nur halb bei Bewußtsein. »Keine Tabletten.«

Später sagte sie: »In dir ist viel Dunkelheit, Dora, vieles in dir kann ich nicht sehen. Ich liebe dich, und ich mache mir deinetwegen Sorgen.«

Ich sagte: »Das mußt du nicht.«

»Wenn ich dir nur helfen könnte.«

»Du hast alles für mich getan«, sagte ich zu ihr, »viel mehr, als du ahnst, du warst wie ein Engel zu mir.«

Sie sagte: »Dora, bitte verlaß mich jetzt nicht.«

»Das werde ich nie tun«, sagte ich. »Man müßte mich von dir wegreißen.«

»Was meinst du damit?« fragte sie.

»Kümmer dich nicht darum«, sagte ich. »Es ist egal. Du mußt dich jetzt ausruhen.«

Sie nahm meinen Arm und streichelte ihn, bis sie einschlief.

(Ich nahm den Hörer ab und sagte: »Wenn der Autopsiebericht von Suarez und Carstairs nicht in dem Moment auf meinem Schreibtisch landet, in dem ich den Hörer auflege, werden noch mehr Leichen dieses Gebäude in Richtung Leichenschauhaus verlassen.«

»Wir haben dort zweimal angerufen, wir tun unser Bestes.«

Ich sagte: »Das reicht nicht. Rufen Sie sie wieder an, und sagen Sie ihnen, daß ich mich nicht mit British Telecom aufhalte, wenn ich unruhig werde, sondern persönlich erscheine. Die wissen dann schon, was Sie meinen. Machen Sie's jetzt, und rufen Sie mich zurück. Sie haben zehn Minuten, ich stoppe die Zeit.«)

Suarez.

Ich habe den Herd und den Kühlschrank gereinigt, so gut ich konnte, und bereite jetzt das Essen zu, dann bringe ich es ins Wohnzimmer, wo ich schlafe, und wir sitzen vorm Fernseher, der leise glänzt, weil die Röhre plötzlich kaputtging, aber das Licht ist schön, genau wie der schwache elektrische Kamin. Dann setzen wir uns und reden, manchmal die ganze Nacht. Eines Nachts sagte Betty: »Gibt es in deinem Leben keinen Mann, Dora? Jemand, der dich liebt und der dir helfen könnte?«

Wenn sie nur wüßte! Ich wurde vor Schreck ganz steif, als sie das sagte, und fühlte mich wie ein Gespenst, das am Morgen verblaßt, so daß Betty sagte: »Mit diesem Gesichtsausdruck machst du mir Angst.«

»Welcher Gesichtsausdruck?«

»In meinem Dorf sagten wir dazu, sie geht im Schatten von jemandem.«

»In wessen Schatten?«

(Das war's, was ich wissen wollte.)

In einer anderen Nacht fragte Betty, nachdem sie plötzlich in ihrem Sessel aufgewacht war: »Dora, bist du da?«

»Ich bin immer hier.«

»Dora«, fragte sie, »was wirst du tun?«

Ich hatte ein paar Whisky getrunken und sagte wahrscheinlich etwas zu scharf: »Was meinst du, Betty? *Was* tun?«

»Ich meine, mit den Jahren, die vor dir liegen?«

»Welche Jahre, die vor mir liegen?« fragte ich. Ich wiederholte: »Welche Jahre?«

»Du bist sechsundfünfzig Jahre jünger als ich.«

Ich sagte: »Betty, ich bin sogar viel älter als du. Du hast ja keine Ahnung.«

»O Dora«, seufzte sie. »Wie schrecklich, wenn das wahr wäre, denn Reg und ich hatten niemals Kinder. Ich schien nicht dafür geschaffen zu sein, aber Herzchen, ich weiß, du hättest meins sein können.«

»Ich fühle mich so, als wäre ich es«, sagte ich. »Ich merke, daß ich nach langer Zeit einen Hafen gefunden habe, darum halte mich fest.« Aber sie wurde wieder schläfrig, und nachdem wir uns einen Gute-Nacht-Kuß gegeben hatten, drehte sie sich im Sessel zur Seite und legte den Kopf auf die abgenutzte Lehne, ihr Hut saß schief auf dem Kopf, die Brille lag auf ihren Knien.

Ich erinnere mich, in jener Nacht geträumt zu haben, ich könnte wieder scheißen, ohne vor Schmerzen zu schreien, dann wachte ich auf, schlief wieder ein und träumte, ich sei ein weißer Vogel. Ich öffnete meinen schmalen Schnabel, und es kamen Tränen heraus. Dann geschah noch etwas in diesem Traum. Jemand, ein Mann, rannte hinter mir her, aber es war schon zu spät. Es war vorbei, und ich war weit weg.

*

(Ich hörte auf, in Doras Heft zu lesen. Eine graue Hand war auf mich herabgesunken. Auch ich fühlte mich zu diesem grauen Bogen hingezogen, durch den Dora verschwunden war, und in meinem Kopf trieben Gedanken dahin. Das Gewicht meiner Ignoranz bedrückte mich als neues Wissen.)

Suarez.

Auf eine extra Seite hatte sie gekritzelt: »Weiß ein Vogel, warum er erschossen wird? Jedesmal, wenn ich meinen Körper im Spiegel betrachte, wird mir bewußt, daß uns keine Zeit mehr bleibt. In letzter Zeit hat es Augenblicke gegeben, in denen ich, während Betty in ihrem Sessel schlief, ins Badezimmer gegangen bin und meinen nackten Körper betrachtet habe. Jedesmal, wenn ich ihn ansah, wollte ich seinetwegen weinen, und ich habe geweint.«

»Ich weiß, daß ich sehr krank bin, denn man hat mich im Krankenhaus über meinen Zustand aufgeklärt. Sie sagten mir, sie hätten ein Bett für mich frei, aber ich erwiderte, daß ich nicht so sterben wolle, obwohl ich wisse, daß ich sterben müsse. Aber ich habe große Schmerzen. Die Schmerzen sind stärker, als ich es ertragen kann, und er ist für mich noch immer eine Bedrohung, und er wird mich finden. Ich muß dem ein Ende machen.«

*

Ich hatte genug, darum nahm ich den Hörer ab und rief im Leichenschauhaus an.

Irgendein Mann am anderen Ende murmelte. »Suarez? Wer ist das?«

Ich sagte: »Heute ist nicht Ihr Metaphysikkurs, Sweetheart -- erledigen Sie doch einfach Ihren Job, und stecken Sie Ihren Kopf in Ihre Liste.«

»O Gott, noch mehr Arbeit, verdammt noch mal «, sagte er. Er ging. Schließlich kam er zurück und sagte: »87471 und 2? Sie meinen diese

Frauen aus Kensington? Mein Gott, die sind bis jetzt noch nicht mal registriert worden.«

»Warum nicht?« fragte ich. »Sie hatten genug Zeit, drei Stunden.«

»Drei Stunden?« schrie er. »Was glauben Sie wohl, was wir hier tun, glauben Sie, wir können verdammte Wunder vollbringen?«

»Es wäre besser, wenn Sie sich selbst in ein Wunder verwandeln würden«, sagte ich. »Denn dann komm ich rüber, und dann gibt's auf der Welt ein Wunder weniger. Ich meine, was ich sage.«

»Oh, kommen Sie, geben Sie uns eine Chance, Sarge«, sagte der Mann im Leichenschauhaus. »Wir haben hier so was wie eine Warteliste.« Er kicherte. »All diese stillen Leute müssen hier eine Weile bleiben.« Er fügte hinzu: »Aber wenigstens schreien die sich nicht die Lunge aus dem Hals so wie Sie.«

Ich sagte sehr leise, aber schneidend: »Machen Sie, daß Sie aus der Leitung kommen. Verbinden Sie mich mit jemandem, der ein normales Hirn besitzt.«

»Kein Grund, die Nerven zu verlieren«, sagte er frech. »Außer mir ist niemand hier, die anderen sind beim Lunch. Ich passe nur auf die Kühlräume auf, sorry.«

Ich sagte: »In dreißig Minuten werde ich dort sein, und wenn der Bericht dann nicht auf mich wartet, werde ich jemandem den Kopf abreißen, wahrscheinlich Ihnen. Wie heißen Sie überhaupt? Wer sind Sie?«

Endlich begriff er, daß ich es ernst meinte. »Veale.«

»Sie klingen wie ein Lakai des Satans in der Nacht, als die Hölle erfunden wurde«, sagte ich. »Jetzt zieh deinen Finger aus dem Arsch -- ich will diese Akte, ich will Action, und ich will das alles jetzt, jetzt, jetzt, nicht irgendwann nächste Woche Donnerstag, du Wichser.«

»Aber warum die Aufregung?« blökte er. »Das führt zu nichts -- ich verstehe nicht, warum es so eilig ist.«

»Gott sei Dank werden Sie nicht dafür bezahlt, das zu verstehen«, sagte ich. »Aber wenn Sie es wissen wollen, ich habe es so eilig, weil ich den Scheißkerl kriegen will, der es getan hat -- wußten Sie nicht, daß Detective Sergeants dafür da sind?«

»Okay, okay«, sagte er. »Beruhigen Sie sich -- jeder muß denken, es handele sich um Marilyn Monroe, so wie Sie sich aufregen.«

»Verglichen mit Ihnen, waren die beiden das«, sagte ich. »Und sagen Sie mir niemals, ich solle mich beruhigen. Und jetzt machen Sie schon, solange Sie noch Ohren am Kopf haben, sonst werde ich mir selbst zwanzig Jahre wegen Mordes einhandeln, und Sie können raten, wer die Leiche sein wird.«

»Das bedeutet, daß die Reihenfolge in den Ankunftsakten geändert werden muß«, sagte Veale, »und das ist ein schreckliches Verwaltungsproblem.«

»Sie sind das schreckliche Problem«, sagte ich, »nicht nur Ihre Akten.«

»Ihr spielt euch ganz schön auf«, sagte Veale bitter. »Euch Bullen sticht doch der Hafer.«

»Das muß daran liegen, daß es Frühling wird«, sagte ich.

*

Ich wußte, daß bis nach dem Lunch im Leichenschauhaus nichts passieren würde, darum verließ ich die *Factory* und ging zu Frank Ballard rüber. Er wohnte nur zehn Autominuten entfernt. Ich fand ihn in seinem Korbstuhl am Wohnzimmerfenster. Er lehnte sich zurück wie ein erschöpfter Musiker nach einem Konzert.

Er sagte: »Hallo, du siehst beunruhigt aus. Setz dich. Was ist los?«

Ich sagte: »Ich muß unbedingt mit dir reden.«

»Das ist gut, ich bin hier, damit man mit mir reden kann«, sagte er. »Das tut mir gut, dann fühle ich mich nützlich.« Er fügte hinzu: »Dann haben sie dich also in die *Factory* zurückgeholt. Ich wußte, daß sie das tun würden.«

»Frank«, sagte ich, »dieser Fall geht mir wirklich an die Nieren. Kann ich einfach eine Minute mit dir darüber reden?«

»Carstairs und Suarez?«

»Genau.«

»Ich bin auf dem laufenden«, sagte er.

Ich sagte: »Es scheint wichtige Anhaltspunkte zu geben.«

»Anhaltspunkte?«

»Suarez sagt von sich, sie sei sehr krank.«

»Woher weißt du das? Kannst du hellsehen?«

»Nein. Ich habe die Wohnung durchsucht und dabei etwas gefunden, was sie niedergeschrieben hat.«

»Hat sie geschrieben, was sie gehabt hat?«

»Nein.«

»Es wird im Autopsiebericht stehen.«

»Das weiß ich«, sagte ich. »Wenn ich das verdammte Ding nur endlich in die Finger kriegen würde.«

»Wonach suchst du in der Zwischenzeit?«

»Im Augenblick sehe ich dieses Heft durch, das Suarez hinterlassen hat. Ich habe erst heute morgen angefangen, und es ist alles, was ich bis jetzt habe.« Ich fügte hinzu: »Darin berichtet sie von einigen der Gespräche, die sie mit der alten Lady, Mrs. Carstairs, hatte. Sie hatte vor jemandem Angst, Frank.«

»Eben war Kevin Loftus hier, und wir haben natürlich darüber gesprochen«, sagte Ballard.

»Was hat er gesagt?«

»Er hat gesagt, du würdest einen Verrückten suchen, der einen Groll gegen jemanden hegt, und daß der Unterschied zwischen einem normalen Mann und einem Verrückten der sei, daß Groll bei einem Verrückten zu einer Sache auf Leben und Tod werde, meist Tod -- und ich stimme ihm zu.«

»Ja, nicht schlecht«, sagte ich, »doch wo bringt uns das hin? Sicher, er ist verrückt, aber er trug Handschuhe, also ist er kein Amokläufer.«

Ballard fragte: »Wie schlimm war es?«

Ich sagte: »Sehr schlimm. Er ejakulierte in ihre Wunden, trank ihr Blut, schiß auf den Boden. Hier, sieh dir die Photos an.« Ich schluckte etwas herunter, es war Kummer.

Ballard sah es. Er sagte: »Axtmörder. Davon gibt's nicht viele. Mal angenommen, er weiß, was er getan hat, dann wird es komplizierter.«

»Auf jeden Fall ist eins sicher«, sagte ich, »wir haben nichts über ihn. Und doch habe ich das Gefühl, daß es für ihn nicht das erste Mal war.«

Ballard legte die Photos hin und sagte: »Motiv. Fällt dir da irgendwas ein?«

»Nachdem ich das von Suarez gelesen habe, kommt mir da so eine Idee, daß er sie vielleicht geliebt haben könnte«, sagte ich und fügte hinzu: »Es könnte sogar auf Gegenseitigkeit beruht haben -- was sie so darunter verstehen, meine ich natürlich.«

»Das wäre nicht das erste Mal«, sagte Ballard. Er dachte einen Augenblick nach und sagte dann: »Besteht ein Grund zu der Annahme, daß irgend jemand sie in der Hand hatte?«

»Nun, ich bin nicht sicher«, sagte ich. »Das ist eine sehr gute Frage, Frank, und ich hoffe nur, daß die nächste Karte, die ich aufnehme, mir einen Teil der Antwort darauf gibt.«

Ballard sagte: »Er scheint ein guter Kletterer zu sein.«

»O ja«, sagte ich, »wir suchen nach einem sportlichen Typen, nach einem Athleten.« Ich fügte hinzu: »Wie viele verrückte junge oder jüngere Männer wohnen im Großraum London, immer vorausgesetzt, daß er wirklich dort lebt?«

»Wahrscheinlich zwei Millionen«, sagte Ballard.

»Stimmt«, sagte ich. »Das macht's nicht gerade leicht, oder?«

»Du gehst um eine Ecke und nimmst seine Spur auf«, sagte Ballard. »Ich kenne dich.«

»Ich werde weitermachen, bis ich eine Spur habe.«

Ballard sagte: »Na, Gott sei Dank haben sie keinen Intellektuellen darauf angesetzt.« Er fügte hinzu: »Es berührt dich wirklich persönlich, nicht wahr?«

»Ja«, sagte ich. »Irgendwie ist dieser Fall anders.«

Ballard nahm eins der Photos von Suarez' verstümmelter Gesichtsseite und sagte: »Es ist einer der entsetzlichsten Anblicke, die sich mir jemals geboten haben, und ich habe schon alles gesehen.« Er fügte hinzu: »Und sie muß eine schöne Frau gewesen sein.«

»Ja«, erwiderte ich. »Frank, fällt dir irgendwas ein, das mir helfen könnte? Die Spur verkürzen würde?«

»Zwei Dinge«, sagte er. »Ich denke, es könnte ein schöner Mann gewesen sein, der sie nicht bumsen konnte -- zweitens, ich weiß nicht, warum, aber ich habe das Gefühl, es hat etwas mit diesem Roatta zu tun, um den sich Stevenson kümmert, denn schließlich geht es hier um drei gewalttätige Morde in Wohnzimmern, die innerhalb von drei Stunden und in kaum einer Meile Entfernung geschahen, und das ist selbst für London ungewöhnlich.«

»Ja«, sagte ich, »das hilft mir schon etwas weiter, da ich sonst nichts habe, und ich wollte sowieso mit Stevenson reden -- nebenbei, wir kommen sehr gut miteinander aus, das ist hilfreich.«

»Hol den Autopsiebericht. Rede mit dem Pathologen.«

»Da geh' ich jetzt hin.« Ich sah auf die Uhr und stand auf. »Mein Gott, ich muß jetzt abhauen«, sagte ich, »jetzt müssen sie mit dem Essen fertig sein. Danke, Frank, mit dir zu reden ist immer eine große Hilfe.«

»Das hält mich auch in Schwung«, sagte Ballard. Er klopfte an seinen Kopf. »Hier.« Es war schwer für ihn als Detective Inspector von der Hüfte an abwärts gelähmt zu sein. Er sagte: »Melde dich mal wieder.«

»Das mach' ich immer.«

»Quatsch«, sagte Ballard, »du kommst nur zu Mum, wenn du dir die Knie aufgeschlagen hast. Keine Sorge, sobald ich was höre, rufe ich dich in der Poland Street an.«

»Bye«, sagte ich. Ich ließ mich selbst hinaus.

*

Als ich Franks Haus verlassen hatte, fand ich am Fluß zufällig einen kleinen, öffentlichen Park. Unter einer Esche stand eine Bank. Ich setzte mich für Weile, Doras Heft in der Hand, und dachte über ihr entschwundenes Leben, diese dunkle Blume, nach und darüber, was ich bis jetzt von ihr wußte.

Als ich dort saß, überkam mich wieder die Traurigkeit, die mich bei diesem Fall ständig heimsuchte. Ich wußte, daß Ballard es bemerkt hatte. Zum erstenmal war ich bei einem Fall gefühlsmäßig so engagiert, und ich wußte nicht, warum.

Ich öffnete wieder ihr billiges Heft.

*

Suarez.

Dora schrieb in ihrer kleinen, eckigen Schrift: »Von Natur aus war ich weder intelligent noch dumm, sondern ein ziemlich normales Mädchen, bis mich meine Krankheit zum Denken zwang. Natürlich zog ich Männer an. Ich war jung und genoß es, auszugehen. Spaß zu haben hielt mich davon ab, über die Misere meiner Kindheit nachzudenken. Betty ruft.«

Später.

»Adèle, erinnerst Du Dich nicht mehr an die Abende, wenn ich auf dem Nachhauseweg von der Schule an Deinem Kleidergeschäft an unserer Ecke vorbeikam? Erinnerst Du Dich nicht mehr, wie Du mich zum Teetrinken hinten in den Laden eingeladen hast? Erinnerst Du Dich nicht mehr, wie Du zu mir sagtest: 'Nur Mut, Mädchen' -- denn sie wußte, daß ich zu Hause schreckliche Probleme hatte. Sie war einer der wenigen Menschen, denen ich davon erzählt hatte. 'Hast du jemals erfahren, was Liebe ist?' fragte ich sie einst. 'Ich habe das noch nicht.' 'Nur einmal', sagtest Du und wandtest Dich ab. Ich weiß nicht, warum, aber das war der Augenblick, in dem ich dachte: Mir werden immer nur gemeine Dinge passieren.«

Auf einer anderen Seite: »Ich brauchte immer Menschen, weil ich kein Zuhause hatte. Mein Zuhause, das waren nur vier Zimmer voller Gewalt -- mein Vater schlägt meine Mutter, meine Mutter schlägt mit der Pfanne zurück, meine Mutter liegt blutend am Boden, niemals Geld. Verglichen damit war die Schule das Paradies. Mein Vater war Spanier, meine Mutter eine Jüdin aus Polen. Sie waren beide Flüchtlinge.«

Auf einer anderen Seite beschrieb sie, wie sie einem Dichter gelauscht hatte, der sein Werk in einem überfüllten Pub in Soho vorgetragen hatte, als sie dort mit einem Mann gewesen war. Aus dem Gedächtnis hatte sie vier Zeilen aufgeschrieben, die sie behalten hatte: »Tell how his gas was lost/ His poor exhaust/ Remember he was fat but ran the race/ Was present in the war.« Sie schrieb, daß er nach seinem Vortrag in dem Pub um eine Gabe gebeten hatte, und daß sie ihm ein Pfund gab.

Auf der nächsten Seite hatte sie versucht, die in ihrem Sessel dösende Betty Carstairs zu zeichnen, der Kopf mit dem Wollhut war nach hinten gerutscht, die Brille hielt sie in der Hand. Darunter hatte sie geschrieben: Liebe Betty, viele Küsse von Deiner Dora.

(Mein Gott, ich war jetzt mit ihnen in der Wohnung in der Empire Gate. Frieden. Der Bildschirm des defekten Fernsehers flimmerte am Fußende der beiden Betten in der Dunkelheit. Die beiden Frauen sprachen leise miteinander. Suarez wußte, daß dies die letzte Nacht ihres Lebens sein würde. Sie würde Schluß machen. Betty war gerade ins Badezimmer gegangen. Der elektrische Kamin glühte. Und dann gingen *zack*! plötzlich alle Lichter an. Vielleicht blickte Dora gerade von dem Bild in der Illustrierten auf -- und da war er und schwang seine Axt. Entsetzen! Und dann das Ende.)

*

Dora war außergewöhnlich gut angezogen, als sie starb. Ihr Haar war frisch gewaschen, das Kleid, das sie trug, und die schwarzen, hochhackigen Schuhe, die wir in der Nähe ihrer Füße fanden, waren brandneu. Sie hatte sich für eine besondere Gelegenheit zurechtgemacht. Sie ging aus. Wie Dylan Thomas schrieb, war sie zum Sterben angezogen.

Sie hatte sicherlich wunderbares, schwarzes Haar gehabt. Ich sah es jetzt vor mir, während ich daran dachte, wie sauber es gerochen hatte -- nach dem Apfelshampoo, das sie benutzt hatte --, jedenfalls die Stellen, die nicht mit Blut verschmiert waren. Diese kleinen Details, ihr Haar, ihre Kleidung und die Mühe, die sie sich damit gemacht hatte, die beiden Flaschen Wein, die sie noch nicht einmal hatte trinken können, bevor ihr Mörder kam, hinterließen einen bohrenden Schmerz in meinem Magen wie eine Wunde, so daß ich am liebsten meine Hand auf diese Stelle gepreßt hätte.

Meine Gefühle waren für meine Ermittlungen scheinbar nicht wichtig, und doch beeinflußten sie mich, denn sonst wäre ich nicht so versessen darauf gewesen, diesen Mann zu fassen.

*

Denn ich hatte schon gelesen:

»Samstagmorgen. Heute nacht werde ich es tun. Ich habe alles ausgearbeitet. Ich habe keine Angst mehr. Jetzt, da ich mit dem Ticket in der Hand an meiner letzten Station angekommen bin, bin ich schon in einer anderen Welt, und es macht mir sogar irgendwie Spaß, die Details zu arrangieren. Es ist fast so, als würde ich Urlaub machen. Ein Teil von mir fühlt sich plötzlich ziemlich verantwortungslos!« Sie schrieb, offensichtlich später, da es ein anderer Kugelschreiber war: »Ja, es steht fest, daß ich es heute tue, heute abend, mein Entschluß steht fest. Erst gestern habe ich zu Betty gesagt: »Ich glaube, wir haben ein Recht auf uns.«

(Ich versprach mir selbst: »Wenn ich ihn finde, dann gebe ich ihm nur fünf Sekunden für seine Gebete, und dann wird er froh sein, wenn er stirbt.«) Denn eine Passage, die das arme Mädchen geschrieben hatte, wußte ich inzwischen schon auswendig: »Also werde ich sterben. Ich weiß, wie ich es mache -- mit dem Gas aus dem Herd, während Betty beim Arzt ist. Natürlich werde ich an der Wohnungstür einen Zettel hinterlassen, auf dem ich erkläre, was ich getan habe, so daß sie Leute rufen kann, die das Gas abstellen und die Fenster öffnen.« Unten auf der Seite fügte sie hinzu: »Betty wird es verstehen -- tief im Herzen wird sie es wissen, weiß sie es jetzt schon.«

Sie fuhr fort: »Da es eine ernste Angelegenheit und der physische Teil schwer zu ertragen ist, habe ich mich entschlossen, meinen Tod mit einer Party zu feiern. Zuerst werde ich baden und mein Haar waschen. Dann werde ich mich anziehen. Ich habe ein neues Kleid und Schuhe gekauft und zwei Flaschen Wein, die mir helfen sollen zu sterben, und ich werde das Parfüm benutzen, das ich mir gekauft habe und das ich mir normalerweise nie hätte leisten können. Ich werde mir den Prospekt von Hawaii ansehen, der Radiomusik lauschen und mir dann vorstellen, daß mein Tod meine Hochzeit sei und ich mit meinem Mann in den Flitterwochen nach Hawaii reise. Ich habe alles präzise vorbereitet, denn ich fand es immer beruhigend, Pläne zu machen. Das gibt mir Mut, genau wie es mir hilft, dies zu schreiben. Und so gehe ich mit überirdischen Absichten als dunkle Braut in einen dunklen Raum.«

Ich rannte zum Ford und raste mit viel zu hohem Tempo zur *Factory* zurück.

*

Ich kam in die *Factory* und fragte am Empfang: »Schon irgendwas wegen der Autopsie? Carstairs/Suarez?«

»Sie haben angerufen und gesagt, daß es Komplikationen gebe --

anders als gewöhnlich. Der Pathologe war am Telefon, er hat gesagt, er werde zurückrufen.«

»Was für Komplikationen? Was ist außergewöhnlich? Wann ruft er an? Wie lange dauert es?«

»Das hat er nicht gesagt.«

»Gut«, sagte ich.

Bevor ich zum Leichenschauhaus fuhr, ging ich nach oben in 205 und rief Tom Cryer vom *Recorder* an. Als sich das Mädchen in der Telefonzentrale meldete, sagte ich sofort: »Mr. Cryer ist im Augenblick *nicht* mit dem Chefredakteur in einer Konferenz und wird mich zurückrufen -- denn Sie verbinden mich jetzt direkt mit ihm, hier ist die *Factory*.«

Wahrscheinlich war sie geschieden, hatte drei Kinder, liebte ihren Job und hatte finanzielle Probleme -- jedenfalls war sie viel zu clever, um lange in der Telefonzentrale zu bleiben, denn ich wurde sofort mit Cryer verbunden und sagte: »Nun, ob du's glaubst oder nicht, ich bin drüben in der Poland Street -- wie geht's Angie und den Kindern?«

»Mein Gott«, sagte er, »sag nicht, daß du wieder beim A14 bist.«

»Warum nicht?« fragte ich. »Dort gehöre ich doch hin, stimmt's? Hör mal, kann ich dich treffen?«

»Worum geht's?«

»Um ein Bier im *Navigator*«, sagte ich. »Aber es muß schnell gehen. Es ist dringend. Bis gleich.«

Er fragte: »An was bist du dran?«

»Carstairs/Suarez.«

»Mein Gott«, meinte Cryer, »das ist das Schlimmste, was wir seit Jahren gehabt haben, es ist schlimmer als Sutcliffe.«

»Ich trinke ein Kronenbourg, falls du zuerst da bist«, sagte ich, »und besorg mir ein Päckchen Westminster Filter. Meine sind alle.«

»Das geht auf Kosten der Zeitung«, sagte er, »jetzt setz deinen Arsch in Bewegung, und komm rüber.«

*

Cryer und ich saßen wie zwei alte Nutten auf roten Plastikbarhockern an der Theke des *Navigator* in der Little Titchfield Street, und ich erzählte ihm, daß dieser Fall besonders übel sei, unter anderem auch deshalb, weil ich bis jetzt noch keine Spur des Killers hätte. Ich sagte: »Er muß gefunden und geschnappt werden.«

Er sagte: »Deine Leute würden uns nicht mal in seine Nähe lassen, warum sollten wir also kooperieren?«

»Weil es dein Job ist, Zeitungen zu verkaufen«, sagte ich. »Und wenn ich dich nicht in die Nähe des Tatortes lasse, dann deshalb, weil das zu den Anweisungen gehört, die ich von oben kriege. Tom, du kennst mich.«

Er fragte: »Was springt dabei für die Zeitung raus?«

»Ich bin wieder drin«, sagte ich, »und wir sind schließlich Freunde.«

»Bis jetzt habe ich nur den üblichen Mist bekommen«, sagte Cryer gereizt. »Du weißt, die Presse bekommt nur eine offizielle Erklärung, irgendwelche Scheiße. Jollo und Charlie Bowman würden uns eventuell am Sonntagmorgen eine Unterrichtsstunde geben und dabei hoffen, daß wir sie dann später in der Ausgabe nicht rösten.«

Ich sagte: »Wenn du mir einen Gefallen tust, dann kriegst du von mir was Besseres.«

»Wieviel besser?«

»Der übliche Deal. Ihr vom *Recorder* seid als erste da, und zwar nur ihr vom *Recorder*. Sonst keine Presse.«

»Was habe ich zu tun?« fragte Cryer.

»Es ist ganz einfach«, sagte ich. »Hol deine Feder raus und schreib folgendes auf, hör zu: 'Eigentümer der am Samstag in Kensington zertrümmerten Standuhr sucht den verantwortlichen Wandalen, interessante Belohnung.' Postfach, Telefonnummer vom *Recorder*. Das macht den Spitzeln Feuer unterm Hintern. Druck es eine Woche lang oder so lange, bis ich dir sage, du sollst aufhören. Alles, was reinkommt, auf dem schnellsten Weg zu uns. Und auch«, ergänzte ich, »wenn du irgendeine Spur von diesem Artisten hast.«

»Okay«, sagte Cryer und steckte die Nachricht ein, »das hört sich an, als sei das Spiel eröffnet -- ich spiele mit.«

»Gut«, sagte ich, »denn ohne etwas Hilfe von uns dann und wann, würde deine Krimispalte ziemlich leer aussehen, stimmt's? Und das ist es, was die Öffentlichkeit lesen will, und nicht den Kram über die Restaurierung von Burgen aus dem dreizehnten Jahrhundert in Somerset.«

Aber Cryer sagte genau das, was auch Ballard gesagt hatte: »Dieser Fall beunruhigt dich wirklich, oder?«

Ich erwiderte: »Wenn du meinst, Tom.«

Er sagte: »Es geht das Gerücht, daß Suarez sehr krank gewesen sei, stimmt das?«

»Wie soll ich das wissen, wenn ich aus dem Leichenschauhaus noch nichts gehört habe?« sagte ich. »Aber es ist wirklich etwas seltsam.«

»Was?«

»Das steht in einem Heft.«

»Von Suarez?«

»Ja.« Ich stand auf. »Ich muß gehen, Tom -- vielleicht liegt jetzt drüben in der *Factory* etwas für mich vor. Wir bleiben in Verbindung, einen dicken Kuß für Angie. Gute Nacht.«

*

Nachdem ich mich von Cryer getrennt hatte, fuhr ich zur *Factory* zurück, weil ich wissen wollte, ob sie vom Leichenschauhaus angerufen hatten, aber in meinen Gedanken unterhielten sich Dora und Betty. Betty war in ihrem Sessel eingenickt, sie war etwas zur Seite gerutscht, und ihr Kopf mit dem Wollhut war gegen die Rückenlehne gefallen. Dora sagte: »Betty, ich will dich nicht aufwecken, aber ich muß dir etwas sagen.«

»Das ist schon in Ordnung, ich schlafe nicht, sondern ruhe mich nur etwas aus.«

»Betty«, sagte Dora, »hast du dir schon jemals überlegt, wie es wohl wäre, ein Pferd zu sein?«

»Ein Pferd? Nein, meine Liebe, warum ein Pferd?«

»Betty«, sagte Dora, »ich erinnere mich, daß ich mal in einer Zeitung zufällig eine kleine Annonce gelesen habe: 'Zu verkaufen. Junge Stute. Arabische Zucht. £ 3.000 Verhandlungsbasis. Garantiert fromm.'«

»Ich verstehe nicht, was du meinst, Dora.«

Sie sagte: »Wenn ein unsicherer Mann ein Pferd besteigt, dann veranlaßt ihn sein rücksichtsloser Instinkt, es zu beherrschen und zu beweisen, daß er der Herr ist. Er prügelt es, damit es gehorcht. Er benimmt sich so, weil er vor dem Pferd Angst hat, Betty. Das Pferd ist viel größer und stärker als er, und er denkt, es könnte ihn leicht töten oder ihn wenigstens abwerfen, ihn lächerlich aussehen und wirken lassen. Natürlich kann er das nicht geschehen lassen, also nimmt er die Peitsche.«

»Dora, was versuchst du zu sagen?«

»Ich versuche zu sagen, daß der Mann nicht verstanden hat, daß das Pferd in einer anderen Welt lebt als er und daß es nicht geschlagen werden muß, um zu gehorchen. Das Pferd akzeptiert den Herrn.«

»Dora!«

»Betty, ich bin das Pferd«, sagte Dora.

»Ah, Darling«, sagte Betty, »ich sehe, du wurdest vollkommen falsch behandelt. Brauchst du Hilfe?«

»Was für Hilfe?« fragte Dora. »Ich bin nur ein Pferd.«

(Nach dieser Einleitung hatte sie hinzugefügt: »Ich bin dunkelhaarig und hatte schon immer eine Vorliebe für dunkle Hüte. Mit achtzehn bin ich in schwarzen Levi's die Singleton Street hinuntergegangen und habe jeden aufreizend angelächelt. Ich hatte mir meinen breitkrempigen Hut tief ins Gesicht gezogen. Innerlich sang ich. Ich trug dunkelrote Schals und sagte mir immer wieder: *Mein Name ist Dora Suarez!*«)

Ich erzählte Betty etwas darüber, wie es gewesen war, als ich jung war. In dieser Nacht redeten wir bis drei Uhr morgens miteinander.

5.

Als ich zur *Factory* kam und Richtung Treppe ging, um nach oben in Zimmer 205 zu kommen, lief ich wieder Jollo über den Weg.

»Nun?« meinte er. »Ist es schön, zurück zu sein?«

»Sie sollten heute lieber keine Säure mehr trinken«, sagte ich, »es ist nicht der Tag dafür. Ich nehme diesen Fall sehr ernst, also hören Sie zu.«

»Okay«, sagte Jollo. »Ich höre zu.«

»Suarez«, sagte ich. »Das war laut Sozialversicherungsausweis ihr Mädchenname -- hat irgend jemand überprüft, ob sie die britische Staatsangehörigkeit hatte? Es ist nur ein Detail.«

»Seltsam, daß Sie danach fragen«, sagte er, »aber ich hab' das tatsächlich überprüft, und die Antwort kam erst vor zwanzig Minuten rein.«

»Und?«

»Sie war Britin«, sagte Jollo, »wurde hier in London geboren. Ihr

Vater war Spanier. Kam nach irgendeinem Krieg, den die da unten hatten, im März neununddreißig als Flüchtling hier rüber und fand Arbeit als Maurer.«

»Okay«, sagte ich, »und ihre Mutter?«

»Nicht ganz so britisch wie Sie und ich«, sagte Jollo. »Polnisch, jüdisch aus dem East End, Whitechapel -- es gibt da ja so allerhand, stimmt's?«

»Ich will nicht Ihre Kommentare«, sagte ich, »sondern Fakten.« Ich biß mir auf die Zunge und unterließ es, ihm zu raten, sich mal auf seinen Geisteszustand untersuchen zu lassen, statt dessen blieb ich ruhig und sagte: »Hat keiner von Ihnen ihre Akte gelesen? Herausgefunden, welchen Umgang sie hatte?«

»Sie erwarten also von uns, daß wir die gesamte Bevölkerung überprüfen?«

»Blasen Sie sich nicht gleich so auf«, sagte ich. »Ich habe nur gefragt, ob irgend jemand irgend etwas über Suarez weiß, das mir bei meinen Ermittlungen helfen könnte, das ist alles.« Ich fügte hinzu: »Wenn Sarkasmus angebracht wäre, dann von meiner Seite, nicht von Ihrer.«

»Ich werde Ihren Ton überhören, Sergeant«, sagte er.

»Dadurch spare ich auch keine Zeit«, sagte ich. »Nun?«

Er sagte: »Nun, im Knast ist sie noch nicht gewesen -- aber schließlich waren viele Leute in dieser Stadt noch nie dort, obwohl sie eigentlich dort hingehören, stimmt's?«

»Kommen Sie mir nicht auf die Prediger-Tour«, sagte ich, »der fromme Ton paßt nicht zu Ihnen.« Ich fügte hinzu: »Noch etwas. Was ist mit dem Autopsie-Bericht über Suarez und Carstairs?«

»Diese Sachen brauchen Zeit, Sergeant.«

»Das weiß ich«, sagte ich. »Leider haben wir keine.« Ich fuhr fort: »Werden Sie nicht pathetisch. Charlie Bowman und ich waren dort, und wir haben uns angesehen, was dieser Joker diesen zwei Frauen angetan hat. Und ich denke, wir sollten einen Zahn zulegen, bevor noch etwas passiert, mit dem dieses Arschloch uns in Panik versetzt. Hören Sie, Ihr Büro ist dort oben. Warum rufen Sie nicht einfach im Leichenschauhaus an -- falls es dort einen Lebenden gibt -- und finden heraus, wo dieser verdammte Bericht bleibt, schließlich müssen wir in diesem Gemäuer Polizeiarbeit machen? Nun? Machen Sie's, oder machen Sie's nicht? Wenn Sie's nicht tun, mach' ich's selbst, und dann gibt's Ärger, wenn ich da auftauche. Ich warne Sie. Aber Sie sind der Superintendent, Jollo, und mir wäre es lieber, wenn Sie das regeln würden, Darling, denn ein hoher Rang überzeugt mehr als Worte.«

»Gut, Sie unverschämter Bastard«, sagte er.

Ich rief ihm hinterher: »Sie haben fünf Minuten, sonst gehe ich selbst los.«

Er verschwand nach oben, während ich in Richtung 205 ging. Ich hatte mich gerade erst auf die Schreibtischkante gesetzt, als das Telefon läutete. Jollo sagte: »Der Bericht ist da. Er kommt direkt hoch.«

»Endlich«, sagte ich.

*

Ich nahm den Umschlag von dem Polizisten entgegen, bestätigte den Empfang durch meine Unterschrift und schlitzte ihn auf, sobald der Polizist gegangen war. Er fühlte sich seltsam dünn an, und das war auch kein Wunder, denn als ich den Inhalt herauszog, kam nur ein einziges Blatt Krankenhauspapier zum Vorschein, das vom Chefpathologen unterschrieben worden war, nicht von dem jüngeren, mit dem ich es für gewöhnlich zu tun hatte und der borniert war und eine Gauloises Filter nach der anderen rauchte, um seine Angst zu kaschieren. Die Nachricht besagte nur: »Ich habe den Suarez-Bericht hier und würde es begrüßen, wenn Sie sofort rüberkommen und ihn mit mir besprechen würden.«

Ich rief den Polizisten zurück, der mir die Nachricht gebracht hatte, und fragte: »Wann ist dieses Dokument eingegangen?«

»Ich weiß nicht«, sagte er. »Ich bin nicht sicher.« Er fügte brüsk hinzu: »Das ist nicht mein Job, Sarge.«

Ich sagte: »Was meinen Sie damit, Sie wissen es nicht? Es ist Ihre Aufgabe, so was zu wissen. Also bewegen Sie sich, und finden Sie's raus, Sie haben drei Minuten.«

»Wo liegt das Problem?«

Ich sagte es ihm: »Sie haben mir eine äußerst wichtige Nachricht aus dem Leichenschauhaus überbracht. Der Zeitpunkt des Eingangs hier im Gebäude hätte vermerkt werden müssen. Sehen Sie, hier. Und das wurde nicht getan, sehen Sie? Finden Sie heraus, warum das so ist, wer dafür verantwortlich ist und wann dieser Umschlag tatsächlich eingetroffen ist. Sehen Sie jetzt das Problem?«

»Das kommt recht ungelegen«, sagte er, »ich habe ein paar dringende Sachen auf dem Computer zu bearbeiten.«

»Nun, ich habe zwei Morde zu bearbeiten«, sagte ich. »Und Sie sollten sich besser nicht um den Computer kümmern und darum, was darauf bearbeitet werden muß oder nicht, Constable, denn der nächste Computer, der für Sie wichtig ist, ist derjenige, der Ihre Suspendierung ausspuckt. Gehen Sie jetzt, oder stimmen Sie Ihre Gitarre, man sagt, im Sommer sei der Platz vor der National Gallery gut geeignet dafür.«

Er rollte gleich wieder an und sagte: »Es kam durch einen Polizeiboten und wurde vor einer Stunde und dreiundzwanzig Minuten hier abgegeben.«

»Eure kollektive Faulheit hätte jemanden das Leben kosten können«, sagte ich. »Welche Nummer haben Sie? Drehen Sie sich um, ich will's sehen.«

»B381, Sarge.«

»Dann sind Sie also erst in der Ausbildung«, sagte ich. »Na, rechnen Sie vorerst noch nicht mit einer Hypothek für eine Polizeiwohnung, denn Ihnen und dem anderen Kerl, der dies in eine Schublade gelegt hat und zum Lunch gegangen ist, wird man dafür den Arsch aufreißen. Das wird Sie lehren, die *Factory* ernst zu nehmen -- Sie können sie von dort aus beobachten, wo Sie beide als Verkehrspolizisten Dienst tun werden. Jetzt hau ab!«

*

Ich wählte die Nummer, die in der Nachricht angegeben war. Als abgehoben wurde, meldete sich die Stimme, mit der ich es schon zu tun gehabt hatte, und sagte: »Wer ist da? Wir haben gerade Schichtwechsel.«

»Na, dann passen Sie bloß auf, daß Sie sich dabei nicht den Arsch abfrieren, so kalt, wie es momentan ist«, sagte ich. »Übrigens, heißen Sie nicht Veale? Es klingt so.«

Er sagte steif: »Ja. Ich bin Assistent Veale.«

»Nun, dann erweitern Sie mal Ihren Horizont, solange Sie dazu noch Gelegenheit haben«, sagte ich, »denn wenn ich nicht in dem Moment, in dem Sie auflegen, mit Doktor Lansdown verbunden bin, dann können Sie sich Ihre eigenen Kühlräume mal von innen betrachten. Wir hatten diese Art von Konversation schon mal, und ich bin es leid. Holen Sie ihn jetzt sofort, setzen Sie sich in Bewegung -- sagen Sie ihm, es sei jemand vom Dezernat für ungeklärte Todesfälle und es handle sich um Carstairs und Suarez.«

Die Mentalität von Leuten wie Veale bringt mich immer zur Weißglut. Das sind diejenigen, die einem, wen immer man auch sprechen will, sagen, daß er nicht da sei -- ob's stimmt oder nicht. Sie kosten dieses negative kleine Privileg ihrer Position voll aus, sie sind unbescheiden. Da ich Veale schon einmal zusammengestaucht hatte und er das nicht ein zweites Mal erleben wollte, kam Lansdown schnell ans Telefon. Er sagte: »Ich verstehe, warum Sie es mit diesem Bericht so eilig hatten -- wie schnell können Sie hier sein?«

»Sofort«, sagte ich, »aber ich will niemanden sehen, der auf den Namen Veale hört -- es ist zu seinem Besten, nicht zu meinem.«

Der Pathologe sagte: »Ist schon okay, er hat mich nur vertreten, während ich auf dem Klo saß.«

Ich knallte den Hörer auf. Ich rannte zum Wagenpark der Polizei, wo der Ford stand, und schlug dabei den Kragen hoch. Es hatte angefangen zu regnen.

Ich fuhr Richtung Stadtmitte. Ich fuhr schnell. Während ich fuhr, dachte ich: »Dies ist weit mehr als nur banale Ermittlungsarbeit in einem Mordfall. Dora bedeutet mir viel mehr als das.« Denn ihr Tod hatte mich so sehr bewegt, daß ich mich durch ihr besudeltes Gesicht selbst besudelt fühlte. Die zarte Wehmut des neuen Kleides, der Wein, die neuen Schuhe, die aufgeschlagene Illustrierte mit dem Photo vom Pazifik, ihr frisch gewaschenes Haar, bereit zum Sterben, wie sie geglaubt hatte, durch ihren eigenen Willen und aus eigenem Antrieb -- sie blieb bei mir, überwältigte mich. Ich wollte sie zurückholen, genau wie Betty Carstairs es gewollt hatte. Aber Betty war zu alt, und ich war zu spät gekommen.

Allein, verstrickt in eine, wie sie meinte tödliche Lage, ohne Betty, die alt und krank war, jemals damit zu belästigen, mit großem, unvorstellbarem Mut plante und unternahm sie den ersten, zögernden Schritt in die Dunkelheit, nur um abgeschlachtet zu werden und den Rest des Weges in ihrem eigenen Blut zurückzulegen, vergossen durch die Hände dieses

Arschlochs. Während ich so dahinfuhr, dachte ich -- obwohl es zu spät war, sie zu retten --, daß ich vielleicht durch die Aufklärung des Mordes an ihr einen Beitrag für die Zukunft leisten könnte, in der solch ein Grauen nicht mehr möglich wäre, eine Zeit, in der die Gesellschaft keine Monster mehr gebären würde. Ich wußte seit langem, daß dieses Ziel alle Bemühungen wert war, aber es war mir noch nie so klar gewesen wie jetzt.

Auf meinem Weg zum Leichenschauhaus flüsterte ich im Wagen: »Faßt mich alle bei den Händen, ob tot oder lebendig, und denkt in eurer Großmut einen Moment an die arme Dora Suarez, die niemals im Alter von nur dreißig Jahren mit einer Axt hätte erschlagen werden dürfen.«

Zusammenhanglose Sätze, die sie geschrieben hatte, gingen mir durch den Sinn: »Daß ich in einer anderen Welt wenigstens wieder scheißen kann, ohne vor Schmerz zu schreien. Aber natürlich kann ich Betty das nicht erzählen. Das kann ich niemandem erzählen.«

Und dann: »Spät nachts schlief ich ein, Betty in meinen Armen, und ich träumte, ich sei ein Vogel, und als ich meinen Schnabel öffnete, sprach er Tränen, und die ganze Welt hörte sie.«

Ich erreichte die lange Fassade des Krankenhauses, wo jetzt das Leichenschauhaus war. Ich fuhr am Haupteingang vorbei, bis ich zu einer nicht sonderlich ausgeschilderten Einfahrt aus rotem Backstein kam. Sie war gerade breit genug, um einen Krankenwagen passieren zu lassen. Wie der Tod selbst war die Einfahrt taktvoll und halb verborgen.

*

Ich hielt auf dem Parkplatz, der für das Personal reserviert war, Staub und Abfall wirbelten umher, und ich stieg aus in den kräftigen Londoner Wind. Meine Hose klebte feucht an meinen Beinen, und die Kälte erinnerte mich an alles, was ich eigentlich vergessen wollte.

6.

Begleitet vom feuchten Frühlingswind, ging ich über drei flache Stufen durch die Tür des Leichenschauhauses, fühlte durch meine Schuhsohlen den Beton und tauchte sofort in die Atmosphäre dieses eisigen und schrecklichen Ortes ein, kaum daß ich am Empfangsschalter angekommen war. Da ich keine Manieren hatte, ignorierte ich alles und ging einfach auf den Angestellten am Empfang zu, knallte ihm meinen Ausweis hin und sagte: »Polizei, A14.«

Der Mann am Schreibtisch fragte: »Worum geht's?«

Und ich antwortete: »Sie können froh sein, daß es nicht um Sie geht, sondern um 87471und 2, Carstairs und Suarez. Ich stehe unter Zeitdruck. Also können wir zur Sache kommen?« Er fing an zu lamentieren, aber ich tippte ihm mit meinem Zeigefinger an die Stirn, eine Geste, die keinen Widerspruch duldete, und gereizt stieß er daraufhin seinen Daumen in Richtung Aufzug auf der anderen Seite der leeren Eingangshalle. Ich ging über den imitierten Marmorboden, umgeben von diesem besonderen Geruch, der Krankenhäusern eigen ist, und traf auf eine männliche Putzfrau, einem glatzköpfigen, bärtigen Jungen, der mit einem Mop, an dem ein Lappen festgebunden war, über die Fliesen wischte. Ein grüner Plastikeimer, den er von Zeit zu Zeit mit dem Fuß zu sich hin zog, leistete ihm dabei Gesellschaft. Mop, Eimer und Mann sahen im Licht der staatlich finanzierten Neonbeleuchtung erschöpft aus. Ich fragte: »Ist dieser Aufzug in Betrieb?«

»Yeah«, sagte er, »kümmern Sie sich nicht um das Schild, auf dem steht, daß er außer Betrieb sei. Er ist jetzt repariert. Ich mache gerade eine Pause«, fügte er hinzu und drückte mit dem Daumen auf den Aufzugknopf. »Welche Etage, Kantine?«

»Nein, die, wo Menüs überflüssig sind«, sagte ich. »Leichenschauhaus.«

»Dann wollen Sie ins Kellergeschoß«, sagte er. »Und das tut mir wirklich leid für Sie. Ziemlich traurig da unten, nicht?« Als ich nicht antwortete, sagte er: »Machen Sie sich keinen Streß, es ist ganz verständlich, daß sie deprimiert sind, wenn Sie da runter gehen zu müssen. Ich bringe Sie hin und sehe selbst nach dem Rechten, okay. Ah, da ist er ja schon.«

Das Signal ertönte, und die Türen glitten auf. Als wir den Lift betraten, sagte er: »Sie haben nicht zufällig eine Zigarette dabei?«

Ich gab ihm das halbvolle Päckchen Westminster und sagte: »Behalten Sie's, ist schon okay. Ich habe noch eins.«

»Nett von Ihnen«, sagte er und zündete sich eine Zigarette an. »Mein Gott, das gibt mir wieder Kraft. Okay, Sie sind da.« Der Aufzug hielt mit einem seufzenden Stoß. Der Typ wartete, bis ich draußen war, und drückte dann den Knopf, um nach oben in die Kantine zu fahren, zu Tee und Small talk. Als die Tür sich vor seinem Gesicht schloß, fügte er hinzu: »Bis später, Kumpel, passen Sie auf, wo Sie jetzt hingehen. Seien Sie vorsichtig.«

*

Das Leichenschauhaus war so riesig, daß die gefliesten Wände, die die Farbe von mattem Eis hatten, selbst in dem Sonnenlicht, das wie gelbes Wasser durch das trübe Gewölbe sickerte, grau aussahen. Ich atmete Formaldehyd ein. Der Ort war verlassen -- bis auf zwei Assistenten weiter unten, noch Jungen, die beide abgetragene, blaue Doc Martins trugen und sich rauchend gegen eine Wand lehnten.

Ich fragte ganz beiläufig: »Ist Doktor Lansdown da?«

»Nein.«

»Holen Sie ihn.«

»Was macht Sie so sicher, daß Sie zu ihm können?«

»Der Steuerzahler«, sagte ich. »Ich bin Polizeibeamter.«

»Sie haben einen Termin mit dem Doktor?«

Ich sagte: »Sie müssen brandneu auf dieser Erde sein. Die Polizei braucht keine Termine. Wir machen sie, und die Leute halten sie ein.«

»Ich weiß nichts davon«, sagte der, der direkt vor mir stand. Sein Gesicht war weiß, voller Sommersprossen und wurde von blassen, orangefarbenen Locken umrahmt. »Es ist am besten, wenn Sie zu Mr. Veale in Raum G4 gehen. Es ist nur den Flur hinunter. Er wird sich mit Ihnen beschäftigen.«

»Es besteht die Gefahr, daß es genau andersherum läuft«, sagte ich, »wenn es um Mr. Veale geht.«

»Warum das denn?«

Ich sagte: »Vielleicht hat er sein Testament noch nicht gemacht.« Ich wies auf ein Telefon in einer Ecke und fragte: »Funktioniert das?«

»Keine Ahnung.«

»Versuchen wir's trotzdem«, sagte ich. Eine Stimme, die ich inzwischen gut kannte, meldete sich, und ich sagte: »Ich bin ungefähr zehn Meter von Ihnen entfernt, Veale, und noch weniger Sekunden, holen Sie jetzt Doktor Lansdown her, oder sprechen Sie Ihr Gebet. Ich bin im Leichenschauhaus. Entweder kommt der Doktor zu mir, oder ich komme zu Ihnen, und das muß doch nicht sein, Veale.« Am anderen Ende der Leitung hörte ich ein nasales Rasseln. Ich legte den Hörer auf.

Bald hörten wir Schritte in dem langen Korridor, den ich entlanggekommen war. Ich drehte mich zu den anderen um und sagte: »Seht ihr? Ganz einfach.«

Aber sie waren verschwunden.

Ein Mann in den Fünfzigern, der einen offenen, weißen Kittel über einem teuren Anzug trug, kam auf mich zu. Ich fragte: »Doktor Lansdown?«

Er sah sehr fähig, müde und betroffen aus. Er sagte: »Carstairs/Suarez?«

»Genau.«

Er sagte: »Es geht um Suarez. Hatten Sie sie schon untersucht?«

»Als sie gefunden wurde. Ich bearbeite den Fall. Warum?«

Er fragte: »Haben Sie starke Nerven?«

»Ich habe schon viel gesehen. Warum?«

»Sie werden etwas zu sehen bekommen, was Sie vielleicht noch nicht gesehen haben«, sagte der Pathologe. »Darum. Ich sage nur so viel, es ist sehr wichtig, daß Sie die Kontrolle über sich behalten und ruhig bleiben, was immer Sie jetzt auch sehen werden.« Er fügte hinzu: »Es wird nicht leicht sein.«

Ich sagte: »Wenn das, was Sie mir zeigen, mir dabei helfen kann, ihren Mörder zu finden, dann garantiere ich, daß ich ruhig bleibe.«

Lansdown sagte: »Armes Kind. Vielleicht hilft es Ihnen weiter.« Er fügte hinzu: »Seit zweiundzwanzig Jahren untersuche ich hier die Toten, und es war schwierig für mich, bei ihrem Anblick ruhig zu bleiben.« Er schaute mir in die Augen und sagte: »Das hat meinen Bericht verzögert -- ich mußte noch einige Tests machen.« Er wandte sich von mir ab und fiel plötzlich in sich zusammen wie ein billiger Vorhang, dessen Stange über dem Fenster zerbrochen ist. Er sagte: »Glauben Sie, daß Sie alles von Suarez gesehen haben, als Sie sie sahen?«

Ich sagte: »Was gibt's denn noch?«

Er fragte: »Haben Sie sie berührt?«

Ich konnte ihm nicht erzählen, daß ich ihr totes Haar geküßt hatte, ich sagte: »Nein.«

Er fragte: »Sie war bekleidet, als Sie sie gesehen haben?«

»Natürlich.«

»Sie haben sich nicht mit ihrer Kleidung befaßt?«

Ich sagte: »Doktor Lansdown, ich war als Polizeibeamter dort, um die Positionen der Leichen und die Wohnung zu untersuchen.«

Er sagte: »Ich fürchte, Sie haben bis jetzt noch nichts gesehen. Überhaupt nichts von 87471.«

Neben einer leeren Bank stand ein Stuhl. Lansdown zeigte darauf und sagte: »Warum setzen Sie sich nicht?«

Ich sagte: »Mein Gott, nein. Ich gehöre nicht zu denen, die sich setzen müssen.«

»Es war ein Versuch, sie darauf vorzubereiten«, sagte er. »Seit zwanzig Jahren sehe ich hier jeden Tag Tote -- aber ich habe noch niemals so etwas Schlimmes gesehen.«

Ich sagte: »Ich habe gewaltsame Todesfälle genauso häufig gesehen wie Sie.«

»Ich weiß, aber bevor Sie Suarez nicht gesehen haben, können Sie sich nicht vorstellen, was sie durchgemacht hat.« Er fügte hinzu: »Erzählen Sie mir nicht, daß Suarez Sie nicht auch beeindruckt hat.« Dann drehte er sich um und sagte dabei: »Ich hole mal eben Wiecienski, wir arbeiten zusammen. Er heißt Andrew. Er ist Pole. Den Rest der Leute hier können Sie vergessen.«

Er ging zur Tür und rief: »Wiecienski! Bist du da?«

Eine entfernte Stimme sagte, ja, er sei da.

Der Pathologe rief: »Bring die Suarez-Akte mit, Andrew -- 87471.«

Die Stimme sagte in einem Englisch mit ausländischem Akzent: »Wen hast du da bei dir?«

»Jemanden, der offenbar für etwas Gerechtigkeit sorgen will.«

»Was?« sagte die Stimme. »Ich wußte gar nicht, daß es das heute noch gibt.«

Wiecienski kam herein und legte die Akte, auf der 'Suarez-87471' stand, auf die Kante des Schreibtisches neben der Tür. Er war ein kräftiger Mann von ungefähr fünfzig Jahren, mit blondem Haar, das aussah, als sei es vom Regen naß geworden. Der Pathologe sagte: »Hol sie her, Andrew. Bring sie zugedeckt rein, so daß der Polizist hier zuerst nur das von ihr sehen kann, was er schon gesehen hat.«

Sie lag auf einer Chrombahre, die langsam von Wiecienski herübergerollt wurde. Sie war sauber, blutlos und gekühlt. Ihre blinden Augen, schwarz unter den schweren Lidern, glänzten regelrecht unter dem harten Licht, das Wiecienski über ihr angeschaltet hatte. Sie lag dort, auf die Seite gedreht, wie eine auf Eis gelegte Ware, die an eine exklusive Adresse geliefert werden soll. Die unverletzte Seite ihres dunklen Kopfes erinnerte, wenn man nur flüchtig hinsah, an ein Mädchen, das in starrer Haltung eingeschlafen war und dessen Lippen sich öffneten, um im Schlaf zu sprechen. Der Pathologe drehte sich zu mir um und sagte: »Ich werde das Tuch jetzt wegnehmen.«

Ich sagte: »Tun Sie das.«

Sanft faßte der Arzt das Tuch an beiden Ecken und zog es, ohne ein Wort zu sagen, von Doras Kinn bis zu ihren Schienbeinen hinunter. Und als diese Geste den Rest von Doras Körper enthüllt hatte, dessen Zustand mir in der Wohnung durch ihr Kleid verborgen geblieben war, schoß ein säuerlicher Schwall meine Kehle hoch, und ich dachte, mein Gott, ich muß kotzen, aber ich hatte mich gerade rechtzeitig wieder unter Kontrolle. »Okay«, sagte ich. Ich beugte mich über die Leiche, und diesmal konnte ich sie mir ansehen.

»Andrew«, sagte der Pathologe, »hilfst du mir, sie umzudrehen?« Während sie das taten, sagte der Pathologe: »Ich möchte, daß Sie sich ihren Anus ansehen.«

Als sie ihn mir zeigten, fragte ich: »Was ist das für ein scheußliches Ding, das Dora da hat, das wie ein Pilz aussieht?«

Der Arzt sagte: »Das ist ein Herpes simplex im fortgeschrittenen Stadium, begleitet von schleimabsondernden Warzen.«

Ich betrachtete es. Teilweise war dieser Pilz schon geplatzt. Ich fragte: »Wie hat sie es nur geschafft, ihren Darm zu entleeren?«

Er sagte: »Es müssen unerträgliche Schmerzen gewesen sein, verstärkt noch durch die Tatsache, daß sie, wenn sie sich auf die Toilette kauerte, zwangsläufig ihre Oberschenkel betrachten mußte und dies und dies und dies gesehen hat. Sehen Sie? Hier, hier und hier.«

Ich betrachtete die dunklen, entstellenden Flecke an ihren Oberschenkeln und fragte Lansdown: »Was ist das?«

»Es ist ein klassisches Kaposi-Sarkom. Warum, haben Sie bisher noch nie mit AIDS zu tun gehabt?«

Ich fragte: »Wie konnte sich das so entwickeln?«

Er sagte: »Das versuche ich herauszufinden. Darum verzögert sich der Bericht über sie. Ich bin Pathologe, kein AIDS-Spezialist, darum habe ich mich an Westminster gewandt. Die haben dort ein Spezialistenteam. Sie sind rübergekommen, haben sie untersucht und Proben genommen, und ich warte. Drängen Sie sie nicht«, fügte er hinzu. »Besonders da es ein Mordfall ist, werden die ihr Bestes tun, aber es braucht Zeit.«

»Gut«, sagte ich, »doch Sie werden verstehen, daß ich den Mörder finden muß.«

»Ich weiß«, sagte er.

»Je länger Ihr Bericht braucht, desto weiter ist er weg. Könnten Sie Westminster anrufen?«

»Hören Sie, es ist alles arrangiert«, sagte Lansdown. »Ich habe ständig eine Telefonleitung frei -- wenn ich nicht da bin, ist Wiecienski da und umgekehrt, und sobald sie was haben, rufen sie an. Der Kopf des Teams, das sie geschickt haben, ist Johnson. Er hat die Untersuchung an Suarez geleitet, und in diesem Land gibt es keine sechs Leute, die mehr über AIDS wissen als er.«

»Hat er was gesagt?« fragte ich. »Irgend etwas? Denn mich interessiert mehr und mehr, wie sie es bekommen hat.«

»Nach einer Stunde hat er gesagt, er könne nicht verstehen, wie ihr Rektum in diesen Zustand gekommen sei. Er sagte zu mir: 'Ich kann nicht herausfinden, auf welchem Wege das Virus übertragen wurde -- jedenfalls nicht durch das männliche Geschlechtsorgan.' Nachdem er sie rektal untersucht und Gewebeproben genommen hatte, hat er zu mir gesagt: 'Ihr Colon ist anormal gedehnt und scheint an einzelnen Stellen ausgeschabt und weggefressen worden zu sein. Aber ich muß das Gewebe natürlich erst analysieren.' Dann drehte er sich plötzlich zu mir um und sagte: 'Um es vulgär auszudrücken, das, was von ihrem Colon übrig ist, würde kaum ausreichen, um es in ein Papiertaschentuch schnauben zu können.'«

»Hat sie Ihrer Meinung nach Recht mit dem gehabt, was sie in einem Heft schrieb, das ich gefunden habe, nämlich daß sie sowieso sterben würde?« fragte ich.

»O ja«, sagte Lansdown. »Sehen Sie sie an -- hier, hier und hier.« Er nahm eine Pinzette und hob die Oberlippe etwas an. »Sehen Sie die Zahnfleischentzündung, die bis zu den Wurzeln entblößten Zähne? Die schwere Leukoplakie auf dieser Seite der Zunge? Und hier? Diese Beläge, Manifestation einer Infektion mit Epstein-Barr-Virus. Mundfäule, Mundschwamm wächst direkt an der Rückseite der Mundhöhle, die Epiglottis ganz infiziert -- das sind Sekundärinfektionen, aber sie breiten sich oft bis in die Lungen aus, erscheinen normalerweise als relativ unbehandelbare, weil seltene Form atypischer Pneumonie infolge einer Infektion mit Pneumocystis carinii oder Toxoplasma gondii, aber auch als lobäre Pneumokokken-Pneumonie.« Er fügte hinzu: »Obwohl man einige dieser Infektionen zeitweise stabilisieren kann, gibt es keine Garantie, daß sie nicht wieder auftreten oder sich nicht andere Symptome in anderen Organen zeigen -- AIDS im fortgeschrittenen Stadium ist nach unserem gegenwärtigen Wissensstand unheilbar, und in Suarez' Fall ist die Prognose negativ.«

»Wie lange hätte sie noch zu leben gehabt?« fragte ich.

»Zwischen drei Monaten und drei Jahren«, antwortete Lansdown, »nach Johnsons Meinung zwischen sechs und zwölf Monaten.«

»Nun«, meinte ich, »sie hatte sowieso den Entschluß gefaßt, sich umzubringen.«

»Das kann ich verstehen«, sagte Lansdown.

»Ja«, sagte ich, »und dann dringt dieser Kerl ein und nimmt ihr das Problem ab, indem er sie in der Nacht, in der sie es machen wollte, mit einer Axt erschlägt.«

Das Telefon läutete, und Lansdown ging hin. Er lauschte und sagte: »Oben in der Eingangshalle ist ein Polizeibeamter und möchte wissen, ob er runterkommen kann.«

»Hat er seinen Namen genannt?«

»Es ist ein Detective Sergeant Stevenson.«

Ich nahm den Hörer und sagte: »Ich weiß nicht, was du hier willst.«

Er sagte: »Aber ich weiß es.«

»Dann komm runter«, sagte ich. »Irgend jemand wird dir den Weg zeigen.«

»Ich kenne den Weg.«

»Geh einem Mann namens Veale aus dem Weg«, sagte ich.

Während ich auf Stevenson wartete, entfernte ich mich von den anderen, stellte mich vor ein hohes Fenster und sah hinaus auf London. Doras Worte kamen mir in den Sinn: »Ich bin zu schwach. Ich werde niemals den Mut haben, mich selbst zu befreien -- ich bin blockiert, ich sterbe, ich kann mich nicht bewegen. Letzte Nacht habe ich ihn auf dem Müllplatz hinter seinem Haus gesehen, wo wir uns jetzt immer treffen, und ich habe es ihm gesagt. Er attackierte mich wie eine Viper und sagte: 'Ich bringe dich um, du Nutte.' Er packte mich so hart am Handgelenk, daß ich dachte, er würde es mir brechen. Er sagte: 'Ich kann's noch nicht.' Dann warf er mich zu Boden und trottete einfach davon, dabei schüttelte er sich das Haar aus der Stirn.«

(Ich dachte, ja, aber wer zum Teufel war er? Wo war dieser Müllplatz? *Was* konnte er noch nicht? Ich war sicher, daß sie von ihrem Mörder sprach -- aber Dora benannte keine Plätze, nannte nicht einmal den Namen eines Menschen.)

Eine Seite danach, markiert mit einem Stern, hatte sie in ihrer flüchtigen, eckigen Schrift ergänzt: »Jemand wird Hand an mich legen. Ich weiß es. In der Zwischenzeit findet die letzte Schlacht im Wohnzimmer statt.« Da ich jetzt wußte, daß sie an AIDS gestorben wäre, kam es mir so vor, als könnte ich sehen, wie sie -- in die Ecke getrieben -- sich über etwas klar wurde und gleichzeitig vor Entsetzen über das nahende Ende den Verstand verlor. »Es wird gesagt, daß in dem Krieg am Anfang des Jahrhunderts Männer auf dem Weg zur Front im letzten Augenblick ihre besten Freunde gefunden haben, genauso wie Betty und ich uns gefunden haben.«

»Es ist gut, Dora«, sagte ich, ging zu ihrer Leiche zurück und streichelte ihre Wange. »Es ist gut, ruhe jetzt.«

Es klopfte an die Tür, und Wiecienski öffnete sie. Eine Stimme sagte: »Sergeant Stevenson.«

Ich führte ihn durch den Raum zu den anderen, die neben der Leiche standen.

Er sah auf sie hinunter und fragte: »Suarez?«

Ich antwortete: »Ja.« Ich sagte: »Du bist mein Kumpel, und ich wollte, daß du sie siehst, wenn du schon mal hier bist.«

Er stand da und sah sie an. Er sagte nichts.

Ich beugte mich vor und zog einen kleinen, eisigen Behälter unter den Rädern der Bahre hervor. Ohne ihn zu öffnen, legte ich meine Hand darauf und sagte zu Stevenson: »In diesem Behälter ist ein Teil von Suarez' linker Brust und ein Großteil ihres rechten Arms. Aber ich habe vergessen, daß ihr etwas fehlt. Für mich ist sie vollkommen, und ich werde diesen Mann kriegen. Die Welt ist nicht groß genug für ihn, um mir zu entkommen.«

Stevenson sagte: »Das kommt drauf an, aber ich glaube, wir könnten's schaffen -- du weißt, daß ich diese Sache mit Roatta untersuche.«

Ich sagte: »Ja, laß uns darüber reden, wenn wir gegangen sind.«

Er sagte: »Ich bin hier rübergekommen, weil ich dich auf jeden Fall erwischen wollte.«

Ich sagte: »Ja, okay.«

»Fahren wir zur *Factory*, wenn du fertig bist«, sagte Stevenson, »und gehen wir alles mal durch -- vielleicht können wir ein paar Zusammenhänge herstellen. Vielleicht ist nichts dran, aber du weißt, wie nah beieinander die Tatzeiten liegen, und Verbrecher besitzen Autos. Ich sehe keinen Grund, warum er nach Carstairs und Suarez nicht direkt weitergemacht und Roatta erledigt haben soll, oder?«

»Ich bin froh, daß du das sagst«, erwiderte ich, »denn ich halte das auch für möglich -- wenn wir ein Glied finden, das Roatta und Suarez miteinander verbindet. Die alte Lady ist nicht das Problem -- meiner Meinung nach wurde sie nur ermordet, weil sie im falschen Moment reinplatzte und zuviel sah. Jedenfalls ist es ein Anfang.« Ich fügte hinzu: »Außerdem habe ich die Presse darauf angesetzt. Cryer.«

»Ja, warum soll man das Feuer nicht schüren«, sagte Stevenson. »Kanaillien und Verrückte kaufen Zeitungen wie jeder andere auch.« Er fügte hinzu: »Das macht sie aber nicht menschlicher.«

Wiecienski zitterte in dem kalten Raum. Ohne jemanden anzublicken, sagte er: »Faßt ihn.«

Plötzlich wollte ich zur *Factory* zurück. Ich sah auf die Uhr, es war mittags zehn vor eins, aber ich war nicht müde. Ich sagte zu Lansdown: »Wir müssen gehen. Vielen Dank. Wir haben viel gelernt.« Ich dachte: »Dann hat sie also AIDS im Endstadium gehabt.« Das war alles, an was ich denken konnte. Das war also eins der Dinge, die sie Betty Carstairs niemals erzählen konnte -- aber als ich mit Lansdown sprach, versuchte ich so zu klingen, als würde ich nur über das Wetter reden.

Lansdown sagte: »Ich werde Sie über alles informieren.«

»Ja, danke«, sagte ich. »Noch eins -- lassen Sie mich wissen, wann die Beerdigung ist.«

»Carstairs wird wahrscheinlich nächsten Samstag beerdigt«, sagte Lansdown. »Öffentliche Beerdigungen sind gewöhnlich Samstag nachmittags -- aber bei Suarez wird es länger dauern, das kommt auf Westminster an, auf unseren Bericht, auf den Untersuchungsrichter, auf Sie.« Er sagte zu Wiecienski: »Du kannst sie jetzt zurückbringen, Andrew.«

Wiecienski sagte: »Ich kümmere mich um sie« und bedeckte sie wieder mit dem Tuch.

Stille breitete sich aus, während er das tat. Stille, die nur durch das Quietschen der Gummireifen unterbrochen wurde. Und dann muß uns alle gleichzeitig in diesem hohen, vor Kälte dampfenden Raum das Grauen über Suarez' Tod gepackt haben, denn wir drehten uns um und sahen uns sprachlos an. Mit geröteten Augen blickte Wiecienski noch einmal über seine Schulter zurück, als er sie wegbrachte.

*

Stevenson war von einem Streifenwagen am Leichenschauhaus abgesetzt worden, darum nahmen wir für den Rückweg zur *Factory* meinen Ford. Um mich für ein paar Minuten von Carstairs und Suarez abzulenken, erzählte ich ihm von meiner Rückkehr zum A14. Ich war froh, einen aufrichtigen Kerl gefunden zu haben, mit dem ich reden konnte. Ich sagte: »Es war eine Überraschung. DIE STIMME hat mich angerufen, und es wurde mir etwas gesagt, was mir während der laufenden internen Ermittlungen im Fall Mardy niemals gesagt wurde -- die Entscheidung des Disziplinarausschusses lautete seinerzeit, daß ich vom Polizeidienst suspendiert sei, du verstehst, die Tür ist geschlossen, aber nicht abgeschlossen, so daß du also mit deinem Kopf unterm Arm herumstehst, bis sie plötzlich wieder in der Leitung sind und dir sagen, daß du den Kopf wieder aufsetzen kannst, wenn du willst, weil sie einen Job für dich haben und du wieder eingesetzt wirst, aber bitte ohne sie diesmal zu verscheißern. Ja, dann treffe ich Jollo, und nachdem ich ihm die Meinung gegeigt habe, macht er mir klar, daß sie beim A14 keinen über haben, der Carstairs und Suarez übernehmen kann, weil du mit Roatta beschäftigt bist. Ich habe gesagt, ihr könnt Leute doch nicht einfach so feuern und wieder anheuern, und sie haben gesagt, warum nicht, Sie mögen doch Polizeiarbeit, oder? Und ich habe ja gesagt. Dann haben sie mich daran erinnert, daß ich ein sehr engagierter Beamter sei, was ich fast vergessen hatte, und Jollo und DIE STIMME haben wieder die alte Platte aufgelegt, -- warum hassen wir Sie alle manchmal so sehr, Sergeant, warum sind Sie immer ein Einzelgänger, immer so verdammt schwierig. Ich habe gesagt, der einzige Weg, meine Fälle zu lösen, sei, daß ich ich selbst bliebe. Doch ich glaube, sie haben es nicht kapiert. Jollo hat gesagt, Ihre Zunge ist zu scharf, warum lassen Sie sie nicht in der Tasche? Sie würde die Tasche zerschneiden, habe ich gesagt, lieber nagle ich damit einen Gangster an die Wand. Und es stimmt, ich bin ein Einzelgänger, habe ich hinzugefügt, obwohl ich ein oder zwei Kumpel habe -- aber das kommt nur daher, weil ich es hasse, bei meiner Arbeit von einem Haufen ehrgeiziger Arschlöcher umgeben zu sein, die nur geil auf eine Beförderung sind. Du kennst mich, Stevenson, zuerst warne ich sie immer recht höflich -- heute ist nichts zu tun, danke, verpiß dich, laß mich allein, wenn ich arbeite --, denn nur so kann ich einen Mörder hören, ihn fühlen, ihn auf meine Art jagen. Dafür bin ich da. Sie sind wirklich zu alt, um Sergeant zu bleiben, hat Jollo gesagt, Sie sind fündundvierzig. Ich habe gesagt, wenn Sie mich nach oben abschieben wollen, dann verschwinde ich sofort wieder durch die Vordertür -- das ist dann endgültig, dann will ich die Scheidung. Warum lassen Sie mich nicht einfach so weitermachen? Wenn sich jeder so benehmen würde wie Sie, hat Jollo gesagt, was für eine Polizei hätten wir dann? Warum nicht einfach die Frage umgekehrt stellen, habe ich gesagt, und dann versuchen sie zu beantworten? Außerdem, habe ich zu ihnen gesagt, sehen Sie sich mal mein Privatleben an. Das geht ganz schnell und ist ganz einfach -- es besteht nur aus mir. Das, was sich mal mein Familienleben geschimpft hat, hat sich in nichts aufgelöst, und das wissen Sie ganz genau. Und man ist kein schlechter Detective, nur weil man ein Einzelgänger ist. Außerdem stört mich die unregelmäßige Arbeitszeit überhaupt nicht mehr, und ich glaube, das ist alles, was Sie wissen müssen, Mr. Jollo. Ich habe zu ihm gesagt, Sie kennen mich -- wenn Sie mich auf den Mord an diesen zwei Frauen ansetzen, dann werden diese beiden Frauen für mich zum Inbegriff der menschlichen Rasse, und zwar so lange, bis ich dieses Individuum geschnappt habe, und das werde ich. Es ist immer das gleiche. Ich bin immer auf der Seite des Opfers. Ich ändere mich nie. Aber wenn Sie mir einen Fall übergeben, Mr. Jollo, dann ist es mein Fall und nicht der von irgend jemand anderem. So bin ich nun mal. Es ist, als würde man einen Mungo mit einer Schlange zusammenbringen. Okay, okay, hat Jollo gesagt, fangen Sie mit Carstairs/Suarez an. Und ich habe gesagt, ich warte geduldig darauf, das tun zu können, wenn Sie mit dem Reden fertig sind. Danach hat mich DIE STIMME angerufen, die von diesem Gespräch mit Jollo unterrichtet worden war, und hat gesagt, ich hätte diesen wirklich lyrischen Charakterzug. Und ich habe gesagt, an einem A14-Tod ist wirklich nichts Lyrisches.«

(Ich habe meine Kontakte, und ich habe mein Territorium, das ist das Stadtgebiet von London. Ich kenne es so, wie ein Blinder jede Wand kennt, gegen die er mit seinem Stock schlägt, wenn er die Treppe zur Straße hinuntergeht und sich nach rechts wendet, um zu den Läden zu gelangen. Ich habe meine Informanten, sie alle sind wie betrügerische Huren, haben alle die Mentalität von Leuten, die im Abfall herumstöbern, bereit, jede Scheiße in der Hoffnung zu durchsuchen, eine versteckte Münze darin zu finden. Ich habe meine Säufer, meine Gauner, die auf ihre Gerichtsverhandlungen warten, die darauf bedacht sind, mir zu helfen, wenn es ihnen ein Jahr weniger einbringt oder in Ausnahmefällen sogar nur gemeinnützige Arbeit. Ich habe die Presse, ich sehe einen oder zwei Kerle auf einen Drink im *Clipper* oder im *Yorkshire Grey*, und ich setze mich in Bewegung. Ich bin immer bereit. Alles, was ich brauche, um an die Arbeit zu gehen, ist das Minimum, das jeder Polizeibeamte braucht -- einen Polizeiausweis, der einen zu Ermittlungen berechtigt und der einem Zugang zu Polizeicomputern und Informationen in Akten verschafft.)

Ich parkte auf dem Parkplatz der *Factory* und sagte: »Jetzt habe ich dich vollgequatscht.«

Stevenson sagte: »Meine Trommelfelle sind nicht beschädigt.«

»Gut«, meinte ich. »Dann laß uns jetzt mal mit dem Aufzug in den zweiten Stock fahren.«

»Ich beschäftige mich sehr intensiv mit Roattas Vergangenheit«, sagte Stevenson, während wir den leeren Aufzug betraten, »sehr intensiv.«

»Ich bekomme gleich bessere Laune, wenn du so was sagst«, sagte ich, »denn sobald man anfängst, in diesem Scheißhaufen herumzustochern, wird man sicherlich eine Menge finden.«

»Weißt du, mich läßt der Gedanke an die rasche Aufeinanderfolge der Morde an Roatta und Carstairs/Suarez nicht los«, sagte Stevenson.

Ich sagte: »Das beschäftigt mich auch.«

»Übrigens«, fragte er, »hast du mal von einem Club gehört, der *Parallel Club* heißt?«

Ich sagte: »Ja, in der Nähe der Carnaby Street. Hieß früher *Night Off*, dann gab's dort Stunk, und er brannte ab.«

»Das war Roatta«, sagte Stevenson. »Das alte Management zahlte ihm nicht genug, darum wurde der Club als erste Warnung kurz und klein geschlagen, beim zweitenmal ging er dann in Flammen auf.«

»Rauhe Sitten.«

»Spar Dir die Tränen«, sagte Stevenson.

Ich sagte: »Jetzt ist es *der* Club für Yuppies, um mal richtig exzessiven Sex zu erleben, und was ist sonst noch damit?«

»Roatta hat damit zu tun«, sagte Stevenson. »Er ist Mitinhaber, zusammen mit Giancarlo Robacci.«

Der Aufzug hielt in unserem Stockwerk, und wir stiegen aus. »Nun, ich war weg«, sagte ich, »das habe ich nicht gewußt.« Ich fügte hinzu: »Aber wir wissen genug von Robacci.«

»Es gibt dort sogar jemanden, dem ich gerne mal eins in die Fresse hauen würde«, sagte Stevenson. »Aber die Schwierigkeit ist, daß er momentan Bolivianer ist. Da mir deswegen die Hände gebunden sind, habe ich zweimal versucht, ihn ausweisen zu lassen, aber ich weiß nicht, warum -- es klappt einfach nicht.«

»Sieh mal einer an«, sagte ich.

Wir gingen in sein Büro. Ich drehte einen Stuhl herum, setzte mich drauf und verschränkte die Arme auf der Rückenlehne. Ich sagte: »In dieser Sache tauchen eine Menge Italiener auf, nicht? Hast du das bemerkt? Einige davon sind lebendig, einige nicht mehr ganz so.«

»Wir sind hier im West End«, sagte er. Er war unruhig und klopfte mit den Fingernägeln auf den Schreibtisch.

»Was ist los?« fragte ich. »Hast du dich plötzlich entschlossen, Klavier spielen zu lernen?«

»Ich habe heute morgen einem Mann für eine Photographie Bargeld rübergeschoben, und sie ist nicht hier, obwohl sie jetzt hier sein sollte. Ich habe eine Menge abgedrückt. Das Photo ist zwar kein alter Meister, doch wenn das Ding nicht in fünf Minuten hier ist, reiß ich dieser Fotze den Kopf ab.«

»Sie sollten dich zum PR-Beamten machen«, sagte ich. Ich fügte hinzu: »Was ist daran so interessant, daß es öffentliche Gelder wert ist?«

»Es hat mit einer Party zu tun, die Roatta vor einem Monat anläßlich seines Geburtstags im *Parallel* veranstaltet hat«, sagte Stevenson. »Aber warum wartest du nicht und siehst es dir an? Wenn es kommt.«

»Ja, mache ich«, sagte ich. »Gibt es unten im *Parallel* außer Striptease und sinnlosen Besäufnissen sonst noch was?«

»Es gibt ein 'Oben'.«

»Was ist daran so aufregend?«

»Roatta war ein Erpresser«, sagte Stevenson, »und Robacci ist es ebenfalls. Nur ging es ihnen nicht um den guten Ruf von irgendwelchen Leuten -- darum schert sich doch heutzutage niemand mehr einen Dreck. Nein, sie waren in einem brandneuen Geschäft, ich konnte bisher nur noch nicht herausfinden, worum es dabei geht. Nicht, daß ich es nicht versucht hätte -- es will niemand reden.«

Eine Polizistin kam mit einem Din-A4-Umschlag herein. Sie gab ihn Stevenson und sagte: »Unterschreiben Sie.«

Stevenson fragte: »Wie ist der gekommen?«

»Mit Fahrradboten«, sagte sie, aber Stevenson schlitzte den Umschlag schon auf. Er zog eine vergrößerte, glänzende Schwarzweißphotographie heraus, mehr konnte ich nicht sehen, und beugte sich darüber. Als er fertig war, drehte er das Photo so um, daß ich es betrachten konnte. »Nur für den Anfang«, sagte er. »Läßt irgend jemand in dieser eleganten Gesellschaft bei dir eine Glocke läuten?«

Ich sah genau hin. Auf dem Photo sah man zwischen den Tischen ein Mädchen, das ein Mikrophon hielt und sang.

Ich sagte: »Das ist Suarez.«

Stevenson sagte, er habe gedacht, es bestehe eine geringe Chance, daß sie es sein könnte.

Auf dem Photo waren noch viele andere interessante Gestalten, aber in diesem Augenblick hatte ich nur Zeit für sie.

7.

Ich ging kurz in Zimmer 205, und auf meinem Schreibtisch lag ein Brief, der mit der normalen Post gekommen war. Ich sah nach, wo er aufgegeben worden war: Dulwich. Er sah aus wie heiße Ware, und als ich ihn ansah, hatte ich das Gefühl, daß nur die Fingerabdrücke des Briefträgers darauf sein könnten. Die Adresse auf dem mit Schmutzflecken übersäten Umschlag war mit Kugelschreiber in unregelmäßigen großen Druckbuchstaben geschrieben. Über Telefon ließ ich trotzdem einen Mann von der Spurensicherung kommen, der alle Fingerabdrücke abnehmen sollte -- man weiß ja nie.

Mit einem Messer und einem Kleenex öffnete ich den Brief. Innen war ein Blatt Papier mit goldverzierten Ecken. Auch der Brief war in Großbuchstaben geschrieben. Ich las: »Hallo, Fotze. Die Zeitung sagt, Du seist der Bastard, der eine Belohnung auf einen Kerl ausgesetzt hat, der eine Uhr zertrümmert hat. Sollte ich Dich neugierigen Wichser jemals treffen, dann willst Du nicht mal mehr wissen, wie spät es ist.« Ich legte meine Westminster beiseite und schnüffelte an dem Brief. Er roch schwach. Den einzigen Geruch, den ich damit in Verbindung bringen konnte, war der von schmutzigen Kleidern. Ich betrachtete die Schrift. Die Striche waren unterbrochen und unregelmäßig, als wenn sie auf einer rauhen Unterlage geschrieben worden wären. Dann erschien der Typ von der Spurensicherung und nahm den Brief fachmännisch mit.

Ich ging in Stevensons Büro zurück. Er fragte: »Was Interessantes?«

Ich sagte: »Nein, nur Fan-Post.« Obwohl der Brief vom Killer kam, nützte er mir weder mittelbar noch unmittelbar. Aber wenn die Anzeige geholfen hatte, ihn aus dem Gleichgewicht zu bringen, dann war sie nicht vergebens gewesen.

Stevenson sagte: »Warum werfen wir beide nicht noch einen Blick auf dieses Photo? Die Gesichter im Publikum?«

Ich ging zu ihm hinüber und sah über seine Schulter. »Mein Gott«, sagte ich, »ein paar von denen kommen mir verdächtig bekannt vor -- das ist ja wie bei 'Das war Ihr Leben'-- nur diesmal für die Unterwelt.«

»Es war Happy Hour, nicht wahr?« sagte Stevenson.

»Ja«, erwiderte ich. »Für einige.« Ich ignorierte die vorgetäuschte, lärmende Leutseligkeit und die kalten Augen der Gesichter an den Tischen. Ich konzentrierte mich nur auf zwei. Lange und eingehend betrachtete ich Suarez mit dem Mikrophon. Ihre Lippen waren so weit geöffnet wie zu dem Zeitpunkt, als ich sie gefunden hatte. Offensichtlich sang sie mit geschlossenen Augen. Niemand beachtete sie. Dann drückte ich den Daumennagel auf einen Mann, der der Kamera den Rücken zuwandte. Er verließ den Raum, befand sich gerade unter einem beleuchteten Schild, auf dem 'Exit' stand. In dieser Ecke des Clubs war es dunkel, und die Kamera mußte ihn zufällig aufgenommen haben. Er bewegte sich etwas zu schnell und war darum ein wenig verschwommen, aber er war schwarzhaarig, vielleicht in den Dreißigern, nicht besonders groß, trug eine sackartige Sporthose und ein dunkles Hemd. Ich fragte: »Hast du eine Ahnung, wer das ist? Das ist kein Kellner oder Barkeeper, aber er sieht aus, als hätte er dort eine Funktion.«

Stevenson studierte ihn und sagte: »Ich habe ihn vorher noch nie gesehen, und die Tatsache, daß er von hinten aufgenommen wurde, ist nicht besonders hilfreich. Vielleicht ist er ein Rausschmeißer.«

»Vielleicht«, sagte ich. »Doch im *Parallel* sind Rausschmeißer gut gekleidet.« Ich legte das Photo hin. Ich fragte: »Wo hast du's her?«

»Von einer Hostess. Drei Kerle ließen ihre Kleidung in Flammen aufgehen, weil sie nicht so mitspielte, wie die es wollten«, sagte Stevenson. »Das ist kein Witz.«

»London ist wirklich ein zivilisierter Fleck auf der Landkarte, nicht?« fragte ich. Ich fügte hinzu: »Also, ich weiß nicht, was du denkst, aber ich glaube, daß dieses Photo diese Sache zu einem Fall für uns beide macht.«

Er sagte: »Ich habe gedacht, du würdest nicht gern mit anderen Leuten zusammenarbeiten.«

»Kommt drauf an, wer es ist«, sagte ich, »und wir werden das ganze Ding viel schneller schaukeln, wenn wir es zu zweit machen.«

Er sagte: »Hättest du Lust, auf einen kleinen Spaziergang zum *Parallel*?«

»Ja«, sagte ich. »Jetzt sofort, warum nicht?«

»Ob wir einen Durchsuchungsbefehl durchdrücken können?« fragte er. »Ich glaube schon, oder?«

»O ja, ganz sicher«, sagte ich, »einen Durchsuchungsbefehl, der uns erlaubt, das Ding von den Titten bis zum Arschloch zu durchsuchen. Ich glaube, das wäre recht nützlich.«

»Dann werde ich mich darum kümmern, während du dich kämmst«, sagte er. »Und dann geht's los.«

Ich sagte: »Du könntest Probleme haben, ihn zu bekommen.«

»Das glaube ich nun wieder nicht«, meinte er. »Du wirst überrascht sein. Ich denke, für die da oben im vierten Stock werden Carstairs und Suarez langsam zum Problem. Zum großen Problem.«

»Was für ein Problem?«

»Nachrichten verbreiten sich, oder?« fragte Stevenson.

»Nun, genau dafür sind Nachrichten da«, sagte ich. »Das ist gut. Das gefällt mir.«

Als wir zum *Parallel Club* kamen, war es offensichtlich, daß Stevenson und ich überhaupt nicht wie die Leute aussahen, die dort ein- und ausgingen, aber das war uns egal -- deshalb würden wir trotzdem nicht auf den Stufen herumlungern. Der massige Türsteher im kirschroten Mantel, mit Zylinder und Knöpfen, die als Schlagringe benutzt werden konnten, kam auf uns zu und fragte: »Wo wollen Sie hin?«

»Rein«, antwortete ich. Ich zeigte ihm meinen Polizeiausweis und sagte: »Wir sind Mitglieder eines angegliederten Clubs, wie du siehst, und es wäre doch schade, wenn du uns heute nacht den Spaß verderben würdest.«

Der Türsteher wußte nicht so recht, was er machen sollte, darum tat er im Augenblick vernünftigerweise gar nichts, außer sich in eine der Ecken zu verdrücken, um möglicherweise jemanden an die Strippe zu bekommen. Sobald wir den Puff betreten hatten, war das Mädchen an der Garderobe der nächste Mensch, den wir zu Gesicht bekamen. Ich brauchte nicht lange, um herauszufinden, daß sie wußte oder zumindest tief in ihrem Innern ahnte, daß sie nicht halb so schön war, wie sie glaubte, und daß sie soviel Freizeit wie möglich damit verbrachte, allen, insbesondere Männern, einzubleuen, wie schön sie sei. Ihre dünnen Lippen drückten genauso viel Mitgefühl aus wie ein Geldautomat, der eine abgelaufene Kreditkarte verschlingt.

In der Bar war viel los, und auf der beleuchteten Tanzfläche bewegten sich langsam einige Stripperinnen. Aber im allgemeinen bewegten sich die Flaschen viel schneller als die Kunden. Ein mit allem Notwendigen ausgestatteter Amüsierwütiger, der aussah, als wäre er schnell auf den Beinen, wenn es darauf ankäme, kam zu uns rüber und fragte: »Was sagten Sie noch mal, wer Sie sind?«

»Paß auf, was du sagst, Junge«, sagte Stevenson, »du weißt, daß wir Polizisten sind, also verpiß dich, und laß schon mal dein Hirn warmlaufen, sonst befasse ich mich mit dir allein in einer Sackgasse.« Ein Kerl, der aussah, als wäre er im Knast zum Sozialismus bekehrt worden, um ihn jetzt unter die parfümierten Halbweltler zu bringen, flatterte an uns vorüber -- auf dem Weg zu einem indischen Mädchen, das bis auf Goldpantoffeln und einem Pelzmantel nackt war und das ihrem gequälten Gesichtsausdruck nach zu urteilen das Gefühl hatte, mehr Glück verdient zu haben. Der Kerl, noch jung und mit einem großen, märchenhaft kahlen Schädel, sagte zu Stevenson: »Manieren, wenn Sie fremdes Gebiet betreten!«

Stevenson sagte: »Dies ist mein Gebiet, es untersteht der *Factory*. Und wie steht's mit dir?«

»Meinem Vater gehört die halbe Straße!«

»Darauf würde ich nicht wetten«, sagte Stevenson.

Eine Zeitlang waren wir allein in der Atmosphäre kalter Stille, die Bullen um sich herum verbreiten. Mein Blick fiel auf die Tanzfläche weiter hinten, und ich sah ein schwarzes Mädchen, das genau wie Suarez mit einem Mikrophon zwischen den Tischen entlangging. Ich schnappte ein paar Zeilen auf: *»I'm eighteen years into my fever! I'm eighteen years into my mind!«*

Ein großer, junger Mann, der als Absolvent einer angesehenen Universität durchgegangen wäre, hätte er nicht diese augenfällige Schnittwunde im Gesicht gehabt, kam auf uns zu und sagte: »Gentlemen, ich bin der stellvertretende Manager. Was soll das alles? Kann ich Ihnen helfen? Sie sehen selbst, daß sich der Club Ihretwegen leert.«

Es war offensichtlich, daß die Gäste zwar nicht überhastet, aber doch schubweise den Laden verließen.

»Das ist doch wohl klar«, sagte Stevenson laut. »Es geht um einen Todesfall.«

Die Bewegung im Publikum nahm unmerklich zu.

Ich sagte: »Wer trägt hier die Verantwortung? Los, Darling, wir haben nicht die ganze Nacht Zeit.«

»Mr. Robacci ist gerade hier.«

»Bring ihn her«, sagte Stevenson. »Geh schon, beeil dich, los.«

»Vielleicht sollten Sie mit ins Büro kommen.«

Stevenson sagte: »Nein. Wir bleiben hier.«

Ich hatte den vermeintlichen Hochschulabsolventen eine Zeitlang durchdringend angesehen und sagte plötzlich: »Jetzt weiß ich, wo ich dich hinstecken muß. Du bist '85 mit einer Autoschieberbande aufgeflogen, bekamst drei Jahre und hast achtzehn Monate in Ford Open abgesessen. Und dann hast du im Rahmen gemeinnütziger Tätigkeiten im St. James Park als Gärtner gearbeitet, nicht? Damals hattest du Glück, stimmt's? Da haben wir ihn also, den alten Arthur 'Hey-ich-bin-doch-nur-der-Händler' Apsley-Kingsford, der als ganz neuer Mensch zurückkommt.« Ich schüttelte den Kopf. »Ich hoffe für dich, daß du über diesen Roatta-Mord nichts weißt, aber ich werde nicht für dich beten, verdammt noch mal.«

Der junge Mann war jetzt ziemlich ins Schwitzen gekommen, und ich sagte: »Geh und hol Robacci, bevor ich dich mit Handschellen an den nächsten Heizkörper kette. Beweg dich.«

Jetzt war es an dem Türsteher, dafür zu sorgen, daß *der* Händler aller Zeiten nicht den Boden unter den Füßen verlor und daß die Ereignisse eine Wendung nahmen. Außerdem war er es langsam leid, an den Spielfeldrand geschoben zu werden, darum kam er aufs Spielfeld zurück, um uns auf den Zahn zu fühlen. Er sagte zu Stevenson: »Dann gehört ihr beide also zur *Factory*, ja? Von wo? Kapitalverbrechen? Ich weiß nicht, wer ihr seid, ich kenne euch nicht.«

»Nein«, sagte Stevenson, »wir sind vom A14.«

»Was ist das?«

»Ich hoffe, daß du das niemals rausfindest«, sagte Stevenson. »Das ist das Dezernat für ungeklärte Todesfälle, und ich habe für euch alle sehr schlechte Nachrichten -- wir haben die Befugnis, diese Geschäftsräume von oben bis unten zu durchsuchen, und zwar das ganze Gebäude, nicht nur den Teil hier unten. Und, willst du was dagegen unternehmen?«

Der Türsteher sagte: »Ich denke, ein paar Anrufe, ich weiß es nicht.«

»Vergiß es«, sagte Stevenson. »Vielleicht kommen gewisse Leute am 15. wegen eines Umschlags hier vorbei oder auch nicht, aber heute haben wir den 28. -- wir sind ein ganz anderer Mob, wir haben keinen Preis. Siehst du, du steckst ganz schön in der Scheiße, Sweetheart.« Er fügte hinzu: »Ich gebe dir einen guten Rat, bleib ruhig und besonnen, und wer weiß, vielleicht kommst du mit einem Jahr Knast davon. Aber fang nur an, clever sein zu wollen, dann werden daraus fünf, Süßer.«

Der Türsteher fing an zu sprechen: »Es ist wirklich nicht die Nacht, um zu --«

»Nein, ich weiß«, sagte ich, »aber du wirst nicht dafür bezahlt, das Stromnetz zu unterbrechen. Überlaß das uns, wir sind die Spezialisten.«

»Das stimmt«, sagte Stevenson ernst. »Du solltest wirklich besser verschwinden.«

»Ja, wenn auch seine Situation günstig zu sein scheint, ändert das nichts daran, daß er uns die eine oder andere Frage beantworten muß«, sagte ich. Ich ging nah zu ihm hin, rückte ihm sanft den Zylinder auf dem Kopf zurecht und legte beide Hände auf seine Schultern. »Also«, sagte ich ruhig und starrte in seine nervös zuckenden Augen, »wann hast du hier zum letztenmal ein Mädchen namens Dora Suarez gesehen?«

»Und jammere nicht herum, daß du sie nicht kennst«, sagte Stevenson. Er gab mir eine Kopie des Photos, das wir in 202 betrachtet hatten. Ich nahm sie und hielt sie dem Türsteher unter die Nase. »Dieses Mädchen«, sagte ich. »Das Mädchen, das in der Nacht von Roattas Geburtstagsparty gesungen hat.« Ich fügte hinzu: »Seiner letzten.«

»Sie hat hier gesungen.«

»Das wissen wir«, sagte ich geduldig. »Du hast gerade den photographischen Beweis gesehen, daß wir es wissen. Aber sie wird hier nicht mehr singen, stimmt's?«

»Vermutlich.«

»Und warum nicht?«

»Nun, ich habe gehört, sie sei tot«, sagte der Türsteher.

»Da hast du richtig gehört«, sagte ich, »genau wie alle anderen in diesem Land -- und was meinst du wohl, woran sie gestorben ist?«

»Ich habe in der Zeitung gelesen, daß sie von einem Mann mit einer Axt ermordet wurde.«

»Schon ganz richtig«, sagte ich, »soweit es in der Zeitung stand. Aber dort stand nicht alles -- sie gehörte zu den Leuten, die zweimal sterben, und die sind glücklicherweise rar.«

(In meinen Gedanken schrieb mir Dora immer noch aus ihrem Heft: »Wenn du willst, daß wir leben, werden wir alle leben -- und wenn nicht, dann nicht. Aber laß uns Gerechtigkeit widerfahren.«)

»Das versteh' ich nicht«, sagte der Türsteher. Sein dickes Boxerkinn begann zu zittern, und ich beobachtete seine Augen, die hilfesuchend umherglitten. Er hatte genug. »Außerdem starb sie noch an AIDS«, sagte ich, »und da du hier der Rausschmeißer bist: Was weißt du darüber? Hast du sie angesteckt? Bist du positiv, du fette Sau?«

»Hören Sie, ich bin nur der Türsteher«, flüsterte er.

»Irgend jemand muß die Tür öffnen und die Leute in die Hölle lassen, nicht wahr?« sagte ich. »Bekommst du viel Trinkgeld? Von 'Meinem-Vater-gehört-die-halbe-Straße' und diesem ganzen Haufen? Und dann gibst du's mit den Mädchen aus, die hier arbeiten, den Barmädchen, Sängerinnen und all diesen? Ein paar heiße, feuchte Ficks, sonst könntest du ihnen das Leben schwer machen? Ich wette, so machst du's«, sagte ich, »du siehst mir ganz danach aus, du süßer, großer Angeber, du großer Haufen Scheiße.«

»Ich weiß nichts«, murmelte er. »Nichts«

»Drüben in der *Factory* finden wir raus, was du weißt und was nicht«, sagte ich, »überlaß das uns. Ohne dich auch nur anzutippen, wirst du uns Dinge erzählen, von denen du nicht einmal geahnt hast, daß du sie weißt.«

»Türsteher?« sagte Stevenson sanft. »Das ist doch nur so ein vorübergehender Job. Ich glaube, du wirst sehr bald einen längerfristigen Vertrag abschließen, befriedigende Arbeit, die Jahre dauern kann, jeden Tag auf einem sehr langen, sandigen Zementkorridor mit einem Handfeger Dreck auf eine Schaufel fegen. Gute Landluft, nicht wie diese stickigen Häuser im West End, alles in einer Stadt namens Maidstone, und es ist wirklich nett, wird dir gut tun.« Gleichgültig befühlte er den mit Goldtressen verzierten Kragen des Türstehers und zupfte liebevoll einen Fussel weg. Der, zu dem er gehörte, schluckte.

»Sehen Sie«, sagte der Türsteher, »wenn ich Ihnen erzähle --«

Ich sagte: »Hatte Suarez einen Freund, der hier herumlungerte? Und erzähl mir nicht wieder, daß du nur der Türsteher bist, denn das ist nicht die richtige Antwort.«

»Mein Gott, hören Sie«, sagte der Türsteher, »ich habe sie niemals mit jemand Bestimmten gesehen -- und außerdem hat sie nicht zu den

Frauen gehört, die darüber gesprochen hätten, wenn es so gewesen wäre.«

»Okay«, sagte ich, »aber jetzt paß auf, was du sagst, denn es geht hier um drei ätzende Mordfälle, die dieser Beamte und ich untersuchen.«

»Das stimmt«, sagte Stevenson, »und wie war doch gleich dein Name?«

Ich sagte: »Wir brauchen nicht zu fragen, ich habe ihn gelesen -- er heißt Ronnie George Margoulis, und er hat wegen geringfügiger Diebstähle ein Jahr im Knast gesessen, zwei Jahre war er in Maidstone, dort ist er hingewandert, weil er versucht hat, geklaute Sachen an die Leute zu verscheuern, denen er sie gestohlen hatte. Einfach brillant. Das stimmt, nicht wahr, Ronnie? Und wie wär's denn jetzt mit 'ner großen Sache, wie zum Beispiel fünf bis sieben Jahre in Canterbury, du Charmeur?«

»Was vorbei ist, ist vorbei«, sagte der Türsteher.

»Vielleicht ist es vorbei«, sagte ich, »aber was vorbei ist hinterläßt auch Spuren, Ronnie -- zum Beispiel in deinen Akten, du verstehst, was ich meine.« Mit ernstem Unterton sagte ich: »Du kannst doch kein Interesse daran haben, uns zu verscheißern, Ronnie, darum fang an, uns von Suarez zu erzählen und ob und wann sie sich hier mit jemandem mehr oder weniger regelmäßig getroffen hat. Los jetzt, sei artig. Du bist nur ein Fettarsch und redest nur aus Eigeninteresse, wie jeder Informant hast du nur schmutzige Gedanken -- und ich wette, daß du trotz deines Körperbaus für Geld alles machst.«

Der Türsteher wollte gerade etwas sagen -- vielleicht, daß wir uns woanders treffen und es diskutieren sollten --, als ein fetter, schmieriger Typ mit Sonnenbrille erschien und sagte: »Guten Abend, ich bin Robacci, der Eigentümer.«

Stevenson sagte: »Ja, wir hatten schon das Vergnügen.«

Robacci fragte: »Gibt's hier Ärger?«

»Und ob«, sagte Stevenson, »denn in den Kreisen, in denen Sie sich bewegen, ist Ärger das andere Wort für Gesetz.«

»Sie beide haben mein Lokal leergefegt«, sagte Robacci, »das ist Ihnen doch wohl klar?«

»Wir hätten es schon früher bemerkt«, sagte ich, »aber wir waren beschäftigt.«

»Sie haben mir wirklich den Abend verdorben«, sagte Robacci, »und meine Einnahmen, und dabei lief es so gut an.«

»Dann hätten Sie eben nach Bolivien zurückkehren sollen, Sweetheart«, sagte Stevenson, »das habe ich Ihnen schon zweimal gesagt.«

»Wenn ich wollte, dann könnte ich heute morgen die 10-Uhr-Maschine nehmen«, sagte Robacci.

»Das ist jetzt vielleicht nicht mehr ganz so einfach«, erwiderte Stevenson. »Sie wollten die Warnung nicht ernst nehmen, Sie kleiner Besserwisser. Wenn Sie sauber sind, was Roatta betrifft, dann können Sie gehen -- doch es wird lange dauern, das zu beweisen. Andererseits, wenn es sich zeigt, daß Sie nicht sauber sind, dann können Sie die großartigen Eindrücke der Anden vergessen und sich damit vergnügen, im Knast Pißpötte zu leeren. Okay?«

»Lassen Sie es uns doch auf den Punkt bringen«, sagte Robacci. »Wieviel diesmal? Ich nehme an, daß Sie vom obersten Stock hergeschickt wurden.«

»Sie haben mich überhaupt nicht verstanden«, sagte Stevenson. »Ich habe noch nie etwas mit der bolivianischen Polizei zu tun gehabt, ich weiß nicht, wie es da läuft, aber ich wage zu behaupten, daß Sie dort ein paar Leute kennen, ich weiß es nicht, ist auch egal. Der Unterschied ist, daß Sie hier in London sind, und wir in der *Factory* halten hier den Betrieb in Gang, und das schließt Sie so lange ein, wie Sie hier leben, Sweetheart, und wir kennen Sie überhaupt nicht, -- Pech für Sie -- wir wollen Sie auch nicht kennenlernen.«

»Die Gewerkschaften nennen das Dienst nach Vorschrift«, sagte ich, »in schlichtem Englisch heißt das: kein Deal, verstanden?«

»Mein Gott«, sagte Robacci.

»Am Wochenende hat er für gewöhnlich frei«, sagte Stevenson, »und am letzten Samstagabend, und auch Sonntagmorgen war er ganz sicher nicht greifbar, als diese drei außergewöhnlich brutalen Morde binnen drei Stunden begangen wurden -- Ihr Kompagnon Felix Roatta war eins der Opfer.«

»Das weiß ich«, sagte Robacci, »wir alle wissen und bedauern es. Aber Felix -- er und ich hatten nur im Zusammenhang mit dem Club gemeinsame finanzielle Interessen. Sonst machte er seine eigenen Sachen, wissen Sie.«

»Ich weiß, daß ich hier zwei Dokumente in Händen habe«, sagte Stevenson und zog sie hervor, »und wenn Sie auf Abwege geraten, dann werden Sie zwanzig Jahre in einem britischen Gefängnis verbringen. Sie sind nicht mehr jung, und wenn Sie wieder rauskommen, dann werden Sie nur noch ein dürrer, kleiner, alter Mann auf zwei Krücken sein.«

»Ich wünschte, wir könnten einfach in mein Büro dort drüben gehen, wo wir unter uns sind, und über ein bißchen Geld sprechen, für das Sie all das fallenlassen«, sagte Robacci. Er sah nicht gerade gesund aus, als er sprach. »Es muß doch einen Kurs dafür geben.«

»Nein, den gibt es nicht«, sagte Stevenson. »Zwei kleine Beamte, denen ein explosiver Fall wie dieser anvertraut wird, können es sich nicht leisten, dabei auf die schiefe Bahn zu geraten, und das werden wir auch nicht.«

»Also lassen Sie uns nicht über Geld reden«, sagte ich. »Lassen Sie uns über Roatta und Dora Suarez reden.«

»Ja«, sagte Stevenson. »Das erste Dokument, das ich hier habe, ist eine richterliche Verfügung, dieses ganze Gebäude zu durchsuchen.«

»Sehen Sie, nur ein Teil des Gebäudes wurde an den *Parallel Club* verpachtet«, sagte Robacci, »ein Teil nicht.«

»Das ist uns egal«, sagte Stevenson. »Dieses Dokument ermächtigt uns, hier alles auseinanderzunehmen: Wohnungen, Clubs, Laster und Zaster, Angestellte, einfach alles. Lesen Sie.«

Ich sagte zu Stevenson: »Zeig ihm auch gleich das andere.«

Robacci sagte: »Bevor Sie das tun, will ich Ihnen etwas sagen. Wissen Sie, wen ich mit Chief Inspector Bowman vom Dezernat für Kapitalverbrechen meine? Arbeitet er bei Ihnen im Hause?«

»Na und ob«, sagte ich. »Mr. Bowman ist der reinste Sadist. Wieso? Wollen Sie ihn sehen? Das kann man arrangieren, sofort.«

»Wenn ich Sie wäre, würde ich das lassen«, sagte Stevenson, »Ihnen zuliebe. Ein Bulle ist wie alle anderen -- solange Sie auf seiner Seite sind, behandelt er Sie gut, wenn Sie auf der anderen Seite stehen, macht er Sie fertig. So ist das Leben, nicht wahr?«

Ich sagte: »Oder wollen Sie einem Polizeibeamten unehrenhaftes Verhalten vorwerfen? In dem Fall unterhalten Sie sich mit zwei Polizisten. Also, bezichtigen Sie ihn?«

»Mein Gott, nein«, sagte Robacci. »Sind Sie verrückt?« Er ließ die Sache fallen.

»Zeig ihm jetzt das andere Dokument«, sagte ich zu Stevenson. »Mal sehen, wie er auf einige Leute in seinem eigenen Club reagiert.«

Stevenson zeigte Robacci das Photo und sagte: »Okay. Das Photo wurde im *Parallel Club* aufgenommen, nicht wahr? In welcher Nacht war es?«

»Kein Gund, deswegen zu stammeln, Robacci«, sagte ich. »Wir sind hier mitten in Roattas letzter Geburtstagsparty, stimmt's?«

Er mußte dem zustimmen.

»Das Mädchen, das singt«, sagte ich. »Das dunkelhaarige Mädchen dort mit dem Mikrophon.«

»Ich kenne sie nicht.«

Ich sagte: »Wiederholen Sie das, aber lassen Sie sich Zeit, denn Ihre Antwort könnte auf lange Sicht ihre Zukunft beeinflussen.«

»Vielleicht habe ich sie mal gesehen.«

»Erzähl mir nicht, daß Leute in deinem Club vor deinen Kunden singen, ohne daß du weißt, wer sie verdammt noch mal sind«, sagte ich.

»Die kamen und gingen, wissen Sie«, sagte Robacci. »Felix kümmerte sich darum.«

»Dies ist das Gesicht von einer, die ging«, sagte ich, »und die Bezahlung dafür wird's in sich haben. Also, wring deine Hirnwindungen aus, und nenne einen Namen, bevor du deinen verlierst -- wenn nicht, werde ich dich bis ans Ende aller Tage im britischen Gefängnissystem begraben. Die *Factory* findet immer einen Weg.«

Es war lange still, bis ich sagte: »Schweigen ist nicht immer Gold, Robacci, und ich werde langsam nervös.«

Robacci sagte: »Felix hätte es Ihnen vielleicht sagen können.«

»Nun, er kann es nicht mehr«, sagte ich, »also wirst du's tun. Schließlich seid ihr Partner gewesen in diesem Scheißhaus.«

Stevenson sagte zu mir: »Sieh dir sein Gesicht an, er kannte sie.«

Ich drehte mich zu Robacci um und fragte: »Wann hast du sie zum letztenmal gevögelt, du fetter Pißbeutel?«

Robacci wurde weiß und sagte: »Das habe ich nie getan.«

»Oh, wirklich?« fragte ich. »Warum nicht? Nicht schön genug für dich?«

Robacci sagte: »Das war's nicht.«

»Nein«, sagte ich. »Das weiß ich.« Ich sagte zu Stevenson: »Wir nehmen ihn in Pension.«

Robacci fragte: »Was meinen Sie damit, mich in Pension nehmen?«

Ich sagte: »Es bedeutet einen Ausflug in die *Factory*, und dort werden wir so lange auf die Schote drücken, bis du die Erbsen ausspuckst.«

Er sagte: »Wenn Sie Hand an mich legen -- «

»So funktioniert das nicht«, sagte ich. »Das haben wir nicht nötig.« Ich zeigte Robacci wieder das Photo und sagte zu ihm: »Und dieser Mann hier -- ja, dieser, der schnell zur Tür hinaus will, in der Ecke neben der Tanzfläche, da -- unter dem beleuchteten Schild. Wer ist das?«

Robacci sagte nichts.

Ich sagte zu Stevenson: »Wenn Leute quatschen, lügen sie. Wenn sie nichts sagen, wissen sie was. So ist es doch, oder?«

»Das stimmt«, sagte Stevenson, »jedenfalls meiner Erfahrung nach.«

Robacci fragte: »Was liegt gegen mich vor?«

Ich antwortete: »Alles, wofür wir dich vierundzwanzig Stunden einbunkern können -- denn in vierundzwanzig Stunden haben wir das hier erledigt. Papiere nicht in Ordnung, Steuerfahndung, bekannt mit Wiederholungstätern, mein Gott, ich kann mir dreißig Gründe ausdenken.«

»Ich werde mit meinem Konsulat Kontakt aufnehmen!« schrie er.

»Es ist merkwürdig«, sagte ich, »aber die Diplomatie ist eins der wenigen Gebiete, auf denen Bolivien ziemlich unterwickelt ist -- Pech, Darling.« Ich sagte zu Stevenson: »Ruf einen Wagen, laß ihn herkommen und diese Fuhre in der Poland Street absetzen, ja?«

Robacci sagte: »Das meinen Sie doch nicht ernst.«

Ich sagte: »Ich habe es doch gesagt, oder nicht?«

»Ja.«

»Nun, wenn ich es gesagt habe, dann meine ich es auch so.« Ich rief Stevenson zu, der am Telefon stand: »Wenn du damit fertig bist, dann laß uns richtig loslegen und diesen verdammten Schuppen auseinandernehmen.« Zu Robacci sagte ich: »Du hast die Schlüssel? Ich will alle Schlüssel. Wir können zwar deine Türen eintreten, aber du nicht unsere. Alle Gangster wissen das, es ist die Goldene Regel Nummer eins.«

Er sagte: »Ich weiß nicht, ob ich alle habe.«

»Also«, sagte ich, »es wäre besser, wenn du sie alle heute nacht, genau wie sonst auch dabei hättest, einschließlich der für die Hinterzimmer dort oben, zu denen man durch eine Tür hinter den Toiletten gelangt, auf der steht 'Nur für Top-Mitglieder'. Ich hoffe es für dich, wenn du willst, daß deine Zelle jemals wieder aufgeschlossen wird. Denn sonst lassen wir den Schlüssel verrotten, und das bedeutet, du verrottest auch, okay?« Ich fügte hinzu: »Bevor du gehst, behauptest du immer noch, Suarez nur vom Sehen zu kennen? Der Mann, der hinten rausrennt, der sportliche Typ?

Sei nicht zu schnell und genau mit deinen Antworten -- laß dir Zeit, es ist das letzte Mal.«

»Ich kann nur wiederholen, was ich schon gesagt habe«, erwiderte Robacci.

»Er ist verängstigt«, sagte Stevenson, der vom Telefon zurückgekommen war. »Und Männer, die Angst haben, lügen am besten und bleiben dran kleben wie Scheiße an einem Laken.«

Ich streckte Robacci meine Hand entgegen. »Die Schlüssel«, sagte ich. »Ich will nicht extra zur *Factory* gehen müssen, um sie mir dort zu holen, nachdem sie dich ausgezogen haben.«

Robacci gab mir die Schlüssel.

Der Streifenwagen kam. Ich sagte zu dem Sergeant: »Schnell in die *Factory* mit ihm -- A14, Zimmer 202, 205, wir sind in einer Stunde da, vielleicht auch früher.«

»Wessen wird er beschuldigt?«

»Verdächtige Person«, sagte ich

(Tatsächlich hatten wir erst noch etwas anderes zu erledigen, bevor wir die oberen Räume des *Parallel Club* durchsuchten. Wir waren drei, die in Robaccis Büro gingen, aber wir nahmen nicht Robacci mit, sondern den Türsteher. Türsteher sind von Trinkgeldern, Taxiprovisionen und dem einen oder anderen Schilling für Telefonnummern, mit deren Hilfe man sexuelle Kontakte herstellen kann, abhängig, denn sie werden sehr schlecht bezahlt. Auch wenn sie nicht unbedingt Lust dazu haben, so müssen sie doch viel sehen -- sie sind praktisch gezwungen, mit den Augen zu essen. Sobald Robacci im Streifenwagen auf dem Weg zur *Factory* war, hatte der Türsteher keine Verteidigunglinie mehr, und er wußte es.

Stevenson sagte: »Jetzt werden wir doch nicht mehr unfreundlich sein, denn Unfreundlichkeit zahlt sich in unserer christlichen Welt nicht aus -- Ronnie, stimmt's? Doch sei mit deinen Antworten nicht gleich zu präzise, so aus dem Stehgreif, so wie vorhin, als ich dir eine Frage gestellt habe, denn sonst könnte ich meine Prinzipien vergessen und anfangen zu sündigen, das bedeutet, du, nicht ich, könntest einen Unfall haben, der dich wie einen alten, schlappen und abgenutzten Squashball aussehen lassen würde, den man gegen zu viele Wände gedonnert hat. Dieser Unfall könnte dich ins Krankenhaus bringen.« Er lächelte. »Ach, übrigens, Ronnie, wußtest du, daß Squash eine der Lieblingssportarten von

Polizisten an ihren freien Tagen ist? Gut, hm, drüben in der *Factory* haben wir im Keller einen Court, zwischen den Computern und der Kantine.«

Der Türsteher sagte nichts.

Stevenson sagte: »Ja, so ein richtig gutes Squash-Match, das liebe ich wirklich.« Ungeduldig beugte er sich vor und sagte: »Ich bin wirklich kein Freund von Gewalt, und um das zu beweisen, zünde ich mir eine Westminster Filter an. Andererseits müssen dieser Beamte und ich drei abscheuliche Morde aufklären, das bedeutet, daß wir den Mann so schnell wie möglich in die Finger kriegen müssen. Also wieder mal ein Wettrennen gegen die Zeit, stimmt's? Die Uhr gegen die Resultate. Ist es so?«

Der Türsteher sagte, er nehme es an.

Stevenson sagte: »So ist es.« Er packte den Türsteher freundlich am Ellbogen und befühlte das Gelenk. »Da ist sie«, sagte er seinem Zuhörer, »es ist immer die gleiche Stelle, die bricht. Es ist schrecklich schmerzhaft, und es dauert Jahre, bis es heilt -- tatsächlich gibt es einige Ärzte, die sagen, es würde niemals richtig heilen. Du hast beachtliches Format, Ronnie, aber das ist kein Verbrechen -- ich wage zu behaupten, daß der Liebe Gott, würde er hier auf uns drei in diesem Büro hinunterblicken, sagen würde, daß wir alle Format haben. Die Sache ist nur, daß du in diesem Laden Sachen gesehen hast, die wir nicht gesehen haben, glaubst du nicht, daß du uns vielleicht ein bißchen Mühe ersparen könntest?«

»Ja, sieh mal, Ronnie«, sagte ich, »wir versuchen im Augenblick nett zu dir zu sein, aber das ist bei einer dringenden Ermittlung wirklich nicht unser Stil, und es gibt aufgrund dieser Morde noch hundert unbeantwortete Fragen, und das mögen wir natürlich nicht. Also kümmere dich im Augenblick nicht um Roatta, wir werden wieder auf ihn zu sprechen kommen -- laß uns mit diesem armen Mädchen, Dora Suarez, beginnen, das in South Ken zerhackt wurde.«

»Ich habe doch schon gesagt, daß ich sie kaum kannte.«

»Sachte, sachte«, sagte ich. »Du hüpfst wieder vor dir selbst herum, Ronnie. Du bist wie ein Kind, das am Samstagnachmittag im Battersea Park mit einem kleinen Fußball spielt; so wie du spielst, nimmst du es nicht ernst, Darling.«

Der Türsteher sagte: »Hier kommt haufenweise Pussy rein, na und?«

»Ich sehe, du hast ein Problem«, sagte Stevenson.

»Ach ja?« fragte der Türsteher.

»Diesmal arbeiten nicht nur deine Mitesser gegen dich«, sagte Stevenson, »viel schlimmer ist, du kooperierst noch nicht richtig mit uns. Paß auf«, fügte er hinzu, »es ist dein Problem, nicht unseres. Nur, wenn wir ein Problem haben, dann hast du drei oder vier, die sich normalerweise zu genauso vielen Jahren in einem dunklen Raum summieren, okay? Es könnte Canterbury sein, vielleicht auch nicht, das kommt drauf an.«

Der Türsteher sagte: »Ich kann Ihnen nur erzählen, daß Suarez im Club gewesen ist, sie war nicht ständig hier, ab und zu war sie hier, ab und zu nicht, manchmal hat sie hier gesungen, manchmal nicht, manchmal war sie mit einem Kerl hier, manchmal nicht, das ist alles, was ich sagen kann.«

»Nun, dann tut es mir leid für dich, Ronnie«, sagte ich, »denn nicht genug ist in deinem Fall einfach unzureichend, und es sieht mir ganz so aus, als würdest du dich absichtlich darauf vorbereiten, eine lange, beschwerliche Zeit in unserer Gesellschaft zu verbringen. Das Essen in der *Factory* ist im Augenblick schrecklich, und die Heizung ist wieder abgestellt, aber du wirst dich daran gewöhnen, das tun sie alle. Wohlgemerkt, sobald wir dich nach Brixton in Untersuchungshaft gebracht haben, wirst du's dort noch schlimmer finden, aber ich nehme an, daß du in der Zwischenzeit ganz genau erkannt haben wirst, was ein zweitklassiges Einzelzimmer in der *Factory* bedeutet -- und ich meine ein verdammtes Einzelzimmer.«

»Aber warum wollen Sie mich ausquetschen?« schrie der Türsteher. »Warum mich? Ich bin nur der Türsteher!«

»Aber das ist es doch«, sagte ich. »Weil du der Türsteher bist, Darling. Du siehst jeden, der durch diese Clubtüren rein- und rausgeht, also bist du der Lügner, der mehr Wahrheiten verschweigt als die anderen in diesem Spiel, und du mußt gut bezahlt werden, um sie nicht auszuspucken, sonst hättest du jetzt schon alles erzählt. Und das macht mich neugierig.«

Stevenson fragte: »Was läuft oben ab?«

»Oben?« fragte der Türsteher. »Wo oben?«

»Du weißt, daß wir die Befugnis haben, das ganze Lokal auseinanderzunehmen«, sagte Stevenson. »Also, bei den Schwierigkeiten, in denen du sowieso schon steckst, solltest du am besten schon mal dein Testament machen, wenn du vor zwei Polizeibeamten einen Meineid ablegst, das kann ich dir flüstern, Ronnie.«

»Also laß es uns noch mal versuchen«, sagte ich. »Oben.«

Das Gesicht des Türstehers war jetzt sowohl weiß als auch grau. Im Kontrast zu seinem kirschroten Mantel wirkte es lächerlich. »Ich weiß, daß es ein 'Oben' gibt«, sagte er, »aber was dort oben vorgeht, weiß ich nicht. Ich schwöre bei Gott.«

»Mach uns eine Liste von allen, die du dort rauf- und runterkommen gesehen hast, und stelle dich als Zeuge zur Verfügung«, drängte ihn Stevenson. »Dann machen wir dir das Leben viel leichter, Ronnie, sonst wird es schwer für dich, sehr schwer.«

Ich fragte: »Hast du Suarez rauf- und runtergehen gesehen?« Ich fügte hinzu: »Du solltest es mir besser sagen, wenn du sie gesehen hast -- wenn du mich jetzt anlügst, dann kostet dich diese Lüge fünf Jahre und keinen Tag weniger.«

»Ja, ich habe sie gesehen.«

»Oft?«

»Ziemlich oft.«

»Mit einem Mann?«

»Ja.«

»Immer derselbe Mann?«

»Nein.«

Ich nahm das Photo von Stevenson und zeigte dem Türsteher die unscharfe Figur, die durch den Notausgang rannte, dabei sagte ich: »Auch mit diesem Mann?«

»Ich kann sein Gesicht nicht sehen, oder?«

»Ich hoffe, du fängst jetzt endlich an, uns das zu erzählen, was du weißt«, sagte Stevenson. »Kommen wir noch mal zu den Spielchen dort oben.«

»Ich bin nie dort oben gewesen«, sagte der Türsteher. »Ich weiß nicht, was sie in den Räumen für die Top-Mitglieder machen.«

»Aber du weißt, wer hochgegangen und runtergekommen ist«, sagte ich. »Die Frage ist jetzt, bist du unser Mann, oder nicht? Ich weiß, du wirst gut bezahlt, damit du die Klappe hältst, aber du kannst deine Dollars im Knast nicht ausgeben, in Maidstone gibt's kein *Harrods*.«

»Jedenfalls«, sagte Stevenson, »deinen Boss haben wir schon in die Mangel genommen, Ronnie -- du hast keine Grundlinie mehr, du bist verloren.«

»Ich will etwas hören über diesen sportlichen Typen, der auf dem

Photo durch die Tür rennt«, sagte ich. »Er ist ein Mann, den ich kennenlernen will.«

»Dabei kann ich Ihnen nicht helfen«, sagte der Türsteher.

»Nicht mal im Austausch gegen deine Freiheit?«

»Ich kann Ihnen nichts erzählen«, sagte der Türsteher. »Ich kann nicht erzählen, was ich nicht weiß.«

»Gut«, sagte Stevenson und wandte sich an mich. »Ich sehe, wir verschwenden hier nur unsere Zeit, also lassen wir das, was von diesem verlogenen Haufen Scheiße übriggeblieben ist, zur *Factory* rüberkarren, dort kann er dann mit Robacci sein Glück verspielen.« Er sagte zu der fetten, erschöpften Gestalt, die sich unter dem Hut mit der Goldkokarde in dem Sessel zurücklehnte: »Du weißt, wie es in der *Factory* zugeht, Ronnie -- du weißt, wie es funktioniert, Leute müssen es dir erzählt haben. Leute, die wir in die Mangel genommen haben, drei Teams mit je drei Mann unter den Scheinwerfern, ohne zeitliche Begrenzung -- der Himmel ist die Grenze, achtundvierzig endlose Stunden. Bowman, Rupt, Fox -- das ist das erste Team; dann Drucker und wir; dann Goldman, Draper und Steele. Wieder und wieder die gleichen Fragen. Nicht mal die paar Leute, die herausgekommen sind, scheinen ihre Gesundheit je wieder ganz zurückerlangt zu haben. Sie sind einfach nicht mehr die gleichen, die sie waren, als sie hineingingen. Was du jetzt mit uns erlebt hast, das war nur der Anfang, um zu sehen, ob deine Geschichte standhält, und ich glaube, daß sie das nicht tut, Sweetheart. Das bedeutet, daß du einen schweren Tag vor dir hast. Du willst nicht mitspielen, also wird man dich in die Zange nehmen, Ronnie. Frag deinen armen, mickrigen Anwalt, wenn er dann endlich die Erlaubnis erhält, mit dem zu reden, was von dir noch übrig ist, und er wird dir sagen, daß du, selbst wenn der Richter guter Laune ist, weil er letzte Nacht seine Sekretärin gevögelt hat, zwischen sieben und zwanzig Jahren Knast entgegensiehst -- der Name *Factory* kommt also nicht von ungefähr.«

»Du hast natürlich immer noch die andere Alternative«, sagte ich.

»Welche?« brummte der Türsteher.

»Du könntest dich selbst umbringen«, sagte Stevenson, »und ich glaube, ich würde das tun, wenn ich du wäre. Wir werden dir einen Schnürsenkel lassen, das ist vielleicht der beste Ausweg.«

»Deine Bosse können dir nicht helfen«, sagte ich. »Sie sind tot oder im Knast.«

»Ich bin nur der Türsteher«, sagte er wieder.

»Ich weiß«, sagte ich, »und da war für dich die Endstation, weil du nicht genug Hirn hast, um Karriere zu machen.«

Der Türsteher sagte: »Ich kann Ihnen doch nicht erzählen, was ich vermute, was da oben ablief.«

»Warum nicht?« fragte ich. »Bist du zu blöd dazu?«

»Genau, das ist es«, sagte Stevenson, »er hat nicht genug Hirn, es uns zu erzählen.«

»Dann laß es ihn doch singen«, sagte ich, »wenn er will.« Ich sagte zum Türsteher: »Wir ermitteln in einer dreckigen Angelegenheit, in die du bis zu einem gewissem Grade als Angestellter dieses Clubs verwickelt bist. Aus humanen Gründen solltest du uns helfen, den Mann zu kriegen, der das getan hat, vergiß den Rest.«

»Human?« fragte der Türsteher. »Was bedeutet das Wort?«

Ich sagte: »Hast du jemals die Leiche einer Frau gesehen, die mit einer Axt erschlagen wurde?«

Er dachte nach und sagte dann: »Nein, nur zwei Leute, die beim Kartenspiel erschossen wurden. Also, was soll das?«

»Nichts.« Ich wandte mich an Stevenson und sagte: »Erinnerst du dich an das alte Lied? *Said one old dear, You'll get nothing here.*«

»Gut«, sagte Stevenson und stand auf. »Wir sollten ihn wegschaffen lassen. Aus diesem trübseligen, arg mitgenommen aussehenden Individuum ist doch nichts mehr rauszukriegen, entweder will er nicht reden oder er kann nicht, und die Piepser, die wir aus ihm rausgequetscht haben, quietschen mir zu sehr in meinen verdammten Ohren.«)

*

Stevenson und ich entschlossen uns, die oberen Räume des Clubs erst einmal links liegenzulassen. Wir wollten zurück in die *Factory*, um aus dem Paar, das dort in den Zellen hockte, etwas Verwertbares herauszuholen. Vor der Tür des Clubs postierten wir einen uniformierten Beamten. Flankiert von durchnäßten, alten Postern auf beiden Seiten der dunklen Tür des *Parallel Club* und die naßkalten Stufen vor sich, sah er ziemlich traurig aus.

Als wir unser Paar aus den Zellen hatten hochbringen lassen, kam Robacci herein und sagte: »Sie haben mir nicht mal die Chance gegeben zu schlafen!«

Ich sagte: »Das ist in der *Factory* auch nicht die Norm. Wir brauchen dich, wir brauchen dich Tag und Nacht, Häftlinge haben hier die gleiche Arbeitszeit wie die Polizei, keiner von uns muß wissen, wie spät es ist.«

Robacci sagte: »Hören Sie, was ist mit meinem Rolls? Er steht im Parkverbot, können wir dagegen etwas unternehmen?«

Ich sagte: »Wenn du die Karre in zwanzig Jahren abholst, dann steht sie im Museum, und du wirst eine schöne Geldstrafe blechen müssen. Setz dich jetzt auf deinen Arsch.«

Nachdem wir uns alle vier gesetzt hatten, sagte Stevenson: »Also los.« Er riß sich ein Päckchen Westminster Filter auf und zündete sich eine mit einem Streichholz an, das auf der Hose des Türstehers landete und dort ein kleines Loch hineinbrannte. Er inhalierte, dann blies er Robacci den Rauch geistesabwesend ins Gesicht.

Robacci sagte: »Das ist eine Schweinerei.«

»Sorry«, erwiderte Stevenson, »aber hier ist 'Raucher', Darling, kannst du nicht lesen?«

Robacci sagte: »Was ist der Anlaß dieses Treffens?«

»Nichts Bestimmtes«, sagte Stevenson. »Der Club ist verschlossen und versiegelt, und dieser Beamte und ich werden ihn während des Rests der Nacht durchsuchen.«

Ich sagte: »Für uns ist natürlich der Unterschied interessant zwischen dem, was ihr beide uns jetzt erzählt und dem, was wir finden werden, wenn wir den Scheißhaufen umpflügen.«

Stevenson sagte: »In eurem eigenen Interesse sollte der verdammte Unterschied nicht allzu groß sein, oder keiner von euch ist noch ein Streichholz wert, das verspreche ich euch.« Er blies noch mehr Rauch in den schon eingenebelten Raum. Robacci fing an zu husten, aber ich wußte, daß Stevenson in dem Augenblick, in dem er zu arbeiten begann und es ihn interessierte, zum Kettenraucher wurde. Er sagte: »Also los, wir können nicht bis in alle Ewigkeit so tun als ob. Wir vier in diesem Zimmer können drei Mordfälle lösen, und wenn's nach mir ginge, würden wir hier so lange sitzen, bis wir das getan haben. Der Grund für die Anwesenheit dieses Beamten ist das Photo, das ihr schon gesehen habt und das das Opfer, Miss Suarez, zeigt, wie sie in Anwesenheit von Felix

Roatta und euch in eurem Club singt -- das ist der Grund, warum wir gemeinsam ermitteln. Suarez, Roatta und die alte Witwe, Mrs. Carstairs, bei der Suarez wohnte, wurden alle auf schreckliche, unmenschliche und brutale Art und Weise getötet, wobei ich mich mit der Erschießung eures ehemaligen Arbeitgebers und Kompagnons Felix Roatta befasse. Wir beide haben das Gefühl, Grund zu der Annahme zu haben, daß diese drei Morde etwas miteinander zu tun haben -- und zwar nicht nur, weil sie in derselben Nacht geschahen, Roatta starb nur etwa eine Stunde nach den beiden Frauen, sondern wegen dieses Photos.«

Robacci fragte: »Woher haben Sie das Bild?«

Stevenson sagte: »Du könntest einer von denen gewesen sein, die ein bißchen an ihr rumgekokelt haben. Erinnerst du dich an das Mädchen, das in deinem Club von drei Männern angezündet wurde?«

»Also los«, sagte ich, »beantworte die Frage. Entweder weißt du davon oder nicht.«

Aber Robacci sagte nichts. Ich drehte mich zu Stevenson um und sagte: »Zieh deine eigenen Schlüsse.«

Stevenson sagte: »Das mache ich.«

»Ihr versteht sicherlich«, sagte ich, »daß wir nur hier sind, um Miss Suarez, Mrs. Carstairs und Felix Roatta Gerechtigkeit widerfahren zu lassen, und genau das werden wir auch tun.«

Robacci sagte: »Ich habe bisher noch nie mit Ihnen zu tun gehabt.«

Stevenson sagte: »Das Mädchen, das diese Aufnahme gemacht hat, hat sie mir gebracht und mir ihre verbrannten Beine gezeigt, und das machte uns neugierg auf dich.«

Ich sagte: »Bei dem Mädchen waren es die Beine, aber bei Suarez war es das Leben.«

Ich sagte: »Das Dezernat für ungeklärte Todesfälle ist objektiv. Wenn wir auch Männer in den mittleren Jahren sind, so sind wir doch aus freien Stücken rangniedrige Beamte geblieben und sind in keiner Weise bestechlich.«

»Ich habe genug von denen«, sagte Stevenson. Er ging in den Gang hinaus, sah den diensthabenden Constable und sagte: »Hey! Legen Sie den beiden wieder die Handschellen an, und bringen Sie sie wieder nach unten, wo sie hingehören.«

Der Beamte sagte: »Also los, kommt schon ihr beiden, steht auf, amüsiert euch gut, bewegt euch.«

Robacci rief: »Eins kann ich Ihnen sagen, das wird ein Nachspiel haben.«

»Ja«, sagte ich, »wir werden was vom Disziplinarausschuß hören, in der Zwischenzeit aber werdet ihr beide morgen um neun vorm Richter stehen und nach Brixton in Untersuchungshaft kommen, bis wir euch eine Verbindung mit dem Killer nachgewiesen haben und ihr vor Gericht gestellt werdet.« Ich sagte zu dem Beamten: »Bringen Sie sie runter, wir haben zu tun.«

*

Wir hatten mit dem Durchsuchungsbefehl tatsächlich Probleme, es verzögerte sich, bis wir ihn bekamen. Es wurde so brenzlig, daß ich schließlich eine interne Nummer wählte und sagte: »Ich will den Durchsuchungsbefehl für den *Parallel Club* jetzt und nicht in zehn Tagen.«

»Das ist unmöglich. Wissen Sie, wie spät es ist?«

»Nein, das weiß ich nicht«, sagte ich zu dem Angestellten. »Ich weiß nur, daß es dunkel ist, und wen stört das schon? Sie sind im Dienst, oder? Genau wie ich.«

»Warum wollen Sie den *Parallel Club* überhaupt durchsuchen?« jammerte die Stimme. »Was hat der *Parallel Club* mit Ihnen zu tun? Das ist der Fall Roatta, das ist Sergeant Stevensons Sache, steht jedenfalls hier.«

»Hör zu, Sportsfreund«, sagte ich, »furzt du nur in deinen Sessel, oder bist du ein verdammter Bulle? Entscheide dich.«

»Ich bin Verwaltungsangestellter, das wissen Sie.«

»Dann hör auf, meine Arbeit für mich machen zu wollen«, sagte ich. »Du hast keine Ahnung davon, und ich will es nicht, obwohl es ein netter Gedanke wäre. Setz dich in Bewegung, und besorg mir den Durchsuchungsbefehl, denn deine paar Hirnzellen werden sich in nichts auflösen, wenn du so weitermachst. Schick den Durchsuchungsbefahl in Zimmer 205, sofort -- sonst brauchst du einen blutundurchlässigen Pyjama.«

»Was haben Sie und Stevenson vor?«

»Wenn ich es dir sagen würde, würdest du dir nur in die Hosen scheißen, also bleib bei deiner Arbeit, und sorg dafür, daß der Durchsuchungsbefehl ausgestellt wird, bevor ich persönlich runterkomme, Darling.«

»Es dauert mindestens eine Stunde.«

»Hör zu«, sagte ich, »dem Killer ist das egal. Was den Killer betrifft, dein Verhalten paßt ihm gut in den Kram, Sweetheart, und Weihnachten würde ihm noch besser passen.«

Ich legte auf, stützte meine Ellbogen auf den Schreibtisch und das Gesicht in meine Hände. Plötzlich fühlte ich mich entsetzlich hilflos. Die paar netten Sachen wie zum Beispiel die wenigen Leute, die ich kannte und denen ich vertraute, auf die mich zu verlassen, ich unbewußt gelernt hatte, das alles war jetzt wie etwas Vergiftetes, das ich gerade gegessen hatte und das mir Übelkeit verursachte. Die Liebe, die ich kannte, verkehrte sich in Agonie, die sich bis in meine Fingerspitzen, in meinen Magen, in mein Gehirn ausbreitete. Wie Dora und Betty schlug ich das Gesicht gegen das getarnte, kollektive Betongesicht, das Bürokraten als Gesellschaft bezeichnen, deren lethargischer, gemächlicher Apparat die Schrecken der Empire Gate verwaltete. Dann wußte ich wieder, was mir immer wieder zu entfallen drohte -- was es bedeutete, sich selbst als eigenständiges Gebilde zu betrachten, völlig isoliert, von nirgendwo herkommend und nirgendwo hingehend. Dann erfuhr ich wieder, wie es ist, wenn einem schwindelig ist und man fällt. Jemand hatte die Zeitung vom Tage in der Nähe liegenlassen. Das Exemplar war in einem Pub gründlich gelesen und reichlich zerfleddert worden, und die Schlagzeile hing wie eine schmierige Zunge, die schlaff über einer Unterlippe baumelt, über der Kante des Tisches. In Großbuchstaben war gedruckt, was die Zeitung nicht sagen konnte: »KENSINGTON AXT-HORROR.«

»O Dora«, sagte ich laut, »du scheinst jetzt so weit weg zu sein.«

Doch es war absurd, daß Dora so weit weg sein sollte. »Es ist unsere Schuld, Dora.« Ich entließ die Worte nach oben in die verbrauchte Luft des leeren Büros. Denn in der kurzen Zeit, die ihr noch verblieben war, hatte sie gekritzelt: »Eins weiß ich -- ich darf niemals ein einziges Wort über meine Angst auch nur flüstern. Ich bin keine Frau mehr -- ich bin nur noch eine entstellte Masse voller Schmerzen. Der Zustand meines Körpers formuliert all die großen Fragen, die uns beide betreffen, und indem er mich bittet, ihn zu erlösen, da es ihm nicht mehr möglich ist, mit mir zu leben, gibt er mir auf die ihm eigene Art zu verstehen: 'Dies ist das schlimmste Lebewohl für uns beide', und ich gebe meinem Körper zu verstehen, daß aufgrund seines Zustands, der auch mein Zustand, unser

Zustand ist -- denn wir hatten schlechte Karten --, wir an einem Punkt der Zerrüttung angelangt sind, wo Existenz nicht mehr möglich ist. Denn je mehr Ordnung man an einem bestimmten Punkt in sein Leben zu bringen versucht, desto mehr verfällt man der Krankheit, der Hoffnungslosigkeit, und man beginnt, sich von allem zu lösen. Wofür ist Wissen gut, wenn nicht dafür, sich auf das Sterben vorzubereiten?«

O Dora schrieb, Dora sprach, Dora existierte!

O Dora, Dora, Dora!

*

Ich nahm den Hörer ab und wählte. Als sich eine Mädchenstimme meldete und 'Archiv' sagte, fragte ich: »Cheryl, bist du das etwa immer noch?«

»Ich hoffe es«, sagte sie. »Jedenfalls ist es niemand anderes, und deine Stimme kommt mir auch bekannt vor.«

»Ja«, sagte ich, »früher jedenfalls kanntest du sie. Du, Brenda und ich haben manchmal im *Dog And Duck* ein paar Bier zusammen getrunken.«

Sie sagte: »Mein Gott, das ist doch nicht möglich. Ich habe gehört, daß du am Fall Carstairs/Suarez arbeitest.«

»Genau darum geht's«, sagte ich. »Darum ist es wichtig, es ist eilig. Ist Barry da?«

»Du hast wirklich Glück -- er wollte gerade gehen. Ich verbinde dich mit ihm.«

Ich sagte: »Barry?«

Er sagte: »Oh, das ist phantastisch, A14 schlägt wieder zu.«

Ich sagte: »Barry, es ist nicht phantastisch, es geht um Carstairs/Suarez -- nur darum haben sie mich wieder herbeordert. Ich bin nicht mehr jung, aber dies ist eine Sache, bei der ich mich alt fühle, Barry, sehr alt. Hör zu, haben sie dir irgendwelche Abdrücke aus der Empire Gate runtergebracht?«

»Abdrücke?« fragte er. »Abdrücke von Schuhen, aber er wird die Schuhe inzwischen verbrannt haben.«

»Barry«, sagte ich, »ich brauche irgendwas. Irgendwas von dieser Person. Ich arbeite teilweise mit Stevenson zusammen, weil wir glauben, daß meine beiden und Roatta etwas miteinander zu tun haben.«

»Warum?«

»Der *Parallel Club*. Stevenson hat ein Photo von Suarez. Aufgenommen bei Roattas Geburtstagsparty. Sie hat dort gesungen.«

Barry fragte: »Hast du überhaupt irgendeine Beschreibung von einem Verdächtigen?«

»Ein kleiner, dunkelhaariger Mann, der mit dem Rücken zur Kamera durch einen Notausgang rennt, und zwar in dem Moment, als die Aufnahme gemacht wurde.«

»Sehr hilfreich.«

»Verdammt hilfreich«, stimmte ich zu.

»Gut«, fuhr ich fort, »aber du hast dort unten ein Bild von Suarez' Gesicht?«

»Was ist daran gut?« fragte er. »Über sie ist nichts bekannt, ich kann sie nirgendwo hinstecken.«

»Leuchtet mir ein«, sagte ich. »Aber ich will, daß du dir darüber im klaren bist, daß die Ermordung dieser beiden Frauen die schrecklichste Sache ist, die wir seit langer Zeit auf diesem Gebiet hatten. Ich will dich nur darauf aufmerksam machen.«

»Gib mir alles, was du findest«, sagte er. »Gib mir etwas, woran ich mich festbeißen kann, dann können wir loslegen.«

»Ja, okay«, sagte ich. »Gute Nacht, Barry.«

»Gute Nacht.«

*

Ich sagte zu Stevenson: »Gut, diese beiden Früchtchen haben wir hinter Gitter gebracht, gehen wir jetzt in den *Parallel* und nehmen ihn auseinander.«

Er sagte: »Du hättest den Uniformierten von der Tür abziehen sollen.«

Ich sagte: »Das habe ich. Warum? Glaubst du, es könnte jemand dort sein?«

»Warum nicht?« meinte Stevenson. »Wir sind da. Wir sind lästig. Der Topf kocht über.«

»Das stimmt«, sagte ich. »Das glaube ich auch.« Wir nahmen die Schlüssel und gingen in den Club. Es brannte Licht -- nur in der Bar. Drinnen fanden wir einen Mann im schwarzen Anzug. Der Kerl war etwas zu groß für seine Unterwäsche, die ihn einengte und von Zeit zu Zeit nach Luft schnappen ließ.

»N'Abend«, sagte der fette Typ.

»Nicht so bissig«, sagte ich, denn er war auch auf dem Photo gewesen. »Wieder mal 'ne tolle Geburtstagsparty besucht, oder war die von Roatta die letzte?«

Er sagte: »Ich bin immer dabei, wenn ich kann.«

»Ich glaube nicht, daß wir uns kennen«, sagte ich.

»Nein, ist seltsam«, sagte der Fette. »Aber sollte ich Sie nicht kennen, so häuslich, wie Sie sich hier einrichten?«

»Ach, sieht das etwas so aus?« sagte ich. »Wenn ich an Ihrer Stelle wäre, würde ich mich etwas mehr zurückhalten.«

Ohne sich von uns abzuwenden, rief der Fette: »Giorgio!«

Ein dünner Mann mit dem vierschrötigen Gesicht eines Killers erschien. »Ja, Mr. Scalo?«

Scalo sagte: »Nimm diese beiden Typen auseinander, ja? Frag sie, wie sie an den Schlüssel für diesen Laden gekommen sind.«

»Nun, lassen Sie uns nichts überstürzen«, sagte Stevenson. »Lassen Sie mich Ihnen nur eine einfache Frage stellen. Woher kommen Sie?«

»Ich komme aus Rom«, sagte Scalo. »Ich komme ziemlich oft rüber.«

»Wir sind auch ziemlich oft hier«, sagte Stevenson.

»Welcher Wind hat Sie denn heute reingeweht?«

»Ein Wind, den man Durchsuchungsbefehl nennt«, erwiderte Stevenson. »Wir kommen nicht von so weit her wie Sie, nur gerade von der anderen Straßenseite, aus der *Factory*, und wenn wir hier herkommen, dann ist es beruflich.« Er zog den Polizeiausweis hervor, streckte die Hand aus und ließ die Kante leicht über Scalos Nasenspitze flattern. »Wir sind von der Polizei.«

»Okay, okay«, sagte Scalo. »Giorgio, vergiß die Spiele jetzt mal -- warum machst du uns statt dessen nicht was zu trinken, mit etwas Eis?«

Ich sagte zu Giorgio: »Vergiß die Getränke. Nimm die Kanone aus deiner rechten Manteltasche, und leg sie da auf die Bar. Jetzt.«

Der Mann fragte: »Drohen Sie mir etwa?«

Ich sagte: »Ja.« Stevenson trat ihm einmal gegen das Schienbein und einmal zwischen die Beine. Der Mann ging in die Knie und duckte sich, als wolle er beten, dabei hielt er sich die Eier. Ich trat ihm gegen den Hinterkopf, zog die Kanone raus und warf sie Stevenson zu. Ich sagte zu ihm: »Laß uns die sicher aufbewahren.« Der Mann heulte auf. Ich durchsuchte ihn, fand aber nichts weiter als eine Brieftasche voller Kreditkarten. »Gefälschte Kreditkarten«, sagte ich zu Stevenson.

»Die sind nicht gefälscht«, sagte Scalo.

»Wenn ich sage, daß sie gefälscht sind, dann sind sie gefälscht«, sagte ich. »So läuft das hier im West End. Sie sollten öfter mal aus Rom rüberkommen und ein paar Lektionen nehmen.«

»Um Himmels willen«, sagte Scalo, »was geht hier vor?«

»Das wollen wir ja gerade herausfinden«, sagte ich, »darum der Papierkram.«

»Ich bin eben erst in Heathrow aus dem Flugzeug gestiegen«, sagte Scalo.

»Wir machen alle mal Fehler«, sagte Stevenson. »Es wäre besser gewesen, du wärst drin geblieben -- jedenfalls wirst du dir das noch wünschen, das sagt mir meine Kristallkugel.«

Ich sagte zu Scalo: »Wie passen Sie in dieses Lokal?«

»Das ist kein Geheimnis«, sagte er. »Ich finanziere es.«

»Ein stiller Teilhaber«, sagte Stevenson. »Sind Sie das?«

Scalo sagte: »Ich komme vorbei, um zu sehen, wie's Geschäft läuft, und jetzt sehen Sie ja, in welcher Scheiße ich stecke.«

»Zwei Dinge sollten Sie sich merken«, sagte Stevenson. »Verzichten Sie das nächste Mal in London auf den bewaffneten Leibwächter, Darling, das gibt uns nur noch einen Grund mehr, Sie festzuhalten. Zweitens: rechnen Sie nicht damit, morgen abend zur Messe zurück zu sein.«

Ich sagte: »Jetzt werden Sie uns fragen, was wir hier tun.« Ich fügte hinzu: »Und das dürfen Sie. Es ist alles legal.«

Stevenson sagte: »Sie hatten zwei Partner, beide sitzen in der Scheiße.«

»Einer von denen«, sagte ich, »Felix Roatta, hat eine Wand gründlich mit dem Inhalt seines Kopfes besprüht und so eine brandneue Tapete kreiert. Der andere, Giancarlo Robacci, ist drüben bei uns und erholt sich in der *Factory*, Zelle 3.«

Stevenson sagte: »Es ist heute Ihre Unglücksnacht.«

Scalo sagte: »Ich weiß nicht, was Sie glauben, hier zu finden.«

Stevenson sagte: »Jedenfalls nicht Sie.« Er ging zum Telefon und rief die *Factory* an. Er sagte: »Schicken Sie einen Wagen -- ja, wieder zum *Parallel Club*. Das ist schon ein regelmäßiger Taxidienst, was? Einer muß schleunigst mit gestutzten Flügeln nach St. Stephen's gebracht werden, der andere dorthin, wo immer Sie im Gebäude eine Zelle frei haben. Er heißt Scalo. Legen Sie ihn auf Eis, wir machen eine Durchsuchung, dann werden wir mit ein paar Fragen rüberkommen -- ja, sofort. Das ist nett. Bye.«

Scalo sagte: »Sie werden es nicht wagen, mich einzusperren.«

Stevenson sagte: »Was meinen Sie, was das gerade war? Die sind schon auf dem Weg hierher.«

Ich sagte: »Wir erwarten, hier Beweise zu finden, die drei widerwärtige Morde betreffen, darum bist du nämlich rübergekommen, Sweetheart -- oder sind in Rom etwa die Telephone defekt?«

»Sieh mal«, sagte Stevenson freundlich zu Scalo, »wir können dieses Gebäude einfach nicht gründlich genug umkrempeln, wenn andere Leute dabei sind, die sind ein echter Störfaktor.«

Ich sagte zu Scalo: »Hast du eine Ahnung, was wir hier finden könnten?«

Scalo sah uns ausdruckslos an. »Nicht die Spur.«

»So ist es richtig!« sagte ich aufmunternd. »Dein Anwalt wird keinen Freispruch für dich erwirken. Wenn du so weitermachst und ihm so hilfst, wird er dich noch liebgewinnen.«

Es klopfte an die Tür. Der Streifenwagen war da. Ich sagte zu den beiden Beamten: »Fahrt diese Fuhre weg.« Als sie die Handschellen rausnahmen, sagte ich zu Scalo: »Bis wir zu dir rüberkommen, vertreib dir die Zeit, und vielleicht kriegst du raus, wie man sich nützlich machen kann.« Zum Fahrer sagte ich: »Bitten Sie sie, ihm ein paar Klamotten zu geben, die ihm passen, ja? In dem Zeug erdrosselt er sich noch, und wir wollen nicht schuld sein an seinem Tod.«

Scalo sagte: »Hören Sie, nur eine Minute. Hören Sie, muß ich wirklich mitgehen?«

»Ich wüßte nicht, warum nicht«, sagte ich. »Oder willst du versuchen, uns zu helfen? Dann solltest du dich besser beeilen.«

»Ich habe viel zu tun.«

»Das sehe ich«, sagte ich, »und es tut mir wirklich leid wegen der Kunden.«

Scalo sagte: »Ich meine, ich habe wirklich nicht die Zeit, um zu euch rüberzugehen, warum können wir nicht miteinander reden?« Er starrte auf die Rolex an seinem Handgelenk, drehte sie so zu sich, daß sie unter dem einen Spot aufleuchtete. »Sind hübsche Uhren«, sagte er.

»Sie sind nicht absolut wasserdicht«, sagte ich, »und die Leute, die sie tragen, finde ich wesentlich aufregender.«

Scalo sagte: »Ich meine, ich hätte wirklich nichts dagegen, ein Gespräch zu führen.«

»Das kommt drauf an, was Sie zu sagen haben, Mr. Scalo«, sagte ich.

Und Stevenson sagte: »Was immer Sie auch sagen, es braucht auf jeden Fall seine Zeit. Sie müssen runterfahren, eine Aussage machen, Sie müssen lesen und unterschreiben -- wahrscheinlich wissen Sie, wie umständlich die Polizei vorgeht.«

»Besonders in der *Factory*«, sagte ich.

Er sah jeden von uns an und sagte: »Ich persönlich finde, wir drei sind nicht gerade eine Menschenmenge.«

Stevenson sagte: »Was für ein Glück, nicht wahr?«

Scalo sagte: »Aber Ihre Männer sind hier.«

Stevenson meinte: »Die bleiben, es tut mir leid.«

Scalo sagte: »Wie schade, daß wir uns nicht etwas privater unterhalten können.«

»Ah, darauf läuft's also hinaus«, sagte ich, »es scheint aber nicht immer die Sonne, oder?«

»Jedenfalls«, sagte Scalo, »für ein Geschäft sind drei Leute nicht zuviel.«

»Das kommt drauf an, welche drei sie meinen«, sagte ich. »Wir sind die drei, die leben. Die anderen sind die drei, die tot sind -- Carstairs, Roatta und Suarez.«

»Ich nehme nicht an, daß Sie sich über den Tod jemals viel Gedanken gemacht haben, Mr. Scalo«, sagte Stevenson. »Ich glaube, daß Sie mit den Sachen, die Sie tragen, und der Uhr, die Sie da haben, lieber tanzen als sterben.«

»Natürlich habe ich über den Tod nachgedacht«, sagte Scalo und beobachtete uns. »Ich bin Katholik.«

»Schön, ich bin froh, daß Sie den Tod genauso ernst nehmen wie wir«, sagte Stevenson, »da dieser Beamte und ich diese drei Morde untersuchen, werden wir jetzt diese Bude auseinandernehmen.«

»So werden diese Dinge normalerweise nicht geregelt«, sagte Scalo.

»Da haben Sie verdammt recht«, sagte ich. »Diese Dinge werden in unserem kleinen Familienhotel um die Ecke geregelt. Es heißt die *Factory*, und dort gehen Sie jetzt hin, mein fettes, altes Scheißerchen. Um abzunehmen ist es besser als ein Schweizer Kurbad. Bei uns lassen die Leute schneller Gewicht, als wenn sie Schlankheitskekse essen würden.«

»Hören Sie«, sagte Scalo, »frei heraus, wieviel, um all dies zu vergessen? Sagen wir drei große Scheine? Ich habe sie bei mir. Schicken Sie Ihre Männer weg, und wir können quatschen.«

»So funktioniert das überhaupt nicht«, sagte ich. »Dieses Haus wird von oben bis unten durchsucht.«

»Sie werden nichts finden«, sagte Scalo.

»Vielleicht liegt Ihr Problem darin, daß Sie nicht wissen, wonach wir suchen«, sagte Stevenson, »in dem Fall tun Sie mir leid. Andererseits könnte es auch sein, daß Sie verdammt gut wissen, wonach wir suchen, in dem Fall sollten Sie Ihr Testament machen. Jetzt werden Sie in die *Factory* gehen, und wir gehen nach oben und hierhin und dorthin, weil wir einen Durchsuchungsbefehl haben. Und wenn wir noch nicht alle Schlüssel haben, dann treten wir eben die Türen ein, und der Schaden, den wir hier eventuell anrichten, wird Ihnen vielleicht zu einem späteren Zeitpunkt ersetzt. Okay?«

»Hören Sie«, schrie Scalo, »Sie können einen Privatmann nicht einfach behandeln, als wäre er ein Haufen Hundescheiße.«

»Das Papier hier in meiner Hand sagt, daß wir das können«, sagte Stevenson. »Ich war so nett und habe es Ihnen vorgelesen, nicht wahr?«

Er sagte: »Ich habe ein paar Mordsanwälte.«

Ich sagte: »Ja, das habe ich gehört, wenn es eine Frage der Bezahlung ist, dann fahren die schwere Geschütze auf -- wir müssen alle leben.«

Scalo fragte: »Wollen Sie etwa versuchen, es mit denen aufzunehmen?«

»Ja«, sagte Stevenson einfach.

Ich sah mich in der Bar um, fixierte den dunklen, hinteren Teil des Lokals -- die Tür, wo der Mann, der das Lokal verlassen wollte, photographiert worden war, und ich sagte zu Stevenson »Ich will die Treppe da raufgehen.«

»Ihr Durchsuchungsbefehl bedeutet nur, daß Sie die öffentlichen Räume des Lokals durchsuchen dürfen!« schrie Scalo.

»An dem Tag, an dem Sie Polizist werden«, sagte Stevenson, »wird Ihnen ein Ausbilder erklären, was ein Durchsuchungsbefehl bedeutet.

Was er bedeutet, wird Sie umwerfen -- er bedeutet genau das, was dieser Beamte und ich beschlossen haben, was er bedeuten soll.« Er sagte zu dem Polizeifahrer: »Kratzen Sie diese primitive Imitation eines Revolverhelden vom Boden, er sabbert sonst noch alles voll.« Zu Scalo sagte er: »Und Sie, Sweetheart, präsentieren uns mal schön Ihre Handgelenke, so daß wir die Handschellen zuschnappen lassen können. Und seien Sie nicht so dumm und fangen einen Streit deswegen an.«

Die beiden uniformierten Beamten rissen ihn zu sich herum und legten ihm Handschellen an. Scalo schrie: »Wir haben unsere eigenen Mittel, um Gerechtigkeit zu üben.«

Ich drehte mich ruckartig zu ihm um und fauchte: »Dann wende sie bei dir selbst an, du Fotze, denn ich werde den Killer von Suarez kriegen, egal, wer mich daran hindern will. Nicht mal die Hölle könnte mich davon abhalten und schon gar nicht deine großen Scheine.«

»Normalerweise haben wir es mit vernünftigen Leuten zu tun«, sagte Scalo.

»Das hast du«, sagte ich, »du erbärmlicher, kleiner Wicht, und unsere Vernunft sagt uns, daß wir, wenn wir es können, solche wie dich zwanzig Jahre aus dem Verkehr ziehen müssen.«

»Wenn wir fertig sind, kommen wir rüber, um dich zu besuchen«, sagte Stevenson.

»Wir bringen einen Bericht vom Westminster Krankenhaus mit«, sagte ich, »und machen es uns im sogenannten 'cleveren Zimmer' in der *Factory* gemütlich und führen ein langes, ernstes Gespräch über AIDS.«

Stevenson sagte zu den Beamten: »Bringen Sie diesen Haufen ekelerregender Scheiße weg -- ich will dem ein Ende machen.«

»Suarez?« keuchte Scalo, als die Beamten ihn eilig abführen wollten. »Was? Die kleine Sängerin, die ihren Arsch verscheuerte? Mein Gott, wir kriegen Hunderte von denen in einer Woche!«

»Um Leute mit dem zu infizieren, was du ihr angehängt hast?« fragte ich. »Ist das das brandneue Spiel? Das Mädchen ist unter Höllenqualen gestorben, du hast sie zugrunde gerichtet, ich habe eben erst gelesen, daß sie sich selbst umbringen wollte, nur wurde sie vorher mit einer Axt zerhackt. Wir kommen geradewegs aus dem Leichenschauhaus. Herpes simplex, CMV, Kaposi-Sarkom, Zahnfleischgeschwüre, schleimige Warzen im Anus, die größer sind als Heißluftballons.«

»Und die Freier«, sagte Stevenson, »müssen ihr Geld dann bei dir ausgeben, nicht wahr? Denn wenn sie es einmal haben, können sie nur noch in deinen Lokalen rumficken -- niemand sonst will sie haben.«

»Wir werden sehen«, sagte ich und wandte mich ab. »Das könnte gut möglich sein. Ein netter, kleiner Club, der *Parallel Club*.« Ich sagte zu Stevenson: »Komm schon. Nehmen wir hier alles auseinander.«

Sie zerrten Scalo über den schwarzen, mit Brandlöchern übersäten Teppich des Clubs. Er glaubte immer noch nicht, daß wir so mit ihm verfahren konnten, und verschwand mit der anmaßenden Überheblichkeit einer Kreditkarte, die sich selbst am schmalen Eingang zur Hölle präsentiert.

*

Während ich mit Stevenson zur Treppe ging:

Suarez.

(»Von Geburt bin ich spanische Jüdin, das erklärt natürlich vieles. Ich bin eine einsame Frau, sowohl schüchtern als auch stolz, und ich fand mich in einer Umgebung wieder, wo ich dazu verurteilt war, vergewaltigt zu werden, denn meine Reserviertheit war für andere eine Herausforderung -- zuerst in der Schule, dann später auf der Straße, an der Stempeluhr des Supermarktes, wo ich eine Zeitlang arbeitete, oder Samstags im Pub, wo die Jungen mich kniffen, mir einen Klaps gaben oder mich begrabschten, um zu sehen, aus welchem Holz ich geschnitzt sei. 'Wir sind nicht wie die anderen, Queenie, was hast du noch mal gesagt, wie du heißt, Queenie?' Wie konnten sie den Kummer und die Dunkelheit hinter meinem Gesicht erkennen oder wissen, daß ich mich in meinem eigenen Reich, in meinem Innern, in meinem privaten Verhältnis zur Welt, daß ich mich im Geist heimlich für eine Königin hielt, wenn auch enterbt, der Robe und Krone beraubt? Ich wollte mir meine Würde bewahren, aber das ist von allem am schwersten zu bewahren, wenn man arm ist. Ich war ein Wesen, das weder sprechen noch sich beugen konnte, ich gehörte auch nicht zu denen, die um Hilfe bitten können -- aber wie alle geschlagenen Menschen mußte ich mich durch Dornen zurückziehen, bis meine Hoffnungen nur noch Fetzen waren, und ich hatte kein Zepter und keine Krone, sondern nur das, was ich in meiner Einkaufstasche durch London tragen konnte. Einmal fuhr ich mit dem Bus für zehn Tage nach Spanien -- nach *Kastilien* --, und als ich mich eine Weile von den anderen trennte, kletterte ich Zentimeter für Zentimeter eine bemerkenswerte Felsschlucht zu einem Flußbett hinunter, das, da es Sommer war, fast ganz ausgetrocknet war. Als ich mit den bruchstückhaften Resten der Sprache nachfragte, die früher einmal meine eigene gewesen war, wurde mir gesagt, daß sie diesen Ort *cañada* nennen. Dort pflückte ich Blumen, die in der Hitze schnell die gleiche verbrannte Farbe annahmen wie die Felsen, in deren Nähe ich sie gefunden hatte. Eine Stunde preßte ich sie an mich, bis ich sie dann mit einem Grashalm zum Strauß band und dort zurückließ, als ich zum Bus zurückkletterte. Aber ich war glücklicher als je zuvor, innerlich sicher, daß ich mich dort in diesem leidgeprüften, doch stolzen Land für einen Augenblick selbst gefunden und mich dort zurückgelassen hatte. Denn ich habe gelesen, daß der Name meines Vaters, Suarez, ein sehr alter und geachteter spanischer Name ist. Und bis ich so krank wurde, daß ich an nichts anderes als meine physischen Leiden denken konnte -- andere Gedanken und auch das Gefühl für Würde wurden in den Hintergrung gedrängt --, glaubte ich wirklich, daß ich wenigstens meine eigene Achtung wert sei. Im Bett pflegte ich mir selbst zuzuflüstern: 'Du bist Dora, Dora Suarez.' Und wer weiß, vielleicht fließt verborgen in mir das Blut von Prinzen? Da meine Mutter Jüdin ist, habe ich natürlich mütterlicherseits keine Wurzeln in einem speziellen Land und so -- einerseits die Herkunft meines Vaters, andererseits das Fehlen jeglicher Hinweise darauf bei meiner Mutter -- war ich verloren, genau wie ihre Ehe verloren war, und so waren wir alle verloren, und ich mußte so gut ich konnte allein zurechtkommen ...

Gehe ich eigentlich mit gebeugtem Kopf, weil ich niemals erfahren habe, wer ich wirklich war?«)

*

Beim A14 zu arbeiten bedeutet, all das zu sehen, was sonst niemand sieht: Gewalt, Elend und Verzweiflung, die grenzenlose Weite des Geistes eines menschlichen Wesens, das zwischen seinen Träumen und dem Tod nichts als Leiden kennt.

All die Toten, die ich aufgrund meiner Arbeit gesehen hatte -- in Bars, am Straßenrand, in dreckigen Zimmern, Selbstmorde, Leute, die sich von hohen Gebäuden gestürzt, sich vor Autos, Bus oder U-Bahn geworfen hatten --, waren für mich Opfer einer einzigen Front; jeder von ihnen, sogar einige Killer, Männer und Frauen, denen der Grund zum Weiterleben geraubt worden war -- manchmal waren es sogar Kinder --, und eines hellen, verzweifelten Tages wachen sie auf und sagen sich, ich werde dem ein Ende machen, und sie schreiben sich selbst in einem einzigen Anfall negativer, wilder Freude ab, da es niemanden gegeben hat, an den sie sich jemals hätte wenden können.

Hinterher kommen dann die Raben, Aasgeier und Vampire zu uns, die sich vorher einen Dreck um das Schicksal dieser Leute geschert haben. Jetzt wollten Sie die nicht mehr eintreibbare Schuld in dem blutigen, stillen Feld geltend machen oder darüber jammern, während die Regierung, die die Presse wie einen schäbigen Rock hinter sich her zieht, zum Dinner über die Opfer hinwegstolziert und sich lediglich fragt, ob sie immer noch populär sei.

Aber für mich ist die Straße die Front, und ich bin gezwungen, sie jeden Tag zu sehen.

Ich sehe sie, fresse sie, schlafe auf der Straße, träume von ihr, bin die Straße. Ich stöhne in ihren gewalttätigen Träumen, sehe sie im Regen und im Sonnenschein, sehe die eiligen Leute, sowohl Killer als auch Opfer, sehe sie vorbeifliegen, geistesabwesend, als würden sie beten. So wie ich bin, spüre ich die Tränen, aber ich kann sie auch hören.

Tote sind sehr rein, zu rein. Sie wurden gereinigt, sind weiß und gleichmäßig wie Tageslicht, das auf Schnee fällt, aber warum? Wo ist da die Gerechtigkeit? Das ist es, was ich wissen will.

Warum sind die einfachsten Fragen immer die Fragen, auf die es keine Anwort gibt?

Warum?

*

Die enge Treppe wand sich bis zum nächsten Stockwerk und endete in einem kleinen Flur vor einer weißgestrichenen Tür, die abgeschlossen war. Stevenson fand seine Taschenlampe und betrachtete das Schloß. »Banham«, sagte er. Dann holte er die Schlüssel raus, die wir Robacci abgenommen hatten. Ich sah sie mir an.

»Keiner, der paßt«, sagte er.

Ich sagte: »Das ist einfach. Das schaffen wir spielend. Eins, zwei, drei, wir beide, okay?«

»Sobald du fertig bist.«

Wir nutzten den ganzen Platz des Flures und rammten mit unseren rechten Schultern das Holz. Es erzitterte. Die Tür war nicht so konstruiert worden, daß sie leicht nachgab.

»Noch mal«, sagte ich. Und dieses Mal erledigte das Schloß unsere Arbeit, es wurde aus seiner Verankerung gerissen, so daß die Tür aufsprang.

»Schon besser«, sagte ich. »Machen wir hier erstmal Licht an.« Es war stockdunkel.

Aber bevor er hineinging, blieb Stevenson auf der Türschwelle stehen und sagte: »Warte. Riechst du was?«

Ich blieb stehen, um tief einzuatmen und sagte dann: »Meinst du etwas Lebendiges? Willst du das damit sagen?« Ich fügte selbst hinzu: »Ja.« Etwas Kleines bewegte sich in der Dunkelheit.

»Riechst du kein Stroh?« fragte Stevenson.

»Licht«, sagte ich.

Mit Hilfe unserer Taschenlampe fanden wir einen Lichtschalter und machten Licht in dem Raum an.

Er war voller Käfige.

»Sehen wir nach, was in den Käfigen ist«, sagte ich.

Bevor wir das Licht angemacht hatten, war es in dem Raum ziemlich still gewesen. Jetzt hörten wir ein Rascheln im Stroh, das Rascheln nahm immer mehr zu, es waren die Bewegungen kleiner Körper. Durch das Licht aufgeschreckt, flitzten kleine Wesen herum und versuchten in ihrer Panik, sich flink zu vergraben, sie flohen vor dem Licht, wollten sich verstecken -- wie Gefangene in einer Zelle unter ihrem Bettzeug, wenn sie geholt werden sollen.

»Nanu«, sagte ich, »das sind kleine Ratten.«

»Fast«, sagte Stevenson, »aber nicht ganz.«

»Was sind es dann für Tiere?«

Er erklärte: »Die kommen aus Afrika, ich glaube es sind Gerbile. Laß mal sehen.« Die Käfige wurden von oben geöffnet. Stevenson öffnete einen und griff sich einen Bewohner. Er hielt ihn am Schwanz hoch. Das Tier schien zu sterben, es hing fast bewegungslos und schlaff herab.

»Was bedeutet das?« fragte ich Stevenson.

»Es ersetzt einen Vibrator. Es sind Tunnelbewohner, und ich kann mir schon vorstellen, wohin sie gehen sollen, sie knabbern, sie erregen, geraten in Panik, sterben, und dann zieht man sie wieder an der Schnur heraus, die man vorher an ihren Schwänzen befestigt hat. Natürlich muß man zuerst das Fell abrasieren, dann fühlen sie sich genauso glatt an wie ein Schwanz.«

»Warum werden die hier gezüchtet?« fragte ich. »Über einem Nachtclub?«

»Bist du so naiv?« sagte Stevenson, »hier ist das 'Oben'.«

»Wie kommst du auf den Gedanken?«

»Ich denke an Geld und Lust.«

»Erklär mir das«, sagte ich. »Erzähl mir alles, was du weißt und was du vermutest.«

»Denk mal an AIDS«, sagte Stevenson. »Du bist reich, aber du hast es -- du hast haufenweise Geld, aber du bist infiziert, du willst immer noch ficken, aber mit wem?« Er setzte den Gerbil ab und sagte: »Da ist Geld drin. Du weißt, was organisiertes Verbrechen bedeutet -- Angebot und Nachfrage.«

»Und Suarez?«

»Nun, ihr war es bestimmt, es zu bekommen«, sagte Stevenson, »nicht wahr?«

Ich sagte: »Das ist Mord, und man stirbt nicht mal dabei.«

Stevenson sagte: »So geht's vielen Leuten.«

»Ich weiß«, sagte ich.

Stevenson erzählte: »Mein Vater war oben im Norden Bergarbeiter. Nach einer Explosion erstickte er in dreihundert Meter Tiefe, Geordie Main Colliery.«

»Kannst du es nachfühlen, das arme Mädchen«, fragte ich, »das sich Tag für Tag im Spiegel betrachtet und sich sterben sieht?«

»O ja«, meinte Stevenson, »vollkommen. Du arbeitest für so gut wie nichts und trägst ein tödliches Risiko.«

»Das arme Ding«, sagte ich. »Das ist es, was ich nicht ertragen kann, verstehst du?«

»Ach, hör auf«, sagte Stevenson. »Hör auf damit, ja?«

»Doch wie können wir damit aufhören, so wie wir unsere Arbeit sehen?« fragte ich. »Sollen wir einfach die Dinge so weiterlaufen lassen?« Ich sagte: »Mein Vater hatte einen kleinen Eckladen in South London, Textilien. Trotzdem war er während des Krieges bei den Pionieren und hat an den Stränden Minen entschärft, und ich bin sehr stolz auf ihn, bin froh, sein Sohn zu sein. Einmal hat er zu mir gesagt: 'Sie machten mich zum Offizier, damit ich den Sergeant nach den richtigen Werkzeugen fragen konnte.' Ich fragte: 'Hast du keine Angst gehabt, Dad?' Er antwortete: 'Die ganze Zeit, aber unsere Jungs rechneten damit, beschützt zu werden -- was wir machten, war wichtig. Ich konnte die Jungs nicht auf eine Mine treten lassen.'«

»Okay«, sagte Stevenson, »und was machen wir jetzt?«

Ich sagte: »Wir holen Scalo und Robacci raus und nehmen sie in die Mangel.«

*

Für einen Polizeibeamten ist es schwer, immer mit den Leuten zu tun zu haben, für deren Kontrolle er vom Staat bezahlt wird. Und doch liegt das manchmal nicht daran, daß er mit diesen Leuten nichts zu tun haben will, sondern daran, daß er nicht weiß, wie er seinen Ursprung wiederfinden soll, bis er, wie in meinem Fall, mit einer persönlichen Katastrophe konfrontiert wird, die dann zu einer allgemeinen Katastrophe wird und die alles in ihm und um ihn herum verändert. Wie Sokrates glaube ich, daß alle Menschen ihren eigenen Regeln treu bleiben müssen, wenn sie überhaupt welche haben, denn am Ende ersetzt eine Regel alle Regeln, vorausgesetzt, man ist gerecht.

Meiner Ansicht nach ist es unmöglich, daß ein gerechter Mann dem Schicksal von Carstairs und Suarez gegenüber gleichgültig sein kann -- dann könnte man genausogut dem eigenen Schicksal gegenüber gleichgültig sein, was wir, wie wir alle wissen, nicht sind.

*

Wir fuhren direkt zur *Factory* rüber und gingen in Scalos Zelle. Scalo schlief, so gut er es konnte, auf einer Armeedecke.

Ich schüttelte ihn und befahl: »Auf die Füße. Steh auf. Beweg dich.«

Er rieb sich den Schlaf aus den Augen und sagte: »Und nun?«

Ich sagte: »Wir stellen dir oben ein paar Fragen.« Zu dem Beamten, der uns begleitete hatte, sagte ich: »Ziehen Sie ihn an, und bringen Sie ihn rauf nach 205.«

Als Scalo ankam, sagte ich: »Hör zu, du hast die Wahl, Scalo. Entweder antwortest du uns, oder es ist wieder das alte Spiel, gleißendes Licht und drei Teams mit je drei Mann, die sich immer abwechseln, also neun Mann. Sie trinken Bier, essen Sandwiches und feuern die Fragen ab -- und du bist die verdammte Zielscheibe. Nun, wie steht's? Es kommt ganz auf dich an, aber faß einen Entschluß, und laß uns anfangen.«

»Sie beweisen, daß ich für diese drei sogenannten Morde verantwortlich bin«, sagte Scalo, »und ich soll's unterschreiben.«

Ich sagte: »Das ist richtig. So funktioniert's.«

»Gut«, sagte Scalo, »dann fangen Sie an, versuchen Sie es, und beweisen Sie, daß ich damit etwas zu tun habe.«

»Hör auf, so glücklich auszusehen, ja?« sagte Stevenson. »Als Polizeibeamter hasse ich das. Als Polizist bin ich absolut nicht glücklich, und darum kann ich es absolut nicht ausstehen, wenn ich sehe, daß Fotzen wie du glücklich aussehen, Scalo. Und darum paßt dein Gesicht nicht in dieses Zimmer, Sweetheart -- ich mag dein Gesicht einfach nicht, Scalo. Ich mag es nicht, wenn ich glückliche, schuldige Menschen sehe, Scalo, das ist unser Kodex.« Er streichelte Scalos Finger und sagte: »Hat dir schon mal jemand gesagt, daß du sehr schöne Hände hast? Nun, sieh mal einer an, du Wichser, jetzt bin ich es, ein einfacher Detective Sergeant, der dir das sagt.« Er streichelte wieder Scalos Finger und sagte: »Mit so süßen Fingern, wie du sie da am Ende deiner Hände hast, willst du hier doch wieder heil rauskommen, du willst sie dir doch nicht etwa brechen, oder?«

Scalo fragte: »Was versuchen Sie zu sagen?«

Ich sagte: »Wir sagen, daß du zu weit gegangen bist, Scalo. Der *Parallel Club* und die drei Morde, in die du verwickelt bist. Du bist Schnee von gestern, du bist übers Ziel hinausgeschossen.«

Scalo fragte: »Dafür gibt's keinen Preis?«

Ich sagte: »Nicht für Nachrichten von gestern, nein.« Ich stand gähnend auf. »Wir drei machen jetzt eine kurze Reise«.

»Ach ja?« meinte Scalo. »Wo soll's denn hingehen?«

»Zurück zum *Parallel*«, sagte ich. »Wohin sonst? Wir werden uns jetzt schnell in Trab setzen, und du wirst unsere Tour bestimmt mögen.«

»Warum?« fragte Scalo.

»Diese Frage stellen sich die Menschen, wenn sie sterben«, sagte ich.

»Ich sterbe nicht«, sagte Scalo.

»Nein, noch nicht«, erwiderte ich.

Wir führten ihn nach unten zum Wagen und brachten ihn in dieser toten Stunde zwischen Tag und Nacht, wenn selbst in London kein richtiges Licht ist, in den *Parallel Club* zurück. Während wir dort hinfuhren, fragte ich Scalo: »Wie gut hast du Dora Suarez gekannt?«

Er zuckte die Schultern und sagte: »Der Name kommt mir bekannt vor, aber ich kenne doch nicht jede kleine Nutte, die zum Singen in eins meiner Lokale kommt.«

»Denk über die Frage nach«, sagte Stevenson. »Es war ihr Gesicht, in dem die Axt landete, nicht deins.«

Als wir ankamen und ich das Lokal aufschloß, fragte Scalo: »Kann ich mal scheißen gehen?«

»Warum nicht?« meinte Stevenson. »Wenn du danach besser riechst.«

Stevenson und ich warteten an der langen, in Schwarz und Gold gehaltenen Theke, und ich machte den einzigen Spot dort an. Irgendwo setzte sich ein Ventilator in Bewegung, während wir im Schatten standen, den das einzelne Licht besonders betonte. Eine dünne, treibende Staubwolke wurde zum Leben erweckt, die der Ventilator zu den in den Regalen gestapelten Flaschen und den Kübeln mit dem geschmolzenen Eis trieb -- die gedrosselte Aktivität einer geschlossenen Bar.

»Scalo?« rief ich. Aus der Ferne hörte man ein langes, hohles Krachen, dann entleerte sich der Wasserbehälter, ein gewaltiges Geräusch in der Stille, und dann knallte schließlich die Klotür zu.

»Ah, da bist du ja«, sagte Stevenson zu Scalo, als er endlich um das weit entfernte Ende der Theke herumkam und seinen Krokodilledergürtel schloß. »Gut, wir wollen nämlich nicht, daß du uns auf dem gleichen Weg wie dein Haufen Scheiße verläßt.« Er sagte: »Okay, dies ist eine weiterer Versuch auf die sanfte Tour. Nicht, daß wir das nötig hätten -- wir haben die gleichen Methoden wie du. Aber du darfst uns jetzt hier bei unserer Besichtigung herumführen. Oder willst du zusammen mit dem

Türsteher und Robacci den Berg rauflaufen, ihr drei allein, vor siebenundzwanzig trainierten Männern --, denn keine Angst, die Leute dafür haben wir.«

»So ist es«, sagte ich. »Sollen wir dich mit Bowman, Drucker und Rupt anfangen lassen, oder erzählst du uns, was dieser Zoo da oben bedeutet?«

»Zoo« fragte Scalo. »Welcher Zoo?«

»Oh, nein, fang nicht so schwach an«, sagte Stevenson. »Wir sprechen von den Gerbilen, die du dort oben hältst.«

»Informiere uns, Scalo«, sagte ich, »dir drohen zwanzig Jahre.«

Scalo sagte: »Hören Sie, darüber weiß ich nichts, okay?«

Stevenson sagte: »Hör mal, wir sind keine Monster wie du. Wir wollen nur den Tierpfleger treffen. Sei nett, mach uns bekannt.«

»Scalo«, fragte ich, »wer war der kleine Mann in der grauen Sportkleidung, der durch die Hintertür des Clubs rannte? Hör zu, wir meinen es ernst.«

Scalo sagte: »Dabei kann ich Ihnen wirklich nicht helfen.«

Ich sagte: »Britische Gefängnisse sind verdammt dreckig, Scalo. Wir haben nicht die öffentlichen Mittel, um dir dort 'nen Farbfernseher zu besorgen, und dein bolivianischer Paß wird nur noch die Erinnerung eines sehr kranken, alten Mannes sein, wenn du dort rauskommst.«

Scalo sagte: »Sie lieben es, einen Mann zugrunde zu richten. Dagegen sollte es ein Gesetz geben.«

»Wir gehören alle zur Straße«, erwiderte ich.

Scalo sagte: »Dann kriege ich das Flugzeug um zwei Uhr nach Mailand also nicht?«

»Nein«, meinte Stevenson, »aber um halb elf fährt ein Polizeibus nach Brixton, und glaub mir, da sitzt du drin.«

*

»Erzähl uns mehr, Scalo«, sagte ich, »erzähl uns mehr.«

»Diese Ratten waren harte Nummern für kranke, zum Tode verurteilte Männer, nicht wahr?« fragte Stevenson. »Nicht wahr? Nicht wahr?«

»Und es macht noch mehr Spaß, wenn sich ein Mädchen die Ratte zuerst reinsteckt, während sich dein Kunde einen runterholt und es ihr dann vielleicht nachmacht«, sagte Stevenson.

»Und noch etwas, die Mädchen waren leicht zu überreden, nicht wahr?« sagte ich. »Denn sobald sie infiziert waren, waren sie gefangen, genau wie die Freier.«

»Ich erzähle Ihnen gar nichts«, sagte Scalo.

»Dann zeigst du uns auch nicht deine Ratten?« fragte ich.

»Ich sage nichts. Überhaupt nichts.«

»Doch du fängst jetzt an zu begreifen, was ernsthafte Polizeiarbeit bedeutet, nicht wahr, Scalo?« sagte Stevenson. »Denn es bestand die Gefahr, daß du es vergißt. Es ist ganz einfach. Wir finden den Freier und nehmen ihn in die Zange.«

Ich sagte zu Scalo: »Wenn unsere Leute in der *Factory* mit dir fertig sind, dann werden wir alles erfahren haben, was du über diese drei Morde weißt. Du weißt, wie wir arbeiten.«

»Wenn du das nächste Mal Geld in Londoner Clubs steckst«, meinte Stevenson, »dann investiere es etwas klüger, versuch es doch wenigstens mal, und stell' dich dann nicht wieder so blöd an, wenn du den Singvogel spielen sollst.«

»In der Zwischenzeit kannst du uns überhaupt nichts über den Killer von Suarez, Carstairs und Roatta erzählen?« fragte ich. »Über deinen Sportsfreund mit der Axt, der so schnell mit der Quickhammer bei der Hand ist?«

»Es ist deine letzte Chance«, sagte Stevenson.

Scalo beteuerte: »Ich kann Ihnen nicht helfen.«

Stevenson nahm ein Glas von der Bar, holte seinen Schwanz raus und pißte ins Glas. Dann gab er Scalo das Glas.

»Trink«, sagte er. »Man sagt, Ratten seien durstig.«

*

Sitzung zwei. Wir saßen immer noch alle drei an der Bar. Ich sagte zu Scalo: »Jetzt gehen wir das alles noch mal durch, dann noch mal und noch mal. Deine Zeit ist unsere Zeit, und die Zeit drüben in der *Factory* ist unsere eigene Zeit, und das, Darling, ist dein verdammtes Pech.«

»Das Gesetz erlaubt, daß Sie mich achtundvierzig Stunden festhalten können«, sagte Scalo, »nicht länger.«

»Du wirst dich zu den Tagen zurücksehnen, als du noch jemand warst und einen Paß gehabt hast«, sagte ich. »Du tust mir leid.«

»Und außerdem, warum soll man mit einem Dampfhammer Nüsse

knacken?« fragte Stevenson. »Wir brauchen nur fünf oder sechs Stunden, Scalo, und du wirst schon nicht mehr derselbe sein.«

»Ich habe Appetit auf ein Bier«, sagte ich.

»Ich nehme an, das geht auf Kosten des Clubs«, höhnte Scalo.

»Wer will schon deinen verdammten Müll trinken?« fragte ich. Ich ging hinaus und holte die Dosen, die ich im Kofferraum des Fords aufbewahrte. Als ich das Kronenbourg hineinbrachte, riß Stevenson eine Dose auf und sagte zu Scalo: »Prost.«

Scalo fragte: »Kriege ich auch eins?«

Ich antwortete: »Nein, du Abschaum.«

Scalo fragte: »Was machen Sie jetzt gerade mit Robacci und Margoulis?«

Stevenson sah auf seine Uhr. »Was meinst du mit 'jetzt gerade'?« fragte er. »Jetzt werden die beiden drüben in der *Factory* einzeln von Rupt, Drucker und Snaile auseinandergenommen.« Er fügte hinzu: »Und es wird nicht lange dauern, Margoulis wird jetzt schon gesungen haben, er ist ein häßlicher Vogel, und Vögel singen immer.«

»Ihr seid verdammt unmenschlich«, sagte Scalo.

»Gut«, meinte ich und stellte meine leere Dose hin, »laß uns alles noch mal durchgehen, ja?«

»Weißt du, was ich glaube, Scalo«, sagte Stevenson. »Ich glaube, du hast entweder deinen Anteil an diesem Club sehr billig bekommen oder du willst ihn unbedingt schützen -- aber in jedem Fall sieht es so aus, als würde er dir wie ein Mühlstein am Halse hängen, Scalo. Ich meine, sieh dir nur an, wie schlecht die Geschäfte hier plötzlich laufen.«

Scalo sagte: »Normalerweise benimmt sich die Polizei taktvoll.«

Stevenson sagte: »Dann hast du's eben mal kennengelernt, wie die Polizei vorgeht, wenn sie an drei Morden arbeitet und nicht taktvoll ist.«

»Suarez«, warf ich ein. »Du kannst es ruhig ausspucken, Scalo, wir haben viel Zeit. Der sportliche, kleine Mann im Jogginganzug.«

»Sehen Sie, wenn ich etwas wissen würde, hätte ich schon vor Stunden einen Deal mit Ihnen gemacht«, sagte Scalo, »aber Tatsache ist, daß ich meist im Ausland bin, und ich versichere Ihnen, daß ich über diese Morde nichts weiß. Felix Roatta war ein Arschloch, er wurde zu gefühllos und gierig und konnte den Rachen nicht vollkriegen, aber ich sage Ihnen, über die Morde an diesen Frauen weiß ich nichts, verdammt noch mal.«

Er fügte hinzu: »Außerdem, ich verstehe das alles nicht. Mit euren Leuten oben gibt's einen Tarif, er wurde vor langer Zeit ausgehandelt.«

Ich sagte: »Diesmal kräht kein Hahn nach deinem Tarif.«

»Na, kommt schon«, sagte Scalo, »laßt uns vernünftig sein, ja? Es muß hierfür einen Preis geben, es ist okay, wenn er höher ist als gewöhnlich.« Er sah auf seine Uhr und sagte: »Mein Gott, wie ich schon sagte, ich muß morgen nachmittag in Mailand sein, das Flugzeug wird nicht warten. Also, was ist?« Er sagte: »Okay, ich lasse den *Parallel Club* fallen, es hat dort Ärger gegeben, widerlich, na gut, okay. Ihr habt sie erwischt, also machen wir eine Summe aus, und die Jungs gebe ich euch als Bonus. Das mache ich mit links -- bei meinem Bankkonto. Also. Cash«. sagte Scalo. »Gut, nennt mir eure Vorstellung -- ich meine, nennt eine für den Anfang, das ist alles.«

Ich fragte: »Zahlst du in Dollar?«

»Immer, immer in Dollar«, sagte Scalo mit einem beschwichtigenden Lächeln. »Klar.«

Ich sagte: »Einmal AIDS im fortgeschrittenen Stadium. Ein Axt-Mord. Eine alte Dame von sechsundachtzig, die man in die Vorderseite ihrer Standuhr geschmissen hat. Wieviel macht das in Dollar?«

»Ziehen Sie mich nicht auf«, sagte Scalo. »Bitte.«

Ich sagte zu Stevenson: »Ich glaube, wir sollten ihn so weit wie möglich den Mast hinaufziehen und sehen, was mit ihm oben an der Spitze passiert.«

Stevenson sagte zu Scalo: »Haben wir uns richtig verstanden, daß du zwei Polizeibeamten Bestechungsgeld anbietest?«

Scalo sagte: »Wenn Sie trocken hinter den Ohren sind, werden Sie's verstehen. Ich glaube, Sie sind beide noch ziemlich neu in diesem Geschäft.«

Stevenson sagte zu mir: »Das scheint ja verdammt hart geworden zu sein heutzutage, da kriegt man's ja richtig mit der Angst.« Er fügte hinzu: »Wie lange sollen wir versuchen, sie im Knast schmoren zu lassen?«

»Zwanzig Jahre für jeden ist nicht lange, verglichen mit der Ewigkeit«, sagte ich, »und die haben Carstairs und Suarez jetzt vor sich.«

*

Sitzung drei, immer noch in der Bar des *Parallel.* Ich sagte zu Scalo: »Vielleicht hast du nur mit dem Management etwas zu tun gehabt, aber meiner Meinung nach wußtest du alles über die Gerbile und warum sie da sind.«

»Und wir haben nicht viel Zeit«, sagte Stevenson, »welche Version suchst du dir also aus? Entweder gehört dir ein Anteil am *Parallel Club* ohne Ratten, oder dir gehören sowohl die Ratten als auch ein Anteil.«

»Ich bin immer noch geil auf eine Unterhaltung mit dem sportlichen Mann auf dem Photo, Scalo«, sagte ich. »Je länger ich über ihn nachdenke, desto mehr macht er mich tatsächlich an.«

Scalo sagte: »Namen? Ich kenne keine Namen. Was sind Namen?«

»Die falschen können einen ganz schön in Schwierigkeiten bringen«, sagte Stevenson.

»Ich weiß nichts darüber.«

Ich sagte: »Also du weißt nichts über Roatta, du weißt nichts über die Gerbile und auch nichts über den Mann auf dem Photo -- was bist du denn eigentlich, so eine Art makelloses Riesenbaby oder was? Es wäre phantastisch, etwas von dem zu hören, was du weißt, denn wenn du so weitermachst und von nichts weißt, dann wirst du dich in ein Märchen verwandeln, Darling, und ich kenne kein Gericht in diesem Land, das an Märchen glaubt.«

»Hör zu«, sagte Stevenson zu Scalo, »es besteht kein Grund, daß wir uns deswegen aufregen. Wir haben Margoulis, wir haben Robacci, und jetzt haben wir dich --, und bis wir Antworten bekommen, die uns wirklich richtig interessieren, werden wir einfach immer so weitermachen, einen nach dem anderen von euch fertigmachen, bis zum Schluß einer von euch Scheißkerlen plötzlich furzt und sich entschließt, doch etwas zu wissen, okay? Und bis dieser Augenblick gekommen ist, werdet ihr alle, Margoulis, Robacci und jeder andere Heilige im Kalender, in der *Factory* verschimmeln, und glaub ja nicht, daß dich der verdammte Anwalt McGuffin dort rausholen kann, denn wir werden ihm drei Morde und den *Parallel Club* in die Fresse schmieren, und die Presse wird viel Spaß daran haben, dafür werden wir sorgen, mach dir deshalb keinen Streß.«

Scalo sagte: »Mir war nicht bewußt, daß es so ernst ist.«

»Nun, das ist es«, sagte ich. »Es ist sehr, sehr ernst, sogar deine Leute oben in der *Factory* haben die Hosen gestrichen voll. Die Presse fängt auch schon an, darin herumzuschnüffeln, und was uns angeht, ein Polizist

ist eine teure Sache, darum will die Öffentlichkeit für ihr Geld Erfolge sehen, deshalb sind wir da. Es klingt pathetisch, nicht wahr?«

»Du siehst bestimmt ein, Scalo«, sagte Stevenson, »daß diese drei Morde ein wirklich stinkender Fall sind und daß wir in der *Factory* bis jetzt allen Grund zu der Annahme haben, daß Dora Suarez vorsätzlich mit AIDS infiziert worden ist -- daß der *Parallel Club* reichen, infizierten, jungen Arschlöchern die Dienste infizierter Call-Girls anbot. Sie wußten, daß sie nicht mehr die Chance hatten, mit der unschuldigen jungen Tochter eines Herzogs zu kopulieren, und sie hatten keine andere Wahl, als sexuelle Beziehungen zu Frauen aufzunehmen, die genauso infiziert waren wie sie selbst -- und das für den Rest ihres Lebens, das bei AIDS-Kranken im Durchschnitt noch drei Jahre dauert. Und wenn's Gangster gibt, die damit Geld machen, dann können wir das nicht leiden. Wir sind komische Leute, nicht?«

»Das werden Sie niemals beweisen können«, sagte Scalo.

»Da liegst du ganz falsch, Scalo«, sagte ich. »Ich habe schon viel schwierigere Sachen bewiesen.«

»Nun, es stimmt, es wäre viel schwieriger, wenn du uns nicht helfen würdest«, sagte Stevenson. »Aber Tatsache ist, Darling, daß du uns helfen wirst. Du wirst dich geradezu darum reißen, uns zu helfen, wenn du erst mal verstanden hast, was zwanzig Jahre in Maidstone ohne auch nur eine Stunde Bewährung bedeuten, ganz zu schweigen von den Reaktionen deiner Mitgefangenen, sobald sie erst mal wissen, warum du einsitzt -- einige von denen haben hohe, moralische, sogar priesterliche Ambitionen, während sie dort von ihren Verbrechen geläutert werden.«

»Ich bin es leid, hier herumzustehen«, sagte ich plötzlich. »Laßt uns alle in Raum 205 zurückgehen und dort wieder alles von vorne anfangen. Mal sehen, ob wir nicht wenigstens den Schein einer Aussage zusammenkriegen.« Ich wandte mich an Scalo und sagte: »Du siehst nicht so aus, als würdest du die *Factory* schon gut kennen, aber du wirst bald merken, daß es ein Ort ist, wo für Leute in deiner Position die Zeit nicht länger existiert. Du wirst dort eine stumpfsinnige Zeit verleben, es tut mir leid, aber ich fürchte, daran kann man nichts ändern.«

Scalo sagte: »Ich bin bolivianischer Staatsbürger, und ihr beide werdet es büßen.«

Stevenson meinte: »Für einen kleinen Kerl, der in der Scheiße steckt, spielst du dich ganz schön auf, was?« Er gähnte. Dann sagte er zu Scalo:

»Du hast deinen Paß also dabei? Laß mal sehen, nur mal sehen.« Er streckte die Hand aus.

Scalo zeigte ihm den Paß, und Stevenson nahm ihn. Er verstaute ihn in einer Innentasche und sagte zu Scalo: »Und wer bist du jetzt? Plötzlich bist du niemand, oder?«

Scalo schrie: »Geben Sie ihn zurück.«

»Etwa im Jahr zweitausendundneun kriegst du ihn zurück, wenn du Glück hast«, sagte Stevenson. »Wenn du rauskommst, mußt du das Gericht danach fragen.« Er wandte sich an mich und sagte: »Ich hole den Wagen.«

Während ich mit Scalo auf den Wagen wartete, fühlte ich mich alt und deprimiert. Dann blickte ich plötzlich im Innern meines Kopfes durch eine Art Lücke und sah Dora ganz deutlich vor mir. Plötzlich sah ich sie ganz klar inmitten einer Ansammlung Pinien auf einem gewaltigen Hang. Da bist du also endlich, sagte ich, als hätte sie eine wichtige Verabredung eingehalten. Sie war ziemlich weit weg. Still ging sie zwischen den Bäumen entlang, ihren Kopf hatte sie gedankenverloren gesenkt und halb von mir weggedreht, gebeugt über ein weißes Kleid, das sie jetzt trug. Sie schien in sich selbst vertieft zu sein und bewegte sich sehr langsam. Wenn sie noch verwundet war, dann war sie für mich zu weit weg, als daß ich es hätte sehen können. Aber für einen Augenblick, als sie auf die andere Seite der Lichtung ging, sah ich ihre ganze Gestalt, die sich halb von mir abwandte, und es war ganz sicher die bezauberndste Figur, die ich jemals gesehen hatte. Ich fühlte mich ganz unbeholfen und dumm. Ich war nicht enttäuscht, daß es nicht geschah, aber ich dachte, trotz der Distanz zwischen uns hätte es sein können, daß sie sich umdrehte, aufschaute, ihre Hand ausstreckte und mich berührte. Und in dem Augenblick stieg all die Liebe auf, die jemals in mir gewesen war, und überwältigte mich mit einer Welle unvorstellbarer Freude. Schließlich hatte es sich doch gelohnt. Ich wußte, daß ihre Augen, wenn man sie nicht daran gehindert hätte, sie auf mich zu richten, nicht mehr diese harten, blinden Kapseln gewesen wären, diese unangenehm blanken, mit Staub überzogenen Mandeln, die mich anstarrten, als ich sie in der Empire Gate gefunden hatte. Wenn es mir nur erlaubt gewesen wäre, sie zu sehen, hätten sie so friedlich, strahlend und lebendig ausgesehen, wie ich es mir in dieser Welt nie hätte vorstellen können. Und es war schwer für mich, ihre ruhigen Arme, so wie ich sie jetzt sah, die weißen Hände friedlich ineinander gelegt, mit diesem anderen, abgetrennten Arm in Einklang zu bringen, der vollkommen steif und wie eine Herausforderung gewirkt hatte, eine Drohung, eine Aufforderung -- ein Schwert, das nach vorn geschleudert wurde -- in diesem eiskalten Zimmer, in dem ich sie gefunden hatte.

8.

Als wir in den zweiten Stock kamen, sagte ich zu Scalo: »Du wartest hier draußen, wärm dir den Arsch in dem Sessel dort drüben.«

»Hören Sie«, sagte Scalo, »seien Sie freundlich. Wo sind Ihre Manieren geblieben?«

»Wir sind hier in der *Factory*«, sagte ich, »da hat es niemals welche gegeben.«

»Ja, für dich wird es eine Zeitlang wie eine andere Welt sein«, sagte Stevenson zu ihm. Aber er fügte tröstend hinzu: »Mach dir keine Sorgen, du wirst dich anpassen -- das tun alle.«

Wir ließen ihn zurück und gingen in 205. Wir waren kaum drin, als Charlie Bowman die Nase durch die Tür steckte. »Hey«, sagte er, »weiß jemand von euch etwas über einen Griechen hier irgendwo, der Margoulis heißt?«

»Wenn ich du wäre, würde ich ihn im Augenblick nicht belästigen«, sagte Stevenson, »Er hat eine harte Sitzung mit Rupt und Drucker hinter sich. In Zelle 3 versucht er mit 'nem bißchen Schlaf sich davon zu erholen.«

»Was meinst du mit Schlaf?« fragte Bowman. »Vor nicht mal einer halben Stunde hat er seinen ersten Auftritt in meinem Büro gehabt.«

»Nach Rupt und Drucker und uns beiden kann nicht mehr viel Energie für weitere Auftritte übrig sein«, sagte Stevenson.

»Eins kann ich euch sagen«, meinte Bowman, »die Wahrheit aus ihm rauszukriegen ist genauso schwer, wie einer alten Jungfer ohne Betäubung einen Backenzahn zu ziehen. Nicht leicht.«

»Sie wissen, daß du sie fertigmachst, Charlie«, sagte ich, »und das bringt uns so nicht weiter.«

Bowman fragte: »Wer ist der kleine, dunkelhäutige Kerl, der dort draußen mit seinem Arsch öffentliche Plastiksessel abnutzt?«

»Das ist Scalo«, sagte ich. »Der ehemalige Boss des *Parallel Club*. Er hat seine Finger drin bei Carstairs/Suarez, und das interessiert dich doch eigentlich überhaupt nicht.«

»Normalerweise nicht«, sagte Bowman, »aber heute nacht fühle ich mich so ruhelos und habe deshalb das Bedürfnis, die Leute zum Sprechen zu bringen.«

»Ich finde, er könnte sich um Robacci kümmern«, sagte Stevenson. »Schließlich konnte er sich gestern ausschlafen, und viel Schaden kann er dabei nicht anrichten.«

»Nein«, sagte ich. »Ich will diese Person da nicht mal im Protokoll haben. Ich habe das Jollo doch alles erklärt.«

»Euer Mann da draußen, Scalo, fängt langsam an, mich zu interessieren«, sagte Bowman.

»Verpiß dich«, sagte ich mit eisiger Stimme. »Hau ab zu deinen selbstmordgefährdeten japanischen Millionären -- ich heuere dich nicht an, also, jetzt weißt du, wo's langgeht, verschwinde endlich. Wenn du oder jemand anderes vom Dezernat für Kapitalverbrechen im Fall Carstairs/Suarez auch nur einen Finger rührt, dann versetz ich dem Betreffenden einen Stromschlag. Reiß jetzt die Arschbacken zusammen, Charlie. Raus.«

»Irgendwann einmal binde ich dir deinen Sack mit einem Windsorknoten um den Hals!« schrie er.

»Setz das Gespräch auf die Rechnung und verschwinde«, sagte ich. »Ich habe zu tun, warum suchst du dir nicht selbst eine aufregende Arbeit?«

»Du hast wirklich eine Art, mit einem Detective Chief Inspector umzugehen«, sagte Stevenson, als Bowman türenknallend gegangen war.

»Das kommt daher, daß es mir egal ist«, sagte ich und fügte hinzu: »Mittelmäßigkeit geht mir immer auf die Nerven, Pech für den armen Bastard.«

Das Telefon klingelte. Es war Cryer. »Ich habe hier was Interessantes«, sagte er. »Es steht eine Million zu eins, daß es was mit dir zu tun hat, aber ich dachte, es sei doch einen Anruf wert.«

»Erzähl schon.«

»Es ist in Clapham, nicht weit weg«. sagte Cryer. »Darum habe ich gleich an Roatta gedacht.«

»Sprich weiter.«

»Ich habe da einen jungen, freiberuflichen Photographen an der Hand, er wohnt gleich dort. Er will einen Job bei der Zeitung, und dafür wird er sich mit seiner Kamera überschlagen.«

»Gut.«

»Nun, egal, ob es regnet oder die Sonne scheint, abends sitzt er an der Clapham Common North Side, die Kamera immer schußbereit.« Er fragte: »Kennst du eine Gegend namens College Hill?«

»Ich müßte im Stadtplan nachsehen«, sagte ich. »Ist das irgendwo in der Nähe von Balham, eine Nebenstraße der South Circular Road? Lovelock Road?«

»Genau«, sagte Cryer. »Nun, er sitzt also gegenüber der 37-er Bushaltestelle, vis-à-vis vom Grove Mansions Block, und dieser Mann joggt vorbei.«

»Davon gibt's fünfhundert«, sagte ich.

»Nicht mit Blut an den Eiern und einem außergewöhnlichen Schritt, so als würde er schnell radfahren, nur ohne Fahrrad.«

»Ein Spinner«, sagte ich.

»Vielleicht«, meinte Cryer. »Aber ich habe gedacht, ich rufe dich an, das ist alles.«

Ich fragte: »Hat dein Mann Photos gemacht?«

Cryer sagte: »Einen ganzen Packen. Dieser Jogger hat ihn fasziniert. Konsequenterweise saß mein Photograph fünf Abende auf derselben Bank, und der Jogger kam an allen fünf Abenden vorbei.«

»Ich glaube, ich würde gern mal die Photos sehen«, sagte ich.

Cryer sagte: »Das kannst du. Aber wenn es der Favorit ist, dann hat mein Mann sogar noch einen draufgesetzt, denn heute nacht ist er dem Kerl dahin gefolgt, wo er wohnt.«

»Wo er wohnt?« fragte ich. »Wo ist das? Wo legt sich der Kerl lang?«

»Ich hab's dir gesagt«, meinte Cryer. »College Hill.«

Plötzlich sah ich College Hill vor mir. Ich fragte: »Ist das nicht da, wo '85 diese große Gummifabrik abgebrannt ist?«

»Genau«, sagte Cryer. »Und dort ist der Jogger hingegangen -- aber es gibt noch mehr. Als mein freiberuflicher Spürhund dort ankommt, geht dein Jogger nicht durch die Vordertür hinein, sondern klettert mit Hilfe der Feuerleiter -- ich meine das, was davon noch übrig ist, sie ist total verrostet -- die Vorderseite des Gebäudes hinauf und durch ein zertrümmertes Fenster im ersten Stock, und das war's. Es wird in der Bude kein Licht angemacht, und darum geht auch keins aus, oder?« Er fügte hinzu: »Ich hätte dich damit nicht belästigt, wenn man Roatta nicht eine halbe Meile entfernt umgelegt hätte.«

»Wie schnell kann ich diese Photos haben, Tom?« fragte ich. »Die sind sicher sofort einen Besuch wert.«

»Jetzt«, sagte er. »Ich schicke sie dir per Fahrradkurier rüber.«

»Hast du sie gesehen?« fragte ich. »Sagt dir das Gesicht des Kerls was? Dieser Jogger, ist er klein oder groß?«

»Nicht gerade ein Liliputaner, aber klein.«

»Hell- oder dunkelhaarig?«

»Dunkelhaarig.«

»Hat er irgend etwas bei sich gehabt?«

»Eine Sporttasche.«

»Ah«, sagte ich. »Diese Sporttasche, frag deinen Mann, ob es irgendwie darin geklimpert hat.« Ich fügte hinzu: »Etwas anderes, irgendwelche körperlichen Merkmale? Wie benahm er sich überhaupt?«

»Ich weiß nicht, worauf es hinausläuft«, sagte Cryer, »aber es ist besser, du machst mehr, als nur einen Blick auf die neuen Bilder zu werfen.«

Ich fragte: »Warum? Ist dir irgendwas aufgefallen? Deinem Photographen?«

»Als er lief, hatte er die rechte Hand zwischen den Beinen«, sagte Cryer.

»Dann lief er etwas vornübergebeugt?«

»Das stimmt.«

»Ist Bordeaux auf seiner Kleidung, ich meine Blut?«

»Du siehst dir besser die Photos an«, meinte Cryer.

»Ich warte darauf.«

»Sind so gut wie unterwegs«, sagte Cryer. »Ach, übrigens, es wird gesagt, du hättest im *Parallel Club* aufgeräumt.«

»Das stimmt.«

»Und daß du zwei oder drei festgenagelt hast -- Einen Mann namens Scalo, den Türsteher, ein Grieche namens Margoulis, und Robacci.«

»Du bist voll auf dem laufenden«, sagte ich. »Wir nehmen sie gerade in die Mangel.«

Er sagte: »Du arbeitest in diesem Fall sehr eng mit Stevenson zusammen, nicht wahr?«

»Keiner von uns beiden wüßte einen Grund, es nicht zu tun.«

»Anders ausgedrückt«, sagte Cryer, »ihr seid beide ziemlich sicher, daß Carstairs/Suarez und Roatta zusammenhängen.«

»Bis jetzt hat noch keiner von uns das Gegenteil behauptet«, sagte ich. Ich fügte hinzu: »Dieser Jogger, hat dein Photograph sein Gesicht ganz aufgenommen?«

»Nein«, sagte Cryer, »er hat alles versucht, aber scheinbar ist es ihm nicht gelungen, das ganze Gesicht aufzunehmen.«

»Sind seine neuen Photos besser als die anderen?«

»Nun, ich habe die Abzüge hier vor mir«, sagte Cryer. »Diese hier wurden natürlich mit einem besseren Objektiv aufgenommen. Ich seh jetzt mal deinen Mann an. Er ist dunkelhaarig, Ende Dreißig, kommt vielleicht aus dem Mittelmeerraum. Er trägt seltsame, kleine, leichte Sportschuhe, sieht ziemlich arrogant aus -- das ist seltsam --, hat einen mächtigen Schopf schwarzer Haare, trägt eine dicke, graue Jogginghose aus Wolle, dunkle Socken, sieht aus, als sei er von sich überzeugt.«

»Würdest du ihm in einer dunklen Nacht begegnen wollen?«

»Ich habe nicht viel Angst vor einer Schlägerei«, sagte Cryer, »aber wenn du mich so fragst, lieber nicht.«

»Warum nicht?«

»Das ist deine Frage«, meinte Cryer, »nicht meine.«

Ich sagte: »Angenommen, diese Photos interessieren uns, was willst du dafür?«

»Nun, mein Chefredakteur ist an dieser Story ziemlich interessiert«, sagte Cryer. »Er ist geradezu scharf darauf.«

Ich fragte: »Weiß er, daß ich darauf angesetzt bin?«

Er sagte: »Ja.« Er fügte hinzu: »Das ist nicht meine Schuld. Solche Sachen verbreiten sich schnell, wir haben es in dem Augenblick gewußt, als du zurückgekommen bist. Der *Recorder* mag deine Fälle. Die, in die du deine Nase steckst, entwickeln sich immer anders als gedacht.«

Ich sagte: »Dann wollen wir es so lassen, der übliche Deal. Ich füttere dich mit der Story, sobald sie reif ist für die Zeitung.« Ich bemerkte das Krächzen in meiner Stimme, als ich hinzufügte: »Irgendwie gerate ich bei diesem Fall in eine persönliche Krise, Tom.«

»Was?« fragte Cryer. »Du? Eine Krise?«

»Ich kann dir nur soviel sagen, ich muß dieses Mal vorsichtig sein, sonst dreh ich noch durch.«

»Um Himmels willen, paß bloß auf.«

»Am Ende trifft es uns doch alle.«

»Wer immer Suarez und Carstairs umgebracht hat, du wirst ihn kriegen«, sagte Cryer.

»Ich weiß«, sagte ich, »aber ein großer Teil des Weges dorthin führt erst einmal durch mich selbst.«

»Komm vorbei, und sprich mit Angela«, sagte Cryer. »Warum kommst du niemals her? Erinnerst du dich an den Fall Mardy? Angela hat damals gesagt, du hättest mit dem Fall Mardy genug. Ich weiß, du hast noch Julie, aber trotzdem, komm und rede mit ihr. Sie möchte, daß du kommst und mit ihr sprichst -- warum läßt du dir niemals von jemandem helfen?«

»Du kennst mich, Tom«, sagte ich. »Ich kann nicht. Muß ich das erklären? Wie kann ich es erklären? Ich bin ein sehr einsamer Mann, tief vergraben, und darum liebe ich dich auch aus der Tiefe der Erde.«

Ich legte auf.

*

Cryers Photos kamen in der Hand eines Polizeiangestellten. Ich streckte meine Hand aus und sagte: »Ein Vergrößerungsglas.«

»Was? Um diese Zeit, mitten in der Nacht?«

Ich sagte: »Sie haben es gehört. Sie haben fünf Minuten, genauer gesagt vier, wenn Sie dieses Zimmer verlassen haben, bei der Geschwindigkeit, mit der Sie sich bewegen.«

Der Beamte ging. Er sah irritiert aus.

Als ich das Vergrößerungsglas bekommen und damit alle Details identifiziert hatte, dachte ich erst einmal eine Weile nach. Dann ging ich in Zimmer 202. Ich sagte zu Stevenson: »Hier, sieh dir das mal an.« Stevenson saß dort immer noch an dem verdreckten Schreibtisch, Scalo saß ihm gegenüber. Scalo sah müde aus.

»Was Neues?« fragte Stevenson. Mit dem Kopf deutete er auf Scalo. »Willst du, daß ich ihn rausbringen lasse?«

»Nein«, sagte ich. Ich zog mir einen Stuhl heran und setzte mich zu Stevenson an den Schreibtisch. Ich nahm eins von Cryers Photos und legte es neben die zwei Aschenbecher.

»Was haben Sie da?« fragte Scalo.

Stevenson sagte: »Maul halten.« Stirnrunzelnd betrachtete er das Photo durch das Vergrößerungsglas. »Dieser japanische Film nimmt auch noch den letzten Mist richtig auf, nicht?« meinte er.

Ich sagte: »Ist es der gleiche Mann, den wir zusammen mit Suarez und Roatta auf dem Schnappschuß aus dem Club haben? Das will ich wissen. Was meinst du?«

»Einem guten Anwalt würde es wahrscheinlich noch nicht standhalten«, sagte Stevenson, »aber andererseits sind wir keine Anwälte, und mein Instinkt sagt mir, daß er es wahrscheinlich ist. Die sind phantastisch. Wo hast du sie her?«

»Wichtig ist nur, daß sie hier sind«, sagte ich, »besonders diese Aufnahme hier, denke ich. Unser Mann steht wieder mit dem Rücken halb zur Kamera.«

»Genau«, sagte Stevenson. »Der gleiche merkwürdige Gang, den Kopf wieder halb abgewandt, diese ulkigen, kleinen Sportschuhe -- was für welche sind das? Mit Spikes oder so was? -- alles wie bei dem Mann, der durch die Tür im Club rannte.«

Ich hielt Scalo alle Photos unter die Nase. »Du bist verloren«, sagte ich. »Du weißt nicht mal mehr, wer du bist. Aber falls du dir etwas frische Luft kaufen willst -- kennst du das Gesicht dieses Mannes?«

Es war offensichtlich, daß Scalo es nicht kannte.

Ich sagte zu Stevenson: »Ich wette, der Türsteher weiß mehr.«

Stevenson rief: »Officer!«

Als der Beamte erschien, sagte Stevenson: »Schaffen Sie den hier zurück in seine Zelle, und bringen Sie den Griechen Margoulis her.«

»Ach, übrigens«, sagte ich zu Scalo, »bevor du gehst, wie weit sind wir mit den kleinen Ratten dort oben gekommen? Hast du meinem Kollegen hier alles erzählt, was du über diese Ratten weißt?«

»Ratten?« fragte Scalo halsstarrig.

Plötzlich ging's mit mir durch wie niemals zuvor in meinem Leben. »Du schäbige, fette Fotze!« schrie ich ihn an. »Direkt über dir in deinem stinkenden, kleinen Club sind Hunderte von Ratten in Käfigen! Die müssen dir 'ne Geld eingebracht haben, sonst wären sie nicht da, und jetzt will niemand etwas von diesen Ratten wissen, und ich habe deine verdammte Ignoranz satt, und ich werde dich unter eineinhalb Meter Zement begraben, du kleiner Bastard, wenn du nicht in zehn Sekunden anfängst, etwas auszuspucken, mehr Zeit bleibt dir nicht mehr. Sing endlich, du Scheißtyp.«

»Ja, los, Scalo«, sagte Stevenson lächelnd, »denn wir haben langsam genug von dir. Wer hat die Ratten gefüttert und sich um sie gekümmert? Wer hat sie aus den Käfigen geholt und rasiert? Wer hat die Schnur an ihren Schwanz gebunden, wenn sie in Miss Suarez und andere hineingekrochen sind? Wer hat diese Person bezahlt? Wer war er? Wie hat er ausgesehen? Was hat er sonst noch gemacht, um Geld zu verdienen?«

Ich schob Scalo das Photo hin, nahm einen Kugelschreiber und kreiste das Gesicht ein, das sich im Schatten zur Tür wandte, die am Rand der Tanzfläche war. Ich schlug mit der Faust auf das Photo und sagte: »Rede, du Fotze.«

»Ich glaube, er hielt sein Gesicht immer hinter einem Tuch verborgen, wenn er in die Räume neben den Käfigen ging, wo sie sie haben wollten«, sagte Scalo. »Ich glaube, das gehörte zum Kick. Aber wer er auch war, ich habe ihn nicht eingestellt.«

Stevenson sagte: »Jemand muß es aber getan haben.«

Scalo sagte: »Ich glaube, das ist Roatta gewesen.«

»Das ist praktisch, nicht wahr?« meinte Stevenson. »Roatta ist ja tot.«

»Und wieviel hat der Club jedesmal bekommen, wenn dort so ein Spektakel ablief?« fragte ich. »Wieviel für eine kleine, rasierte Ratte, die durch den Schließmuskel kriecht? Zweihundert? Fünf? Einen Riesen?«

Scalo geriet in Panik. Er schluckte und sagte: »Die letzte Zahl trifft am ehesten zu.«

Ich sagte zu Stevenson: »Dieser Scalo wiederholt sich -- holen wir den Türsteher rauf, bieten wir ihm an, ihn kaputtzumachen, denn wir verschwenden unsere Zeit, und außerdem habe ich eine andere Idee.«

»Ja, aber bevor du gehst«, sagte Stevenson, »laß uns beide einen Augenblick dem Griechen zuhören. Das kann nicht schaden.« Zu dem Beamten, der Scalo fortschaffte, sagte er: »Stecken Sie den ins Wartezimmer, falls wir ihn noch mal brauchen -- es hat keinen Sinn, ihn in die Zelle zurückzubringen --, und lassen Sie den Griechen rein.« Der Beamte brachte Scalo weg, und Stevenson gähnte. Er lehnte sich zurück, reckte sich und sagte: »Harte Arbeit, was?«

»Es ist, als wollte man mit einem Streichholz durch Beton bohren«, stimmte ich zu.

Dann erschien der Grieche. Ich wies auf Scalos Stuhl und sagte: »Setz dich.«

Stevenson sagte: »Du siehst verdammt schlecht aus, ist richtig beängstigend, als hättest du seit einer Woche keine Nutte mehr gehabt. Was ist los mit dir?«

Margoulis fragte: »Was wollen Sie?«

»Es geht um Photos«, sagte ich. »Viele Photos. Wir machen aus dir einen Kunstkritiker. Jetzt wirst du dir diese Bilder genau ansehen, und dann werden wir dein maßgebliches Urteil einholen.«

»Gesichter konnte ich mir noch nie gut merken«, sagte Margoulis. »Komisch, aber so was soll's ja geben, nicht wahr?«

»Diesmal läuft es anders«, sagte ich. »Diesmal wirst du es ganz und gar nicht komisch finden.« Ich nahm den Hörer ab und sagte: »Sind die Sergeanten Drucker und Rupt im Hause? Gut, bitten Sie sie heraufzukommen.«

»Man wird dich hier ganz schön ramponieren, Margoulis«, sagte ich und legte den Hörer auf. »Andererseits bist du ein großer, harter West-End-Club-Türsteher, und wir wissen, daß dir alles scheißegal ist.« Ich sagte zu dem Beamten: »Fesseln Sie ihn an den Stuhl, ja? Und sorgen Sie für die richtige Beleuchtung, jetzt kann ich ja nicht mal den Finger erkennen, mit dem ich in der Nase bohre.« Also setzte der Beamte Margoulis auf dem Stuhl in Position, brachte dann eine große Lampe mit einer 1000-Watt-Birne und baute sie so auf Stevensons Schreibtisch auf, daß sie genau in Margoulis' Gesicht scheinen würde.

»Du hast deine Chance gehabt«, sagte ich zu Margoulis. »Also, dies ist jetzt deine letzte, bevor wir die Lampe anstellen und damit der Gerechtigkeit dienen. Wenn du nicht mit uns zusammenarbeitest, dann wirst du dich hier bald wie ein Spielball fühlen. Ich mag das nicht besonders, aber wir haben es mit der Antwort eilig.«

Während ich redete, ging die Tür auf, und Rupt und Drucker erschienen. Drucker zuerst. Er trug Boxbekleidung -- ein fleckenloses, weißes T-Shirt, Segeltuchschuhe und eine pinkfarbene Nylonhose. »N'Abend«, sagte er. Er war kein großer Mann, er war stämmig, und wenn er seine Schultern spannte, dann schien Zimmer 202 im Weg zu sein.

»Was macht der Sport?« fragte ihn Stevenson.

»Man ist zufrieden«, sagte Drucker. »Drei Stunden am Sandsack heute abend. Samstagabend ist das Halbfinale im Halbschwergewicht mit der Polizei aus Wembley, wenn ihr kommen wollt, kann ich euch Freikarten besorgen.«

Rupt hatte Margoulis gemustert. Er fragte Stevenson: »Ist das alles, was ihr heute für uns aufgetrieben habt?«

»Immerhin weiß er einiges, was wir auch wissen wollen«, sagte Stevenson.

»Trotzdem finde ich, daß ihr etwas härtere Typen ranschaffen könntet«, sagte Rupt. »Es ist irgendwie schade, alte Männer zu verheizen.«

Gleichzeitig nahm er Margoulis' Wange zwischen Daumen und Zeigefinger und zog kräftig. »Was meinst du?« fragte er Margoulis. »Hast du Lust, mit dem Training anzufangen, Opa?«

»Vermutlich erschöpft es sie zu sehr, den ganzen Weg von der Straße hochzukommen«, sagte Stevenson. »Auf den Stufen scheinen sie irgendwie immer müde zu werden.«

»Nun, nachdem wir mit ihm hier fertig sind«, sagte Drucker, »werden dem alten Knacker drei Tage in St. Stephens wie ein Feiertag vorkommen.«

Ich sagte zu Margoulis: »Wie du siehst, sitzt du ganz schön in der Scheiße.«

»Und in was für einer Scheiße«, meinte Rupt. Er sagte zu Drucker: »Mal sehen, ob ich heute abend die Karateschläge richtig hinkriege.« Er schlug mit der Handkante auf Margoulis' Stuhl. Der oberste Teil der Lehne zersplitterte, und Holzteile flogen durch das Zimmer. »Entschuldige«, sagte Rupt. »Ich habe eben mit meiner Alten Krach gehabt, das macht mich immer nervös.«

»Wie fühlst du dich, Margoulis?« fragte ich. »Wirst du dir jetzt ein paar Bilder ansehen? Du brauchst nur laut und deutlich zu sprechen, dann, das schwöre ich, wirst du nicht mehr belästigt.«

Margoulis gab irgendeinen Laut von sich, darum gab ich ihm Cryers Photos. »Versuch doch mal zur Abwechslung, uns was Interessantes über ihn zu erzählen«, sagte ich, als ich ihm die Photos gab, »zum Beispiel seinen Namen oder so was.«

»In diesem Fall scheidet er bei den Ermittlungen aus«, sagte Stevenson. Er machte das schreckliche Licht mehrere Male an und aus.

Recht schnell sagte Margoulis: »Roatta hat ihn angeheuert.«

»Warum?« fragte Stevenson. »Für die Ratten?«

»Ich weiß nichts über Ratten.«

»Riechst du es etwa nicht, wenn irgendwo Ratten sind?«

»Ich weiß nichts über Ratten.«

»Es ist ihm wohl nicht mal klar, daß er selbst eine ist«, sagte Drucker.

Ich sagte zu Margoulis: »Wahrscheinlich würden wir uns für dieses Individuum gar nicht so sehr interessieren, aber aus irgendeinem außergewöhnlichen Grund will niemand, mit dem wir bis jetzt in diesem Fall zu tun hatten, auch nur das geringste über ihn wissen.«

Margoulis sagte: »Ich habe eine Bemerkung von Mr. Roatta gehört, daß der Kerl ihm irgendwie Geld schulde und daß er es zurückzahlen solle, indem er oben arbeitet, irgend so was war es.«

»Hat der Mann auf dem Photo die Ratten reingebracht?«

»Ich weiß nichts über irgendwelche Ratten, das habe ich doch schon gesagt.«

Stevenson sagte zu Rupt: »Klatsch ihm eine. Nicht zu hart, wir wollen nicht, daß er bettlägerig wird.«

In dem kleinen Raum erinnerte der Schlag an das Donnern eines 303 Gewehrs. Stevenson sagte: »Okay, heb ihn auf, staub ihn ab, setz ihn in seinen Sessel, und wir fangen wieder von vorn an.« Er packte den Türsteher von hinten an den Haaren und drehte das Gesicht in Richtung Zimmerdecke. Er fragte: »Bist du okay? Na, das summt ein bißchen in deinen Ohren, nicht? Doch da du ja hart im Nehmen bist ...« Er beendete den Satz nicht, es war nicht nötig. Er fügte hinzu: »Kooperiere mit uns. Du siehst, daß wir nicht viel Zeit haben und daß wir nicht lange fackeln.«

Ich sagte: »Bis du diese Fragen beantwortest, stellen wir sie dir einfach wieder und wieder, Margoulis, das ist der einzige Weg. Du solltest jetzt also clever sein und dies so schnell wie möglich beenden.«

Stevenson sagte: »Also, dieser Mann. Der Mann auf dem Photo, das in der Nacht von Roattas Geburtstagsparty im *Parallel Club* gemacht wurde, und das Gesicht auf diesen neuen Aufnahmen. Glaubst du, daß es dasselbe Gesicht ist?«

Margoulis sagte: »Das könnte sein.«

Ich sagte: »Komm schon, Darling, ist er's, oder ist er's nicht?«

Margoulis sagte: »Ich glaube, er ist es.«

Ich sagte: »Es ist erforderlich, daß du eine Aussage machst.«

Margoulis meinte: »Aber ich liebe das Leben.«

»Verkehrsunfälle sind die Geißel dieser Stadt«, sagte Stevenson und erstickte ein Gähnen mit dem Handrücken. »Aber was erwartest du von der Polizei? Was soll sie tun? Wir sind stark unterbesetzt.«

Ich fragte: »Hat der Kerl auf dem Photo einen Namen?«

Schließlich sagte Margoulis mit dem gleichen seufzenden Tonfall, mit dem man stirbt oder einen Orgasmus hat: »Tony.«

»Er lernt dazu!« sagte Drucker mit Bewunderung. Er nahm Stevensons Aschenbecher vom Schreibtisch und schleuderte ihn zu Rupt, der ihn auffing und zurückwarf. Sie langweilten sich.

Ich fragte: »Vielleicht noch einen zweiten Tip, zum Beispiel ein Zuname?«

»Ich kenne ihn nur als Tony.«

»Da muß es doch noch etwas mehr geben«, meinte Drucker.

»Mach weiter«, sagte ich.

»Ging er jede Nacht im Club ein und aus?«

»An drei, vier Nächten pro Woche«, sagte Margoulis. »Die Angestellten haben ihn kaum beachtet, er war einfach da. Mr. Roatta hatte mir an der Tür gesagt, daß es okay sei, und ich ließ es dabei bewenden.«

Ich fragte: »Hat er sich angebiedert?«

»Angebiedert?«

»Ja, zum Beispiel die Mädchen, die dort arbeiteten, angemacht, du weißt schon.«

»Ja, etwas.«

»War er von sich eingenommen?«

»Ja«, sagte Margoulis. »Er hielt sich sicher für okay. Hören Sie«, fügte er hinzu, »ich weiß nicht, in was ich hier hineingerate, wenn ich Ihnen dies alles erzähle -- vielleicht muß ich dran glauben, weil ich es Ihnen erzähle und mich hier reinreite.«

»Konzentrier dich nur mit aller Macht auf den Versuch, hier rauszukommen«, sagte Stevenson.

Drucker sagte zu Rupt: »Es wird behauptet, daß es ein Leben nach dem Tod gibt, mein Gott, dieser da scheint dafür nicht gut genug in Form zu sein.«

Im sachlichen Ton sagte Rupt: »Das kommt daher, daß die Leute dort oben nicht genug Fußball spielen. Man sollte ein paar von ihnen Samstag morgens im Regen nach Norden in den Driffield Park zum Training schicken, auf diese Weise würden sie etwas Mumm in die Knochen kriegen.« Er trat kräftig auf Margoulis' West-End-Jagdstiefel, es quietschte.

Ich sagte zu Margoulis: »Laß dir Zeit zum Nachdenken, dann erzähl mir, wie oft du diesen Tony mit Dora Suarez gesehen hast, sagen wir mal -- während der letzten drei Monate vor ihrem Tod.«

Rupt bewegte sich im Schatten. Endlich sagte Margoulis: »Sechsmal ungefähr.«

Ich fragte: »Haben sie sich gestritten? War es eine angeregte Unterhaltung?«

Er sagte: »Nun, es war ziemlich intensiv.«

Ich sagte: »Beschreib diese Intensität.«

»Nun, es war einfach ziemlich intensiv«, sagte Margoulis hilflos, »das ist alles.«

»Sind sie jemals zusammen oben verschwunden?« fragte ich.

Er sagte: »Nun, ich konnte wegen der Kunden an der Tür nicht immer aufpassen, aber ich habe sie drei- oder viermal zusammen weggehen sehen -- ja.«

»Blieben Sie lange oben?«

Margoulis seufzte. Er sagte: »So lange, wie ich brauche, um ein Loch in ein Dielenbrett zu bohren.«

»Halt die Fresse«, sagte Rupt.

Ich sagte zu Rupt: »Rühr unseren Freund nicht an, er fängt jetzt an, hilfreich zu werden.« Zu Margoulis sagte ich: »Wir schlagen keine Leute zusammen.«

Margoulis befühlte sein fettes Gesicht, dort, wo es bearbeitet worden war, und sagte: »Wirklich?«

Ich sagte: »Das machen wir nur, wenn wir es eilig haben, einen Mann zu schnappen, und wenn die verängstigten Leute, die uns zu ihm führen könnten, nicht reden wollen.«

Margoulis sagte: »Sie wissen, wie es im West End ist, die Gesundheit eines Mannes bleibt dabei meistens auf der Strecke.«

»Du hättest Dora Suarez' Gesundheitszustand sehen sollen«, sagte ich, »du würdest dich selbst dann noch gut fühlen, wenn man deine Beine mit einer Eisenstange zertrümmert hätte.« Ich stand auf. »Nun, das wär's für den Augenblick«, sagte ich zu Drucker. »Erzählt das alles einem Stenographen, und macht daraus eine Aussage, die der Kerl hier unterschreiben kann -- alles, was er uns gerade erzählt hat.« Ich fügte hinzu: »Seid nett zu ihm, zeigt ihm etwas vom Geist der Truppe, denn er hat uns geholfen, und außerdem brauchen wir ihn vor Gericht.«

Ich ging zur Tür. Stevenson fragte: »Wo gehst du hin?«

»Ich habe da noch diese andere Idee«, sagte ich. Ich nahm drei oder vier von Cryers Photos und eine Kopie des Photos aus dem Club, ich steckte sie in meine Tasche.

»Weißt du eigentlich, wie spät es ist?« fragte Drucker.

»Nein«, sagte ich, »und bis ich diesen Mann festgenagelt habe, ist mir das auch egal.« Ich fügte hinzu: »Euch geht's doch genauso. So geht es jedem, wenn diese Art Arbeit gemacht werden muß.«

Ich wollte gerade gehen, als das Telefon klingelte. Drucker nahm den Hörer ab. Er hielt die Sprechmuschel zu und sagte zu mir: »Robacci will raufkommen.«

»Gut«, sagte ich, »dann laß ihn raufkommen.« Ich sagte zu ihm und Rupt: »Ihr bleibt beide hier und helft uns, damit das alles etwas Gestalt annimmt.« Zu Stevenson sagte ich: »Etwas wird schon dabei rauskommen.«

Stevenson sagte: »Ja, laß es uns jetzt machen.«

Drucker meinte: »Diesen Schwanz hier wollen wir nicht dabeihaben, wenn Robacci vorbeikommt.«

»Nein, du hast recht«, sagte Stevenson. »Mr. Margoulis kann jetzt zu Bett gehen, schafft ihn weg.«

Wir ließen Margoulis wegbringen, er schien froh darüber zu sein.

Dann erschien Robacci. Er wirkte etwas ängstlich, als er die Szene in Zimmer 202 sah, doch er lächelte trotzdem wie ein gewiefter Schauspieler, ein müdes und vertrautes Lächeln, und sagte: »Hören Sie, ich habe über alles nachgedacht.«

Ich sagte: »Gut, dafür hast du ja ein Gehirn.«

Er sagte: »Ich war nur der Geschäftsführer.«

»Und ich heiße Adolf Hitler«, sagte ich. »Kennst du Tony?«

»Tony?«

»Fang nicht schon wieder an«, sagte ich. »Der Mann, der sich oben um die Ratten gekümmert hat.«

»Die Ratten?« fragte Robacci. »Die Ratten? Welche Ratten?«

Ich sagte zu Rupt und Drucker: »Verschafft diesem Herrn einen bequemen Sitzplatz.«

Sie setzten ihn auf die Reste von Margoulis' Stuhl. Drucker sagte:

»Du wirst auf ein paar Splittern sitzen, aber es wird dich einen Scheiß kümmern, wenn du das hier hinter dir hast.«

Robacci fragte: »Wird man mich verletzen?«

Rupt sagte: »Das könnte passieren.«

»Wann?« fragte Robacci.

Drucker antwortete: »Jederzeit. Das liegt an dir.«

»Meine Aufgabe bestand darin, mich um die Kunden zu kümmern«, sagte Robacci.

Ich sagte: »Jeder, der dort herumgefickt hat, hatte AIDS.«

Stevenson sagte: »Wenn wir die Zeit dazu haben, werden wir uns mal deine Mitgliederkartei ansehen. Aber momentan beschäftigen wir uns mit drei Morden, und wir wollen den Mann kriegen, der diese Morde begangen hat, und wir fangen langsam an zu glauben, daß er Tony heißt. Also erzähl uns von Tony, und erzähl uns nicht, daß du von den Ratten im *Parallel Club* noch niemals etwas gehört hast, Darling, die Zeit für dumme Geschichten ist nun wirklich vorbei.«

»Der springende Punkt bei einem Mann mit AIDS ist, daß etwas mit seinem Glied passiert«, sagte ich. »Ich habe mir die Zeit genommen, etwas darüber zu lesen.« Ich legte ein Buch auf den Tisch und schlug es auf. »Sieh dir das an«, sagte ich. »Bist du noch in Topform, wenn's ums Vögeln geht, Robacci? Hier sind Photos von Kaposi-Sarkom-Veränderungen am Penis, und glaubst du, daß du mit einem Schwanz in diesem Zustand noch eine Nummer schieben könntest? Nun?« fragte ich. »Sieh dir die Bilder an, und beantworte meine Frage. Könntest du es, oder nicht?«

Robacci schüttelte den Kopf.

»Ich bin ganz deiner Meinung«, sagte ich. »Was du allerdings machen könntest, wenn du infiziert bist und das Geld dafür hast, ist folgendes: du könntest Männer oder Frauen bei einem Orgasmus beobachten, den sie erreichen, indem sie sich ein Tierchen ins Fundament stecken, und dabei kannst du dir dann prima einen runterholen. Zum Beispiel Sängerinnen im *Parallel Club*?« sagte ich. »Leute ohne Geld und mit einem deiner Meinung nach hübschen Gesicht schlendern erst einmal 'ne halbe Stunde mit einem Mikrophon herum, ganz harmlos, und dann geht's ab nach oben in den ersten Stock. Deine Hintermänner scheinen sich überlegt zu haben, daß damit viel Geld zu machen sei.«

Stevenson sagte: »Jetzt weißt du, warum du hier bist, Robacci, um den dreckigsten Teil der Stadt davor zu bewahren, pechschwarz zu werden.«

»Ich streite alles ab!« kreischte Robacci. »Ich sage Ihnen, ich habe nicht mal gewußt, daß es ein 'Oben' gab.«

»Das reicht nicht«, sagte ich. »Du siehst aus, als müßtest du noch etwas poliert werden.« Ich sah Drucker an.

Drucker trat mit acht ausgestreckten Fingern vor. »Gut«, sagte er. »Ich fing schon an, mich zu langweilen.« Zu Rupt sagte er: »Laß uns an dieser alten Fotze mal ausprobieren, ob dieser japanische Trick tatsächlich funktioniert.«

Rupt sagte: »Nun, ich weiß nicht, aber auf die Tour habe ich gerade erst heute abend einen Strohsack zerfetzt.«

Robacci sagte: »Mein Gott, halten Sie sie auf.«

»Ich weiß nicht, ob ich das könnte«, meinte Stevenson. »Eins steht auf jeden Fall steht fest, Zeit ist Geld, auch in diesem Zimmer, und deine Zeit ist nicht besonders viel wert. Also erzähl uns keine Märchen, wir haben viel zu tun, wir haben sie schon alle gehört, und außerdem werden sie auf Dauer langweilig.« Er sah trotzdem Rupt an und sagte zu Drucker: »Halte deinen verrückten Kumpel noch einen Augenblick zurück, ja?«

Ich sagte zu Robacci: »Du steckst tief drin in der Scheiße, du Schmarotzer. Was den *Parallel Club* betrifft, werden dir noch andere Beamte auf den Zahn fühlen, sehr wahrscheinlich die vom Dezernat für Kapitalverbrechen, Chief Inspector Bowman und der ganze Haufen, Gott steh dir bei. Aber das ist Sache einer anderen Untersuchung. Wir hier sind an diesen drei Morden interessiert -- der Rest wird sich dann finden.«

»Jetzt zu Tony«, sagte Stevenson, »dem Mann auf diesen Photos. Bleibst du dabei, daß er niemals existiert hat? Erzählst du uns das gleiche wie die anderen? Ist es das? Ist es das, was du sagst?«

»Sei jetzt sehr vorsichtig, Robacci«, warnte ich ihn, »du tanzt auf dem Vulkan, du verspielst hier gerade deine ganze Zukunft. Je mehr Lügen du uns jetzt auftischst, desto größer und dreckiger ist der Aufmacher auf der Titelseite, wenn du vor Gericht gestellt wirst. Selbst der dümmste Staatsanwalt würde diese Geschichte durchschauen. Und eins sage ich dir, so wie du dich jetzt benimmst, steuerst du den direktesten Weg nach Canterbury an, daß ist sogar für Blinde offensichtlich.«

»Ich versuche doch, Ihnen so gut ich kann zu helfen.«

»Nun, das reicht eben nicht aus«, sagte Stevenson. Zu Rupt und Drucker sagte er: »Bringt ihn weg und quetscht eine Aussage aus ihm heraus, und zwar so schnell, als wäre gestern schon zu spät gewesen -- wenn ihr zufrieden seid, dann laßt sie von dem Kerl unterschreiben.«

Drucker sagte zu Robacci: »Na, dann los, Süßer. Die Leute sind immer so froh, wenn ich sie nach der Unterschrift in Ruhe lasse.«

Robacci schrie Stevenson zu: »Ich will leben!«

Rupt packte ihn am linken Ohr und flüsterte ihm zu: »Wozu?«

Drucker führte ihn hinaus und sagte: »Und jetzt zu Tony.«

Rupt sagte: »Ja, wir wollen etwas über Tony hören.«

»Tony?«

»Tony.«

Ich sagte: »Es wird eine lange, schwere Nacht für dich werden, Robacci.«

Ich nahm meine Photos und ging, bevor mir etwas dazwischen kommen konnte.

*

Ich ging die Meard Street hoch und um die Ecke in die Wardour Street. Es gab dort einen Kellerclub, den *Spiaggia di Napoli*. Er lag unter einem bankrotten Kleiderladen namens *Nth Wave*. Ich erhaschte einen Blick auf mein Gesicht, als ich beim Hinuntergehen am Spiegel des Rausschmeißers vorbeiging. Es sah aus, als sei ich schon vor tausend Jahren gestorben. Vorbei an dem öffentlichen Telefon, das immer besetzt war, ging ich in den Club und fragte den Barkeeper: »Ist der Boss da, Mario?«

»Dort drüben am Spielautomaten, am anderen Ende der Bar.«

»Wie geht's der Familie?« fragte ich.

Er sagte: »Pflanzt sich fort.«

Er hatte kein rechtes Vertrauen zu mir, aber er mißtraute mir auch nicht. Ich war ein Bulle mit Kontakten zu beiden Seiten, und das ergab seiner Meinung nach keinen Sinn.

Marios Gesicht erinnerte mich immer an einen schrecklichen Fall, den ich vor Jahren bearbeitet hatte. Es war ein kalter Wintermorgen im Dezember kurz nach Sonnenaufgang gewesen, und zwei von uns waren über Funk im Polizeiwagen zu dieser Leiche außerhalb von Luton geschickt worden. Sie hatte mit ausgestreckten Armen und Beinen und reifüberzogen am Fuße eines Hochspannungsmastes auf einem großen Feld gelegen, über das die Leitungen führten, die den elektrischen Strom nach Luton brachten. Er hatte die Pole miteinander verbunden und sich so selbst getötet. Die Hochspannung hatte seine Schultern so verrenkt, daß es aussah, als hätte er sich sein graues Jackett irgendwie falsch zugeknöpft. Natürlich hatte er das nicht getan. Dennoch, das Jackett war zu schäbig gewesen, um darin zu sterben -- eins von der Sozialhilfe, das nicht mal die Kälte abhält. Seine Hände mußten förmlich weggeschmort worden sein, als er die Kabel oben am Mast solange gepackt hatte, bis die Energie ihn weggeschleudert hatte. Seine Augen waren zu Fischfrikadellen gebraten. Außer den Augen in den jetzt riesigen Höhlen und den blendendweißen Zähnen war von seinem Gesicht nichts übriggeblieben. Durch den Kurzschluß war er die siebzig Meter, die er geduldig zwischen den Trägern hochgeklettert war, um allem ein Ende zu machen, auf das flache, endlose Feld, das unter einem farblosen Himmel die Straße begrenzte, hinuntergeschleudert und so vom Leben erlöst worden. So jung, wie ich damals war, hätte ich mich leicht allein um seine zerbrechlichen Überreste kümmern können, aber wir waren zu zweit gewesen -- und die zwei Männer des Krankenwagens --, so hatten wir ihn alle zusammen aufgehoben. Das Gesicht abgedeckt, hatten wir ihn vorsichtig auf die Bahre gelegt, wie man ein erloschenes Streichholz in einen Aschenbecher legt, und dann hatten wir ihn ins Krankenhaus nach Luton gebracht.

Im *Spiaggia* konnte jeder einigermaßen Englisch sprechen, aber außer bei der Arbeit tat das niemand. Sie waren alle Italiener, und darum sprachen sie auch alle Italienisch -- Kellner, Taxifahrer, Pförtner, Gelegenheitsgauner, Händler und zweitklassige Spieler und so weiter --, die ganze Bande, die nicht nur das ausländische Territorium in London abgesteckt hatte, sondern wegen ihrer Abstammung und ihrer Reputation auch respektiert wurde. Die jungen Leute kümmerten sich um die älteren nicht nur, weil sie zur Familie gehörten -- was eigentlich Grund genug gewesen wäre --, sondern auch deshalb, weil sie Legenden waren. Jeder wußte, was für Verluste sie in den Soho-Kriegen erlitten hatten. Urwüchsigen, alten, sich häufig räuspernden Briten in Mänteln und mit gepunkteten Krawatten, die es lustig fanden, ihre Frau nach einem chinesischen

Essen dort hinunterzuführen und mit ihrem eingerosteten Italienisch anzugeben, wurde gesagt, sie sollten abhauen, denn im *Spiaggia* war jeder wild auf Sex. Es war ein Club, in dem Frauen nur Anlaß zu Streitereien waren.

An einem Tisch in der Nähe der Spielautomaten spielten drei Männer in Mänteln *Scopa*. Vor ihnen stand eine Flasche, und sie hatten den Blick von Männern, die nicht gestört werden wollten. Als ich hereinkam, blickte ich zum Fernseher hoch oben an der Wand, auf dem für die 3-Uhr-30 Nachrichten die Karte von Kempton Park erschien, und dann auf die gierige Reihe der Spielautomaten darunter, vor denen jeweils ein dunkelhaariger, junger Spieler mit stahlhartem Gesicht stand, auf das Gerät starrte und auf den Gewinn wartete. Hauptsächlich waren es Kellner aus den Restaurants oben an der Straße, die Pause hatten. Aber am letzten Gerät rechts an der Wand stand der Mann, den ich sehen wollte. Er war in meinem Alter, trug einen alten Regenmantel und bearbeitete das Gerät mit dem Rücken zu mir. Doch er war nicht allein. Ein kleiner Mann, der einen Burberry trug, langte mit der rechten Hand in die Tasche und drehte sich ausdruckslos zu mir um, als er mich auf sich zukommen fühlte. Leider war ich zu sehr in Gedanken und nahm ihn darum nicht wahr.

Ich ging von hinten auf den älteren Mann zu, der an dem Gerät spielte, und legte meine Hand auf seine Schulter.

»Mauro«, sagte ich. »Ich will mit dir reden.«

Als nächstes dachte ich, ich wäre tot. Ich beugte mich in einem für das menschliche Rückgrat unmöglichen Winkel rückwärts über die Theke, und die rechte Handkante des kleinen Mannes war nur Zentimeter von meinem Hals entfernt -- in der Zwischenzeit hatte ich gerade Zeit genug, um zu sehen, daß der Barkeeper das Spülbecken mit Wasser füllte, so daß er mich, falls ich schreien würde, ertränken und mit dem Rest des Abfalls hinausspülen konnte. Die anderen Trinker kehrten mir den Rücken zu. Die jungen Zocker machten weiter und riefen sich ihre Wetten zu, als würde nichts geschehen. Der Mann, den ich sprechen wollte, sagte gerade noch rechtzeitig zu dem Kerl in dem Burberry: »Laß den Mann aufstehen, Fabrizio, laß ihn atmen.« Er beobachtete gespannt, wie die Maschine Silbergeld ausspuckte, nahm alles und schob es über die Theke.

Dann sagte er zu mir, und er meinte damit den Mann im blauen Regenmantel: »Er ist neu, er ist jung, kommt gerade aus Sizilien, er kennt hier noch nicht viele Leute, aber du mußt verrückt sein, dich hier von hinten an einen Mann ranzumachen.«

Ich sagte: »Vermutlich bin ich das, aber eine bestimmte Angelegenheit lenkt meine Gedanken ab.«

»Sicher«, sagte Mauro, »Geld. Du bist ein gefeuerter Polizist und nicht mehr jung. Wieviel brauchst du? Hundert? Zweihundert? Einen Riesen, wenn du willst.«

»Nein, es geht um Mord«, sagte ich. »Und aus diesem Grund bin ich plötzlich wieder bei der Polizei.«

Mauro sagte zum Barkeeper: »Gib ihm einen Whisky, aber einen doppelten, beeil dich.« Zu dem Mann im Burberry, der mir fast das Grab geschaufelt hätte und mich immer noch beobachtete, sagte er: »Starr meinen Kumpel nicht so an.« Als die Getränke kamen, sagte ich: »Mauro, ich habe das Gefühl, daß ich fünf Minuten mit dir reden muß, es ist eine wichtige Sache. Kannst du uns eine freie Ecke organisieren?«

Mauro beugte sich über die Theke und sagte zum Barkeeper: »Siehst du diesen Mann?« Er zeigte mit einem Finger auf mich. »Du wirst ihn niemals vergessen, ja? Vor Jahren hat er mich aus dem strömenden Regen mit in seine Wohnung genommen und mich so behandelt, als wäre ich sein Sohn, ich hatte damals weder was zu essen noch ein Dach über dem Kopf, und das werde ich niemals vergessen. Also schick die Leute da weg, und mach uns einen Tisch frei. Setz diese Jungen da drüben woanders hin. Die Leute hier glauben, im Leben gäbe es nichts Ernsteres als Kartenspielen, na, kann mir egal sein, solange sie ihr Geld hier ausgeben.« Als der Tisch für uns frei war, sagte Mauro, eingehüllt in den dicken Rauch seiner Nazionale: »Reiß dich jetzt mal von dem Softporno auf dem Video los, komm mit, setzen wir uns da hin.« Zu dem Barkeeper sagte er: »Bring uns Bell's. Eine ganze Flasche, zwei Gläser und Eis, geht auf meine Rechnung.« Als wir alles hatten, sagte er: »Also, was ist los?«

»Es ist schlimm«, sagte ich, »sehr schlimm. Aber nicht für mich -- diesmal ist es für die anderen viel schlimmer.«

Er fragte: »Stimmt es, daß du wieder in der *Factory* bist? Ich habe so was läuten hören, aber ist es wahr?«

Ich sagte: »Ja, Mauro, ich bin wieder Bulle. Sie haben mich gerufen. Was soll ich drum herum reden, ich bin wieder dabei.«

Er fragte: »Es geht um Suarez? Carstairs? Felix Roatta?«

»Ja«, sagte ich.

Er sagte: »Roatta war Dreck. Sein Kopf war ihm im Weg.«

Er steckte sich eine Westminster an. »Stimmt es, was ich gelesen habe, daß das Mädchen AIDS gehabt hat?«

»Ja«, sagte ich. »Suarez war todkrank!«

»Warum sich dann die Mühe machen, sie umzubringen?« fragte Mauro.

»Mauro«, sagte ich. »Ich bin als Freund gekommen, aber dieser Fall wimmelt von Italienern, und darum bin ich hier. Ich brauche deinen Rat.«

Er sagte: »Schieß los.«

Ich sagte: »Ich habe die Vermutung, daß sie von demjenigen getötet wurde, der sie mit AIDS infiziert hat, und daß das manchen Leuten sehr gelegen kam.«

»Sie hat im *Parallel Club* gearbeitet, nicht wahr?«

»Ja«, sagte ich, »und wir haben drei von denen festgenommen. Sie sind jetzt drüben in der *Factory*.« Ich trank etwas Whisky. Ich sagte: »Mauro, diese Geschichte ist widerlich, und ein Vortrag ist überflüssig.«

»Italiener«. sagte er. »Du meinst Scalo und Robacci -- sie sind der *Parallel Club*.«

Ich fragte: »Hast du von den Ratten gehört?«

»Nein«, sagte er. Der Barkeeper brachte uns noch etwas Eis. »Was für Ratten?«

Ich erzählte ihm von den Ratten. Ich berichtete ihm von Suarez im Leichenschauhaus, vom Pathologen, von Wiecienski, von allem. Ich sagte: »Suarez, das arme Kind, sie hat zuviel nachgedacht, sie hat zuviel geschrieben, sie ist gestorben, weil sie zuviel gewußt hat. Denk' dran, sie wurde nicht einfach nur getötet, Mauro, sie wurde mit einer Axt hingeschlachtet, und der Killer brauchte mehrere Schläge. Außerdem hat er sich beim Anblick ihres Blutes einen runtergeholt und etwas davon getrunken. Er hat außerdem Betty Carstairs, die alte Dame, bei der Suarez gewohnt hat, umgebracht, weil sie ihn dabei gestört hat.« Ich fügte hinzu: »Und es kommt sogar noch schlimmer. Ich glaube, Suarez war in ihren Killer verliebt oder war es jedenfalls mal gewesen.« Ich sagte: »Mauro, versuch mir zu helfen, diesem Mädchen Gerechtigkeit widerfahren zu lassen.«

Er fragte: »Wie?«

Ich sagte: »Wie viele Italiener kennst du hier, die Tony heißen, sehr sportlich sind, aber stockimpotent, so daß sie eine Frau umbringen würden?« Ich beugte mich über mein Glas zu ihm hin und sagte sehr ruhig: »Nimm mal an, Suarez sei deine Frau oder eine deiner Töchter, was würdest du dann tun?«

Er saß sehr ruhig da.

Ich nahm seine Hand und sagte zu ihm: »Hilf mir, Mauro. Wir kennen uns jetzt schon sehr lange. Ich habe mich dir offenbart, dir gesagt, wer ich wieder bin, was ich mache, hinter was ich her bin. Du brauchst mir nicht zu helfen, wenn du es nicht willst. Aber eins weiß ich, dieser Mann muß gefaßt werden, das mußt du einsehen, du wirst mir zustimmen, daß er verrückt ist. Ich rede hier mit dir, weil ich ihn unbedingt kriegen will. Wenn du mit mir in der Wohnung in der Empire Gate und dann im Leichenschauhaus gewesen wärst und ihre Leiche gesehen hättest, dann wüßtest du, warum.«

»Eine Axt«, sagte Mauro und starrte auf den Tisch. »Eine 9mm Quickhammer. Ein Name? Die Idee eines Namens?«

»Bis jetzt nur Tony«, sagte ich. »Suarez hat nie Namen erwähnt. Ich kann die drei Männer, die wir bearbeiten, so lange ausquetschen, bis die Hölle gefriert, aber wir haben nicht so viel Zeit. Ich muß einen kürzeren Weg finden.«

»Hast du für diesen Tony ein Gesicht?«

»Ich habe das hier«, sagte ich. Ich nahm die Photos aus meiner Tasche.

Er betrachtete sie, fing an, sich etwas einzugießen, ohne auch nur einen Blick auf die Flasche zu werfen. Schließlich sagte er: »Das ist sehr, sehr kompliziert.«

»Familie?«

»Ja, der Clan«, sagte Mauro, »aber er ist schon immer etwas daneben gewesen.«

Das Licht über dem Tisch wurde dunkler.

»Es starb einmal ein dickes Mädchen sehr plötzlich in einem Hotelzimmer in Kings Cross«, sagte Mauro. »Ich gehe jetzt siebzehn Jahre zurück. Sie wurde vom Zimmermädchen gefunden, das zum Bettenmachen gekommen war: der Kopf halb abgeschnitten, die Nase im Aschenbecher neben dem Bett. Erinnerst du dich?«

»Ja«, sagte ich. »Ein großes, fettes Mädchen. War keine Story wert.

Das Dezernat für Kapitalverbrechen wollte nichts davon wissen, die Presse ebenfalls nicht. Drei Zeilen auf Seite drei. Frank Ballard hat sich darum gekümmert, als er noch Sergeant beim A14 war. Ich lief damals noch in Chelsea Streife. Eine Vikarstochter, die gerne bumste, offen gesagt. Abgefüllt und aufgeschnitten -- wir haben nie einen geschnappt.«

»Nein, das habt ihr nicht«, sagte Mauro. »Das war kaum möglich, denn wir haben ihn gedeckt.«

»Nur damals?«

»Ja, er machte einen Fehler mit einer unserer Frauen, und mehrere von uns haben ihn sich vorgeknöpft. Man könnte sagen, daß er damals anfing, einen sehr gefährlichen Weg einzuschlagen.«

»Mauro«, fragte ich, »wer ist es?«

Er sagte: »Es ist sehr schwer für mich. Ich bin einfach nicht der Mann, der vor der Polizei singt.«

»Ballard, Stevenson und ich, wir existieren nur wegen dieser Photos«, sagte ich und wies auf sie. Ich sagte: »Denk an Suarez. Denk an die Tochter des Pfaffen. Sie waren fett, häßlich oder krank, aber sie waren trotzdem lebendige Wesen.«

Schließlich sagte er: »Er nennt sich jetzt Tony Spavento.«

»Ist das sein richtiger Name?«

»Nein«, sagte Mauro. »Spavento ist das italiensche Wort für Terror. Ich bin nicht dazu ermächtigt, dir zu sagen, wie sein wirklicher Name lautete.«

»Lautete?«

»Er existiert nicht mehr für uns.«

»Hört sich übel an.«

»Selbst seine eigene Familie mußte ihn fallenlassen und aus dem Stammbuch streichen.«

Ich stand auf. Ich war etwas angetrunken und versuchte dennoch nachzudenken. Ich verabschiedete mich von Mauro. Dann ging ich die mit mottenzerfressenem Teppich ausgelegte Treppe des Clubs hoch zur Straße. Ich ging zur *Factory* zurück und dachte dabei an Suarez' Leiche, die zerhackt und nackt auf unserer Erde lag, als verkörpere das arme Kind alles, was wir lieben, alles.

*

Glaubst du, daß ich im Schlaf weine? Glaubst du, ein Mann könnte nicht im Schlaf weinen?

9.

Ich öffnete die Tür von Zimmer 202. Dort saß Stevenson mit Robacci. Robacci lächelte. Ich beschloß, das zu ändern und ihn davon zu kurieren. Stevenson sagte zu mir: »Robacci redet. Er ist glücklich.«

Ich sagte: »Ich bin überhaupt nicht glücklich.« Zu Robacci sagte ich: »Erzähl mir jetzt von Tony Spavento, laß es uns kurz machen, Darling.«

»Ich habe einfach immer wieder auf die Fakten hingewiesen und an sein Gewissen appelliert, bis er alles ausgespuckt hat«, sagte Stevenson. »Ich wollte gerade für uns alle eine schöne Tasse Tee von unten holen lassen.«

»Was hat er ausgespuckt?« fragte ich. Ich packte Robacci vorsichtig am Jackett und sagte: »Ich habe deine Lügen satt, fang jetzt endlich an, mir von Tony Spavento zu erzählen.«

Robacci wurde totenblaß und sagte: »Was? Das kann ich nicht -- irgendwie müssen wir alle leben.«

Ich sagte: »Du hast falsch gelebt.« Ich berührte Robacci nicht, ich verletzte Robacci nicht. Ich massierte nur sein Revers und hörte nicht damit auf. »Spavento«, sagte ich. »Rede.«

»Wir sprechen nicht über ihn«, flüsterte Robacci.

Ich sagte zu Robacci: »Du steckst jetzt bis zum Hals im Dreck, Robacci. Wenn du uns nichts erzählst, dann bringen wir dich nach Canterbury, für zwanzig Jahre. Das ist die Hölle. Wenn du dort ankommst, dann wird man sich um dich kümmern. Aber wenn du redest, dann werden sich deine eigenen Leute um dich kümmern, bevor du noch vor Gericht aussagen kannst.« Ich sagte: »So oder so, beide Seiten beobachten dich jetzt, also gibt es für dich keinen Ausweg, du sitzt in der Scheiße.«

Robacci sagte: »Okay, okay, also werde ich singen, aber mit diesem Spavento habe ich nichts zu tun.«

»Falsch«, sagte ich. »Jedenfalls für uns. Es waren deine Leute, die mit Roatta den Vertrag geschlossen haben.«

»Ich nicht, ich nicht!« schrie Robacci. »Wenn es jemand war, dann war es Scalo.«

»Wenn Verbrecher anfangen, nur noch an ihre eigene Sicherheit zu denken«, sagte ich zu Stevenson, »dann wird's wirklich pathetisch, nicht? Das ist nun wirklich das Letzte -- kommst du dir nicht vor wie auf deiner eigenen Beerdigung? Ich finde, es ist wirklich sehr, sehr traurig.«

Robacci sagte: »Roatta war für Spavento zuständig.«

»Mach dir darüber jetzt keine Gedanken«, sagte ich. »Laß uns auf die Ratten zurückkommen, ja?«

»Okay, ja, Tony hat sich um sie gekümmert.«

»Er hat sich um sie gekümmert, und dann hat er ihnen gezeigt, daß sie am Ende einer Schnur in Menschen hineinkriechen können«, sagte Stevenson. »Das stimmt doch, oder?« Er schlug mit der Faust auf den Schreibtisch. »Und es gibt drei Leichen, die deutlich zeigen, wie er sich verhalten hat. Nicht wahr? Nicht wahr?«

»Spavento ist krank, oder?« fragte ich. »Er hat AIDS, nicht wahr, du elegante, kleine Fotze?«

»Niemand spricht über ihn«, flüsterte Robacci und blickte zu Boden, »das habe ich doch schon gesagt.«

»Ich weiß nicht, was diese schwachsinnigen Typen denken, wer wir sind«, sagte ich zu Stevenson. »Ich erzähle ihnen wieder und wieder, daß wir ernsthafte Leute sind, daß dies richtige Polizeiarbeit ist, und doch wollen sie es nicht glauben, sie werden es ihr Leben lang nicht für bare Münze nehmen, sie kapieren es verdammt noch mal nicht.«

Zu Robacci sagte ich: »Für dich habe ich jetzt eine Überraschung -- fabrikfrisch und schrecklich«, sagte ich. »Du, Scalo und Margoulis, euch wird man hier in der *Factory* dazu erziehen, vor Gericht über Spavento zu reden. Ich weihe dich in ein Geheimnis ein: ihr werdet beide sehr mittelmäßige Anwälte bekommen, das werden wir mit der Anwaltskammer regeln, und ihr werdet beide mit einem großen Knall untergehen, denn Margoulis wird unser Zeuge sein, und er wird den allerbesten Anwalt haben, das regeln wir ebenfalls. Diese Anwälte müssen auch leben, das Geld, das sie für ein Mandat bekommen, ist das gleiche, ob sie gute Arbeit leisten oder schlechte, verstehst du?« Ich sagte zu Stevenson: »Aber es bedeutet wenigstens, daß aufgeräumt wird.«

Stevenson sagte: »Ich glaube, wir sollten jetzt besser gehen und uns um Spavento kümmern, ihn ein bißchen zur Rede stellen, um ihn auf diese Weise aus unseren Ermittlungsakten zu streichen, wenn du verstehst, was ich meine.«

»Daran arbeiten schon Leute, deren Job es ist, Zeitungen zu verkaufen«, sagte ich, »darum dauert es vielleicht noch zwei Stunden, vielleicht sogar noch weniger.«

»Nun, ich glaube nicht, daß wir dieses Individuum hier noch brauchen, das unser Zimmer verunziert«, sagte Stevenson und wies mit dem Daumen auf Robacci. »Er läßt ein kleines Zimmer noch kleiner wirken.«

»Kann ich dann zurück nach unten in meine Zelle und etwas schlafen?« fragte Robacci.

»Nein«, sagte Stevenson. »Du kannst während des Rests der Nacht mit Rupt, Drucker und einer Polizistin eine Aussage zu Papier bringen und sie unterschreiben. Morgen früh um neun kommst du dann vor einen Richter, und dann geht es direkt nach Brixton in Untersuchungshaft.« Zu mir sagte er: »Verdammt noch mal, ich sehe überhaupt nicht ein, warum diese Leute sich die Lunge aus dem Leib schnarchen sollen, während wir uns die Hacken abrennen.«

Er klingelte nach dem Officer. Als der Beamte erschien, wies Stevenson auf Robacci und sagte: »Bringen Sie den da weg.«

»Ich will meinen Anwalt«, sagte Robacci. »Ich will ihn jetzt.«

»Ich bin in der Hölle und will einen verdammten Schneeball«, sagte Stevenson.

Er brach in Lachen aus. Er fügte hinzu: »Hau ab, Fotze.«

(Dora hatte geschrieben: »Oh, es stimmt, je schöner man auf dieser Welt ist, desto weniger Leute gibt es, die einen beschützen.«)

Als Robacci gegangen und Zimmer 202 leer war, wiederholte ich diese Worte Stevenson gegenüber, und ich fügte hinzu: »Siehst du, es ist zu spät für uns, um Suarez zu retten -- wie gewöhnlich sind wir zu spät gekommen -- das funktioniert nicht. Und deshalb brauchen wir Regeln, selbst wenn es obskure Regeln sind -- denn wenn nicht, gehen wir alle drauf, und dann gibt es niemanden mehr.«

»Vermutlich sind wir immer noch Menschen«, sagte Stevenson, »versuchst du, das damit zu sagen?«

»Wenn du mein Freund bist, ja«, sagte ich, »genau das will ich sagen.« Was können wir denn noch tun, außer den Mörder zu finden?« fragte er.

»Wir müssen versuchen, sie zurückzubringen«, sagte ich, »so als wäre sie überhaupt nicht gestorben.«

»Das ist verrückt«, meinte Stevenson.

»Das ist nicht verrückter als das, was uns sonst so umgibt«, sagte ich, »und es muß getan werden, auch wenn ich nicht genau weiß, warum. Es ist so, als wenn wir im Krieg Menschen gerettet hätten.« Ich dachte einen Augenblick nach und sagte: »Wir retten Suarez, und irgendwie retten wir dadurch alle.«

Gott sei Dank bin ich weder besonders menschlich noch schön, auch Stevenson nicht -- denn es muß schrecklich sein, ein schönes menschliches Wesen zu sein, man fühlt sich wie ein Kaninchen oder ein Rebhuhn, das von allen Seiten von Arschlöchern bedroht wird. Niemand und jeder will einen, und man wird das Opfer von allen.

Ich stand auf und ging zum Fenster, um dort einen Augenblick zu stehen, innerlich empfand ich immer noch tiefes Mitleid mit Suarez. Wie alle Toten, die umsonst gestorben waren, war sie für mich eine Heldin, das arme, liebe Kind. Nur ihretwegen gab es mich bei der Polizei oder überhaupt irgendwo: meine arme, kleine, süße Suarez, mein Darling, Suarez.

Ich träumte von Zeiten, als meine Seele noch nicht so alt gewesen war -- von strahlendem Sonnenschein, dann von grauem Regen, von Tagen, die ich morgens begonnen hatte, als diese Dinge noch nicht alt, sondern brandneu gewesen waren, als ich noch dazugehörte, so wie jeder, den ich jemals gekannt hatte, als wahrer Bürger an jedem Ort.

*

Ich brüllte in die Nacht hinaus: »Wir werden unsere Würde zurückerlangen, ob wir leben oder tot sind, wir alle werden das sein, was wir vorher waren.« Ich fand, daß ich diese Worte laut aussprechen mußte, denn die Morde an Suarez und Carstairs hatten mich plötzlich in große Verzweiflung versetzt. Ich war verzweifelt und wähnte mich in einer Probezeit, und zwar nicht nur wegen der Art und Weise, auf die die beiden Frauen uns verlassen hatten, sondern wegen der Wut, die ich deswegen verspürte. Mein Leben wurde in die Waagschale geworfen, so als sei es ihres, und je schlechter ich mich meiner Meinung nach fühlte, desto mehr klammerte ich mich an meine Erinnerungen an Gärten, Frühling und vergangene Zeiten und versuchte mich von dem Übel, das mich ganz durchdrang zu befreien. Doch in der Welt, in der ich lebte und arbeitete, war das Gute im Vergleich zur Realität des Bösen nur ein schwacher Traum. Ich weiß nicht und kann es auch nicht wissen, wie die neuen Zeiten kommen werden -- ich weiß nur, daß Suarez und Carstairs durch uns ihre Ruhe finden müssen, denn bis das nicht geschehen ist, wird es keine neue Zukunft geben, und keiner von uns wird jemals seine Ruhe finden.

Für mich gab es immer nur einen Weg um etwas zu erreichen oder irgendwo hinzukommen -- den direktesten. Man packt die Sache an und löst die Probleme, und obwohl ich aus Ignoranz schreckliche Fehler begangen habe, sehe ich die Gerechtigkeit in diesem Licht -- alles Nützliche, das getan wird, wird für andere getan. Auch Carstairs und Suarez werden uns in ihrem neuen Zustand sicher finden und sich mit uns auf eine mysteriöse und unbekannte Weise vereinigen, von der wir übrigen jetzt noch nichts wissen können. Und ich fühle, daß mit ihrer Hilfe in unserem Bereich die Dinge für jeden von uns einen Verlauf nehmen werden, so wie es uns sicher vorbestimmt ist.

Es ist eine dumme, erschreckende Welt, aber es ist vermutlich unsere eigene.

Vermutlich.

*

(Es wird behauptet, Glaube könne Berge versetzen. Ich kenne diesen Spruch und teilweise glaube ich daran. Er ist von Shakespeare. Ich hoffe, er hat recht -- so bin ich nun mal.

Betty Carstairs wurde ermordet, weil sie Suarez wie die Tochter liebte, die sie niemals gehabt hatte, und sie versuchte mit ihren sechsundachtzig Jahren, sie zu retten. Und Suarez wurde umgebracht, weil sie schön, arm und krank und auf unsere Barmherzigkeit angewiesen war, und wir zeigten keine, möge unser Land sich deshalb schämen.

Ich erkenne jetzt klarer als jemals zuvor, daß meine Arbeit nicht nur eine Sache meiner persönlichen Ehre ist, sondern eine Sache unserer nationalen Ehre, als sei immer noch ein Funke von dem in uns, das einst dort war, als wir die Toten genauso leidenschaftlich liebten wie die Lebenden, als wir, wie ich es eigentlich meist tue, an ihr dauerndes Sein glaubten. Und ich bin wirklich nicht in der Lage, auch nur mir selbst zu erklären, warum das nicht mehr so ist.)

*

Wußtest du, daß ich manchmal im Schlaf weine? Hast du jemals von einem Mann gehört, der niemals im Schlaf weint?

Indem ich das Leben anderer Leute -- auch Toter -- untersuche, wird mir mehr oder weniger bewußt, wie ich mein eigenes in den Griff bekommen kann.

Demaskiere das Grauen, sieh es dir ungeschminkt an, versteck dich nicht, lauf nicht davon, und dann wird das Gute kommen, selbst wenn es durch die Hölle gehen muß, um dich zu finden.

Ich erinnere mich, daß ich vor langer Zeit mit Frank Ballard über einen Vagabunden gesprochen hatte, den er am Ufer des Serpentine festgenommen hatte. »Neun von zehn Vagabunden sind harmlos«, sagte ich, »der zehnte ist ein Killer.«

Der zehnte war Tony Spavento.

DIE STIMME rief an. »Ich mag es nicht, wie Sie diesen Carstairs/Suarez Fall anpacken«, sagte er in einem Ton, der irgendwo zwischen Autorität und Nervosität lag. »Ich mag es überhaupt nicht. Sie benehmen sich, als seien Sie das Gesetz und nicht nur ein Sergeant, der dafür arbeitet.«

»Es sollte ein Gesetz geben, das Morde unmöglich macht«, sagte ich, »aber das gibt es nicht, darum springe ich solange ein.« Ich fügte hinzu: »Unterstellen Sie mir nicht, ich hätte keine Ambitionen, nur weil ich Beförderungen ablehne und immer noch Sergeant bin. Dieses Gespräch hatten wir schon mal früher. Ich bin ambitioniert -- auf meine Weise. Die meisten hart arbeitenden Menschen sind es -- außerdem sind meine Ambitionen positiv und nützlich. Ich bin ein Einzelkämpfer, keine Schachfigur. Ich will soviel wie möglich über mich und andere herausfinden, denn je mehr ich weiß, um so besser bin ich ausgerüstet, um Killer jagen zu können. Was würde ich als Detective Chief Superintendent herausfinden? Nichts.«

»Beim A14 wollen wir keine Einzelkämpfer.«

»Nun, entweder Sie dulden es, oder Sie nehmen mir den Fall wieder ab«, sagte ich. »Dann aber würde ich als Privatmann weitermachen. Ich habe Ihnen die Vertragsbedingungen genannt, und Sie haben sie akzeptiert.«

Nach einer langen Pause sagte DIE STIMME erschöpft: »Okay.«

Der Hörer wurde aufgelegt.

Ich ging in Stevensons Büro. »Nun?« fragte ich. »Was ist mit unseren drei entzückenden Häftlingen passiert?«

»Sie sind drüben in der Great Marlborough Street in Untersuchungshaft wegen weiterer schwebender Verfahren, ihr Gesuch auf Freilassung gegen Kaution wurde abgelehnt.«

»Nun, dann ist ja ein Teil der Scheiße weggeräumt«, sagte ich. »Dann wollen wir uns jetzt mal um den größeren Haufen kümmern.«

(Ich bemerkte, daß ich mich an meine Kindheit und an meine Großmutter erinnerte, vielleicht weil sie der Inbegriff von Unschuld war. Es war Sommer, und sie saß lesend im Liegestuhl in unserem kleinen Garten unter dem einzigen Baum, einem Apfelbaum, und sie trug einen Strohhut. Ein heißer Wind rauschte in den Blättern und drehte ihre blassen Unterseiten nach oben, und schon allein die Erinnerung an sie half mir, meinen Geist von all dem erbärmlichen Dreck zu befreien, der mein Arbeitsleben war. Einen Augenblick lang verschwanden Stevenson und Zimmer 202, und ich rannte an diesem heißen Nachmittag durch das hohe Gras auf sie zu -- oh, Didi! Didi! --, nahm sie bei der Hand und zog sie vom Stuhl, um sie zum Teetisch zu bringen, den meine Mutter auf der Veranda gedeckt hatte -- Tee, Brot und Butter, Marmelade und Kuchen auf einer Tischdecke, die über einen grün angestrichenen Eisentisch gebreitet worden war.

Ich weiß, daß meine Großmutter, wenn sie jetzt an meiner Stelle wäre und sich um die Morde an Carstairs und Suarez hätte kümmern müssen, genauso gehandelt hätte wie ich -- sie war eigensinnig, unabhängig und mitfühlend, und darum hatte ich sie immer so geliebt. Sie sagte kein einziges Wort, als ihre beiden Söhne bei einem Verkehrsunfall starben. Aber ein Krebsgeschwür, das sie laut ihrer Ärzte schon lange gehabt und über das sie nie gesprochen hatte, meldete sich jetzt plötzlich -- vielleicht wegen des Schocks --, so daß sie kurz nach den Beerdigungen ins Krankenhaus mußte. Wie sie meiner Mutter sagte, spürte sie, daß die Operation nicht erfolgreich war, ließ sie sich all ihr Make-up geben und legte es auf, bat eine Schwester, ihr ihren Taschenspiegel zu leihen -- und summte eine Melodie aus *The Coronation of Poppaea*, ihrer Lieblingsoper, an dem Morgen, an dem sie starb.

Stimmen aus längst vergangenen Tagen, jedoch noch immer jung, fliegen rufend, suchend durch das verdunkelte Gehölz meines Verstandes, und ich erkenne endlich, daß der Schmerz über ihren Verlust half, mich zu dem zu machen, was ich bin.

Manchmal fühle ich mich vom Bösen so tyrannisiert, daß ich das Gefühl habe, den Verstand zu verlieren, so wie meine Frau Edie. Es ist nicht nur das Grauen, das mich angesichts der Fakten eines Mordes überkommt, sondern auch die grundlose Agonie, die Menschen bedroht und befällt -- das ist meine Traurigkeit. Das Leben, die Menschen, Plätze, die sie sich einrichten, Spuren, die ihnen folgen, so wie Kielwasser einem Schiff, die Erde selbst -- das Leben ist so kostbar, daß ich befürchte, es könnte mich eines Tages blenden, so wie es Suarez geblendet hat.

Aber für dich will ich alles ausgleichen, Dora, genauso wie ich es beim Anblick deiner Leiche im Leichenschauhaus geschworen habe.

Wieder sah ich das Photo von ihr, das im *Parallel Club* aufgenommen worden war, als sie noch lebte. Die Aufnahme war in unmittelbarer Nähe, etwas seitlich von ihr mit einem Blitzlicht gemacht worden, durch das Licht bildeten ihre blendendweißen Wangen einen starken Kontrast zu dem dunklen Haar. Ihre Mandelaugen waren unter schweren Lidern dreiviertel geöffnet, nur reagierten sie und waren lebendig und starrten nicht abwesend nach oben, so wie sie es getan hatten, als ich sie gesehen hatte. Sie trug viel Make-up -- ich wußte jetzt natürlich warum --, und auf dem Schwarzweißphoto waren ihre Lippen so schwarz wie ihre Augen und Haare. In der rechten Hand hielt sie ein Mikrophon, nah bei den Lippen, sie waren etwas geöffnet. Hinter ihr, aus dem Blickwinkel der Kamera, befanden sich Tische, an denen zwielichtige Typen mit ihren massigen, regungslosen Gesichtern saßen. Parker und Sharpe, die Eisengitterspezialisten, waren mit ihren Frauen da, ebenfalls Mike Slattery und Phil 'the Gap' und natürlich der dunkelhaarige Mann, der gerade instinktiv das Gesicht von der Kamera abwandte.)

Plötzlich war ich erschöpft. Wir versuchten, Arbeit in Stunden zu erledigen, für die wir eigentlich Wochen brauchten. Ich sagte zu Stevenson: »Wir kennen uns schon eine ganze Weile -- kann ich dir erzählen, was diesen Fall für mich zu etwas Besonderem macht? Ihn von allen anderen Fällen unterscheidet?«

»Natürlich. Was ist es? Du klingst so ernst.«

»Es ist mir egal, was du von mir denkst, wenn ich dir das erzähle«, sagte ich, »aber ich glaube, ich würde --«

Das Telefon klingelte. Stevenson nahm den Hörer ab und sagte: »Das muß eine Minute warten.« Als er fertig war, legte er auf und sagte: »Das war Barry vom Archiv.«

»Und?«

»Sie war vorbestraft, hast du das gewußt?«

»Verrat's mir noch nicht«, sagte ich. »Ich kann's mir denken -- Diebstahl und Prostitution?«

»Gut«, sagte er. »Drei Monate wegen Diebstahls, dreißig Tage für das andere.«

»Als wenn sie die einzige wäre«, sagte ich, »und als wenn es was ausmachen würde.« Ich fügte ironisch hinzu: »Verzweifelte Leute würden heutzutage fast alles machen, stimmt's?«

»Er hat nur versucht, uns zu helfen«, sagte Stevenson.

»Oh, das weiß ich«, sagte ich. »Nichts über Spavento, nehme ich an.«

»Nichts.« Er fügte hinzu: »Was wolltest du mir gerade erzählen, als das Telefon geklingelt hat?«

Es klingelte wieder. Stevenson nahm es ab, lauschte und gab es mir. »Cryer.«

Ich nahm den Hörer und sagte: »Ja, Tom?«

»Wir haben ihn gefunden -- mein Photograph hat wieder ein Photo von ihm gemacht, aber dieses ist anders. Auf diesem ist er zu Hause.«

Ich fragte: »College Hill? Die alte Gummifabrik?«

»Genau.«

»Wie lange ist das her?« Ich stieß Stevenson an und stellte den Lautsprecher ein, so daß er mithören konnte.

»Weniger als eine Stunde. Er hat viele Aufnahmen gemacht, er hat die ganze Zeit photographiert.«

»Von wo zum Teufel nimmt er sie auf?« rief ich.

»Er ist oben auf der anderen Seite auf dem Dach. Spaventos Versteck hat drei große Fenster, und von dort, wo mein Junge ist, kann er sie alle beobachten.«

Ich fragte: »Stehst du mit ihm in Kontakt?«

»Ja«, sagte Cryer. »Durch ein Walkie-Talkie. Ich bin unten auf der Straße. Was machen wir also jetzt?«

»Mach genauso weiter wie bisher, bis wir drüben sind, wir werden uns beeilen.« Ich fragte: »Was macht Spavento gerade?«

»Warte«, sagte Cryer. Es entstand eine Pause, während er mit dem Photographen auf dem Dach die Verbindung aufnahm. Als er wieder zu hören war, sagte er: »Nichts. Er liegt in einer Ecke auf einem Lumpenbündel und starrt an die Decke. Er benutzt eine schwarze Adidas-Sporttasche als Kopfkissen.«

»Mein Gott, wo ist dein Photograph?« fragte ich. »Zusammen mit Spavento in einem Raum oder wo sonst?«

»Du weißt, daß es keinen Unterschied macht«, sagte Cryer. »Bei den Objektiven, die wir benutzen, ist es so, als sei er da.«

Ich fragte: »Wo finden wir dich, wenn wir ankommen?«

»Öffentliche Telefonzelle auf halbem Weg College Hill hinauf.«

Ich sagte: »Gut.« Zu Stevenson sagte ich: »Das ist es. Komm, laß uns fahren.« Als wir nach unten gingen, fragte ich ihn: »Besteht die Möglichkeit, daß da einer von unseren Leuten ist?«

»Wie das denn?« meinte Stevenson. »Außer dir, mir und der Presse weiß niemand, wo Spavento ist.«

»Die Presse stört mich. Jedenfalls hoffe ich bei Gott, daß es hier keine undichte Stelle gibt.«

»Hast du einen besonderen Grund?«

»Ja«, sagte ich. »Ich erkläre es dir später.« Wir stiegen in den Ford, der auf dem Polizeiparkplatz stand.

»Ich habe dafür meine Gründe«, sagte ich. »Ich erkläre es später.«

*

Wir hatten die Südseite des Flusses erreicht, als Stevenson plötzlich zu mir sagte: »Ach, übrigens, deine rechte Tasche sieht ziemlich ausgebeult aus -- du bist bewaffnet, nicht wahr?«

»Ja«, sagte ich, »diesmal bin ich das.«

»Wann hast du die Pistole bekommen?«

»Ich habe sie nicht bekommen«, sagte ich. »Es ist meine eigene Pistole. Eine 38er.«

»Sieh mal«, sagte er, »es geht mich nichts an, aber du weißt, daß es gegen das Gesetz verstößt, wenn du im Dienst etwas anderes als eine Dienstwaffe trägst.«

»Ich weiß, was das Gesetz sagt«, antwortete ich ruhig. Ich fügte hinzu: »Was ist mit dir?«

Er sagte: »Nein, ich bin sauber, so wie du normalerweise auch. Ich hasse Schußwaffen.«

Ich sagte: »Ich auch, aber das ist heute was anderes.«

»Warum?« fragte er. »Warum ist es etwas anderes? Spavento ist weder gefährlicher noch ungefährlicher als andere Maniacs.«

»Darum geht's nicht«, sagte ich, »es ist einfach etwas anderes. Ich wiederhole, ich erkläre es dir später, wenn wir dort unten angekommen sind.«

Er sagte: »Du hast diesen Fall nicht so behandelt, wie du andere Fälle behandelst -- vom ersten Augenblick an, als du darauf angesetzt wurdest. Darf ich dich im Vertrauen, so von Mann zu Mann, fragen, warum das so ist? Ist es das Opfer, das es anders macht?«

»Ja«, sagte ich, »ja. Für mich ist Suarez etwas ganz anderes.«

»Aber warum?«

»Ich kann dir nicht sagen, warum das so ist«, sagte ich. »Für mich ist sie nicht nur Aktenzeichen 87471, um das sich A14 kümmert, sondern etwas anderes.«

»Nur Suarez?« fragte Stevenson. »Was ist mit 87472? Was ist mit Mrs. Carstairs?«

»Sie natürlich auch.«

»Aber in Wirklichkeit ist es Suarez.«

»Ja«, sagte ich, »es ist Dora, ja.«

»Dora?«

»Ich will das nicht weiter vertiefen. Bitte versuch nicht, mich dazu zu bringen.«

»Sei vorsichtig«, sagte Stevenson.

»Warum?« fragte ich. »Es gibt hier schon so viele vorsichtige Leute -- viel zu viele.«

Eine Zeitlang redeten wir nicht mehr, sondern fuhren die South Circular bis zur Lovelock Road hinunter, die nach College Hill führte. Ich dachte an Dora -- an Doras Koffer, an Doras Heft, an die Photos von Dora. Plötzlich fing es an, in Strömen zu regnen.

»Ich wünschte, du würdest mir erzählen, was du vorhast«, sagte Stevenson.

»Das werde ich gleich tun.«

»Weißt du es denn überhaupt selbst?«

Ich antwortete: »Ja.« Eine Ampel wurde gelb, und wir saßen in der Stille, die nur durch den schmutzigen Regen unterbrochen wurde, der auf die dreckige Windschutzscheibe prasselte.

»Ich wünschte, ich würde es verstehen.«

»Du verstehst es schon«, sagte ich, »auf jeden Fall teilweise -- du kannst dir vorstellen, wie es für Suarez war, mit der Axt in Stücke gehackt zu werden. Ich bin überzeugt, daß ihr Arm an der Schulter abgehackt wurde, als sie ihn ausstreckte und ihren Killer anflehte. Gott sei Dank hat sie nichts mehr von dem mitgekriegt, was danach geschah -- daß von ihrem Blut getrunken und in ihre Wunden onaniert wurde. Und all das in jener Nacht, in der sie sich sowieso umbringen wollte, auf ihren eigenen Entschluß hin.«

»Ja, vermutlich tue ich das«, sagte er.

»In unserem Job können wir niemals etwas nur vermuten«, erwiderte ich.

Das ganze schreckliche Mosaik war in meinem Kopf: wie ich zur Besatzung des Leichenwagens sagte, ja, ich bin jetzt fertig, Sie können sie wegbringen, und dabei einen letzten Blick auf das warf, was von Suarez in ihrem neuen Kleid übriggeblieben war, wie sie ein Laken über sie breiteten und sie auf die Bahre legten. Ein letzter Blick auf die beiden umgekippten Weinflaschen, die sie in die andere Welt geleiten sollten, auf ihre neuen Schuhe, die in einer Ecke lagen, und auf die Illustrierte, bei der die Hawaii-Werbung aufgeschlagen war. Während ich durch den dichten, frühen Abendverkehr fuhr, sah ich in Gedanken ebenfalls ihren unverletzten, weißen Arm, der uns alle in eine andere Welt zu winken schien. Und ihre Oberschenkel unter dem dünnen Stoff des Kleides, die jetzt für sie zu dick waren und nicht die richtigen Proportionen hatten, angeschwollen durch das aufgestaute Blut, das wegen der Position, in der sie starb, in sie hineingeflossen war. Dort war die fest geballte, kleine Faust, die zu ihrem verletzten Arm gehörte, zu dem, der halb abgehackt worden war. Dort waren ihre schwarzen Augen, die ewig das Geheimnis einer leeren Ecke zu ergründen versuchten.

*

Ich fing an, die Namen der Nebenstraßen der South Circular Road zu lesen -- Neanderthal Avenue, Sobers Street, Gunters Passage. Ich sagte zu Stevenson: »Lovelock Road müßte nach der nächsten Ampel die dritte Straße links sein.«

Cryer meldete sich. Ich gab ihm immer die Frequenz. Er fragte: »Wo zum Teufel bist du?«

»Fast da«, antwortete ich. »Warum, was ist los?«

Er sagte: »Wie kann ich dir etwas erklären, was du noch nie gesehen hast?«

»Ist dein Bursche immer noch auf diesem Dach?«

»Ja.«

»Halten seine Nerven das aus?«

»So gerade.«

»Was macht Spavento?« fragte ich.

»Man könnte es eher als eine Art Training bezeichnen«, sagte Cryer. Sogar über Funk konnte ich hören, daß seine Stimme zitterte. »Wir kommen«, sagte ich, »in zwei Minuten sind wir da.«

»Dein Job wird ein Alptraum werden.«

»Ich bin wie geschaffen für Alpträume«, sagte ich.

»Fahr nicht bis zur Fabrik hoch«, sagte Cryer. »Mike sagt, daß er nervös und unruhig zu sein scheint. Wenn du von der South Circular Road kommst, dann ist fünfzig Meter vorher auf der linken Seite ein indischer Imbiß, du kannst ihn nicht verpassen. Ich kann ihn hier vom Dach aus sehen, er ist hell erleuchtet.«

»Wir treffen dich dort«, sagte ich. »Wie sieht es in Spaventos Zimmer aus?«

»Furchtbar«, sagte Cryer. »Es ist unglaublich, was er macht -- Mike sagt jedenfalls, es sei zu abscheulich, um es zu drucken, und für die Zeitung könne ich diese Story nicht schreiben, sie gehöre ins Horrorkabinett.«

Ich sah den Imbiß und sagte: »Mach dir keine Sorgen, wir sind da. Komm runter, Tom.«

10.

Vorsichtig schaute der Killer um die Ecke des mittleren der drei zerbrochenen Fenster der ehemaligen Werkstatt auf die Straße hinunter. Er wußte nicht, warum, aber er war nervös. Er sagte sich selbst, er habe sich wirklich gut versteckt und müsse sich deshalb keine Sorgen machen, aber es half nicht. Sein Instinkt sagte ihm, daß etwas über ihm dahinglitt.

Er befand sich wie alle drei Stunden mitten in seiner fünfzehnminütigen Trainingspause, die Zeit kontrollierte er mit Hilfe seiner multifunktionalen Plastikarmbanduhr. Gerade hatte er das Trainingsgerät ordentlich in seine Ecke balanciert, dabei hatte er bemerkt, daß an den rostigen Speichen hinreichend Blut klebte -- er war nur traurig, daß niemand auf den Tellern war, die überall in der Werkstatt herumstanden, um ihn bei seiner Vorstellung beobachten zu können. Als er das Trainingsgerät gegen die rußgeschwärzte Wand stellte, preßte er seine dicken Lippen gegen das Blut. Dann, nachdem er durchs Fenster geschaut hatte, ging er langsam zurück und blieb an einer Stelle der Werkstatt stehen, die in tiefem

Schatten lag, wo weder das Tageslicht noch das Licht der Straßenlaternen jemals hinkam, von wo aus er aber trotzdem die Straße sehen konnte.

Seit dem letzten Training hatte er große Schmerzen, bei dem Gedanken daran nickte er sich selbst zu, denn er wußte, daß die Schmerzen notwendig waren -- genau wie das Erschaffen setzte sich auch das Zerstören über jedes andere Verlangen hinweg. Er öffnete seine Hose, deren Reißverschluß er gerade erst hochgezogen hatte, und schaute aus reinem Vergnügen an sich herunter. Von dem blutverkrusteten Ding, das jetzt im Schritt seiner Jogginghose hing, war fast nichts mehr übriggeblieben, nur rote Fetzen -- Schmerz war ein Verlangen, das wuchs.

»Jetzt bin ich wirklich abgeschliffen«, flüsterte er. »Abgeschliffen.«

Vor ein paar Stunden hatte er es unbedingt für erforderlich gehalten, in eine Kneipe nicht weit weg in der Oakley Grove zu gehen, die *The Double Barrel* hieß, und darum hatte er seine Sportschuhe angezogen -- die neuen mit den Spikes, die er sich drüben in Brent Cross ausgesucht hatte -- war dort hingelaufen und hineingegangen. Weder Menschen noch Alkohol hatten ihn jemals interessiert, aber auch wenn er sich äußerlich nichts anmerken ließ, erregte es ihn häufig, wenn er die Wirkung sah, die beides auf andere hatte -- und die *er* auf andere hatte. Er hätte niemals ihr Leben teilen können. Nur der Gedanke daran, mit anderen etwas zu tun zu haben, ließ ihn schaudern. Doch er hatte eine Reihe sorgfältig beobachteter Verhaltensweisen, die oberflächlich ausreichten, um ein Opfer anzuziehen. Er konnte sie mit seinem guten Aussehen in seinen Bann schlagen, nur daß es tödlich endete, wenn jemand sein Image zerstörte, es sogar nur ankratzte oder ihn irgendwie belästigte. Dreizehn tote Menschen könnten darüber berichten, wenn sie noch in der Lage wären zu reden. Er war so geschaffen, daß er draußen im Dunkeln blieb, allein, darum rächte er sich, indem er von Zeit zu Zeit eine dieser Kreaturen an sich riß, wenn ihn die Grausamkeit seines Verlangens packte und wenn sein Training es erlaubte. Denn wenn er ein Opfer anlockte und fing, dann war jede Todesform erlaubt -- er bestrafte sich ja hinterher selbst.

Außerdem tötete er, um seinen Lebensunterhalt zu verdienen. Zum Beispiel Roatta. Wie jeder andere mußte er von irgendwas leben.

Gerade hatte er nach unten zu seinem neuen Wagen geschaut, der in der Straße parkte -- den Fiat hatte er zu Schrott gefahren und irgendwo stehenlassen. Als Ersatz hatte er nun einen schönen VW Golf, 1988, sehr gepflegt, silbergrau, mit einem Nummernschild aus Kent. Der Wagen hatte gegenüber vom *Double Barrel* gestanden, und er hatte den Besitzer beobachtet, dem Aussehen nach ein unbedeutender Geschäftsmann, der dort hineinging und an der Theke mit krächzender Stimme etwas bestellte, das wie ein Glas Chianti aussah.

Er hatte sich den VW vorsichtig angesehen und entschieden, daß er genau das richtige sei -- er mochte den Wagen. Die Innenausstattung war zwar hell, aber das machte nichts. In seiner Sporttasche hatte er dafür eine besondere kleine Matte, die sehr saugfähig war, sie würde verhindern, daß Blut auf den Fahrersitz kam. Er dachte an alles.

Als der Besitzer des Wagens sein Glas leerte, aufstand und den Pub verließ, ließ der Killer ihn gehen und folgte ihm dann -- plötzlich hatte er Lust zum Autofahren, irgendwo draußen in einer ruhigen, ländlichen Gegend, wo die Lungen sauber werden konnten. Er ging und stand nicht weit vom Golf entfernt auf dem Bürgersteig. Ein besoffener Kerl, der vorbeiwankte, sagte zum Killer: »Sorry, aber deine Eier bluten.«

»Danke für die gute Nachricht«, sagte der Killer.

»Bearbeite den alten Apparat nicht zu sehr«, lachte der Säufer und trottete weiter durch die Dunkelheit von Süd-London, »das ist das Motto, alter Junge.«

»Ich werde es nicht vergessen«, sagte der Killer. Aber der alte Säufer hatte Glück, denn die Aufmerksamkeit des Killers richtete sich auf den Wagen. Plötzlich mußte er ihn haben.

Der Besitzer des Wagens steuerte auf den Golf zu. Er wollte ihn gerade aufschließen -- hatte die glänzenden Schlüssel schon in der Hand --, als der Killer mit seinen Spikes entlanggeschlendert kam und plötzlich neben ihm, ganz nah, als Schatten auftauchte -- so nah, daß der Wagenbesitzer seinen Atem spürte.

»Was wollen Sie?« fragte der Mann.

»Nur deinen Wagen«, sagte der Killer. »Zu deinem Glück.« Von hinten schlang er einen Arm, der sich anfühlte, als sei er aus einem

Stahlseil gemacht, um den Hals des Autobesitzers und achtete darauf, daß sein Gesicht nicht gesehen werden konnte. Unter dem Druck lief das Gesicht des Autobesitzers rot an, bis es wie eine dunkle Glühbirne aussah. Der Killer packte die Schlüssel, dann schlug er dem Besitzer mit dem Handrücken quer übers Gesicht, so daß er hinfiel. An seinem Ringfinger trug der Killer einen Ring mit einem großen, unechten, scharfkantigen Rubin. Er trug ihn immer -- zur Erinnerung an die Braut, die er niemals gehabt hatte.

*

Und jetzt stand der Wagen dort unten auf der Straße, glänzte sauber, hatte nur fünfzig Meilen zusätzlich auf dem Tacho, seit er den Besitzer gewechselt hatte, und er hatte keinen Kratzer. Er war einfach nur herumgefahren. Er hatte sich selbst eine Pause vom Training gegönnt.

Es war ein Tag mit kaltem, strahlenden Sonnenschein gewesen, doch jetzt war die Nacht schnell hereingebrochen, und der Killer fühlte sich seltsam traurig, leer und deprimiert. Plötzlich hatte er ein schreckliches Gefühl, das er noch niemals zuvor gehabt hatte: das Gefühl, daß es für ihn kein Zurück mehr gab. Um sich zu beruhigen, drehte er sich schnell zu seinem Spiegelbild, das von einem übriggebliebenen Stück Fensterglas zurückgeworfen wurde, doch die Stellung der untergehenden Sonne war ungünstig, und er bekam sich irgendwie nicht richtig ins Blickfeld. Er wanderte in Gedanken durch seine ganze Traumwelt, die Formeln, die Frauen, sein Töten, seine körperliche Schönheit -- aber diesmal ließ ihn seine Traumwelt im Stich, umging ihn. Sie schien sich von ihm zu verabschieden, sie war irgendwohin entschwunden.

Er fühlte, daß er kein Glück hatte, und gegen seinen Willen erinnerte er sich an einige Worte, die er irgendwann einmal gehört haben mußte und von denen er sofort wünschte, er hätte sie niemals gehört: »Liebliche Themse, fließ langsam, bis ich mein Lied beendet habe.« Durch eine Assoziation, die er nicht unterzubringen versuchte, weil er es nicht konnte, rief der Rhythmus der Worte nicht nur den Fluß in seine Gedanken zurück, sondern auch ein Boot auf dem Wasser, ruhig und gemalt. Zwei Menschen waren in dem Boot -- ein Paar. Und dann kam ihm als unbarmherzige Folge eine große Standuhr in den Sinn. Die Uhr war zerschmettert, und irgend jemand -- eine alte Frau, die furchtbar stank, lag irgendwie teilweise darin. Die Erinnerung war frisch, alarmierend und neu, und sie erschreckte ihn, machte ihn krank, er fühlte sich deswegen alt und häßlich, aber er wußte nicht, warum. Außerdem zerriß es ihn innerlich, denn er hatte nicht die geistigen Voraussetzungen für Erinnerungen. Er konnte sich nicht vorstellen, was für Erinnerungen er haben würde, wenn er in der Lage wäre, sie zu haben.

*

Wieder sagte ihm sein Instinkt, daß er beobachtet wurde -- das, was er am meisten fürchtete und haßte. Er glitt ein zweites Mal seitlich an der Wand entlang zum Fenster in der Ecke, aber er konnte weder unten auf der Straße noch in den Fenstern auf der anderen Seite etwas Ungewöhnliches sehen.

Wenn man es vermied, seine Geschlechtsteile zu betrachten, sah er, nackt wie er war, auf den ersten Blick immer noch gut aus -- klein, aber kompakt und muskulös. Bis auf den breiten Gürtel, den er trug und der dem Ganzen irgendwie eine falsche Note verlieh, wirkte er wie ein lockenköpfiger Beachboy. Nach seiner letzten Trainingseinheit war er jetzt schweißüberströmt, und er trug ein anderes Paar brandneuer Sportschuhe, schwarz mit breiten pinkfarbenen Streifen. Das schwarze Gewirr seines Schamhaares stellte seine Männlichkeit dar, ersetzte das, was einmal sein kümmerlicher, rosa Penis gewesen war, der -- obwohl es ihn noch gab -- seinen winzigen Kopf darin versteckte und ständig zur Seite sank. Doch sonst gab es keinen Grund, warum er sich nicht großartig fühlen sollte, dank seiner sich zwar langsam entwickelnden, dafür aber um so sicheren Herrschaft über den Rest seines Körpers, gewährleistet durch Training und Bestrafung. In dem Versuch, diesen Eindruck von sich zurückzuerlangen, packte er mit seinen gekrümmten Daumen den Lederriemen, der um seine dunkle Taille geschlungen war. Aber das Geräusch, das dabei erzeugt wurde, schallte in den verbrannten, geschwärzten Wänden beinahe wie Gelächter, so daß er herumfuhr, um zu sehen, ob sich dort tatsächlich irgendwo ein Witzbold versteckt hatte.

Aus einem Grund, den er sich nicht erklären konnte, war er besorgt und unruhig und huschte -- er bewegte sich immer sehr schnell -- durch den Raum, um zu überprüfen, ob die Tür, die zum geschwärzten Treppenhaus führte, immer noch durch den Müll blockiert war, der nach dem Feuer zurückgelassen worden war. Er konnte die Tür nicht abschließen, wie er es gerne getan hätte, denn es gab weder Schloß noch Schlüssel. Als es noch hell gewesen war, hatte er draußen schon alles überprüft, um die Ursache für die Warnung zu finden, die ihm sein Instinkt sandte. Aber die Gegend war eine Ansammlung hoher Gebäude, alle mit Schornsteinen versehen. Jeder Feind könnte einen günstigen Aussichtspunkt finden und ihn beobachten. Er mußte so vorsichtig sein, die einfachsten Vorsichtsmaßnahmen waren immer noch die besten, das hatte er in seiner Kindheit gelernt. Das war die einzige Erinnerung, die er daran hatte -- als er noch ins Bett gepinkelt und deswegen die ersten Schläge vom Captain bekommen hatte, hatte er mit dem Ende seines Penis im Hals einer Limonadenflasche auf dem Boden geschlafen. Solange er als erster in dem Schlafsaal mit vierzig Kindern aufgewacht war, konnte er das Resultat der Nacht im Klo ausleeren.

Seine unergründbare Angst wuchs. Der Killer zog jetzt ein Paar Fahrradhandschuhe an und fing an, schnell in dem Raum herumzuhuschen, dessen Dunkelheit nur durch das schwache, allgemeine Leuchten der Stadt gemildert wurde. Er säuberte jede Stelle im Raum, wo er vielleicht Fingerabdrücke hinterlassen hatte. Einmal pinkelte er in den rostigen, alten Eimer, der gegenüber seiner Schlafstelle am anderen Ende der Werkstatt stand. Die Aktion ließ ihn vor Schmerzen aufstöhnen. Er mußte seinen Penis mit wütender Sanftheit massieren, bis der Urin schließlich irgendwie durchkommen konnte.

Wenn es sein mußte, dann konnte er schnell packen. Er würde sein Trainingsgerät zurücklassen müssen, es war zu sperrig, um es mitnehmen zu können, und außerdem würde es ihn behindern, wenn er es eilig hätte. Das war schade, denn er hatte es jetzt gerade soweit fertig, wie er es haben wollte, und es lief jetzt wirklich gut. Doch Ersatz gab es auf jedem Schrottplatz, sogar auf öffentlichen Müllplätzen.

11.

Stevenson und ich hielten in der Nähe des Imbißstandes auf jener Seite der Straße, auf der wir laut unserer großformatigen Straßenkarte von Spaventos Gebäude aus unmöglich gesehen werden konnten. Wir stiegen so schnell wie möglich aus dem Wagen, denn jetzt im Dunkeln war die Straße ziemlich still und jede Bewegung wäre umso auffallender gewesen. Cryer sah uns vom Eingang des kleinen Restaurants und gab uns Zeichen. Aber als ich sah, daß der Laden hinter ihm voller Leute war, gab ich ihm mit meinem Zeigefinger zu verstehen, daß der Ort ungünstig für eine Unterredung sei und winkte ihn dann auf unsere Straßenseite hinüber.

Als Cryer zu uns kam, sagte ich: »Wir können da drin unmöglich reden.«

»Wo dann?«

»Warum nicht dort unter dieser Straßenlaterne?« meinte ich. »Das reicht aus.«

Als wir dort ankamen, fragte Stevenson Cryer: »Was zum Teufel geht da oben vor?«

Cryer hielt uns einen dicken Umschlag hin und sagte: »Das hier. Mike warf den Film auf die Straße hinunter, und hier sind die Abzüge.«

»Bevor ich anfange«, sagte Stevenson und zog die Aufnahmen aus dem Umschlag, »werde ich einen Schock bekommen, wenn ich mir das hier ansehe?«

»Wie soll ich das wissen?« meinte Cryer. »Ich kann dir nur sagen, ich bin ein verheirateter Mann, und ich habe einen Schock bekommen und ihn immer noch nicht überwunden.«

»Du bist eben kein Bulle«, sagte Stevenson. Er teilte den Stapel Photos in zwei Hälften und gab mir eine.

»Macht es euch damit gemütlich«, sagte Cryer.

Wir fingen an, uns die Photos anzusehen, und gleich darauf fragte Stevenson: »Was glaubt er, was er da tut? Ist er ein Akrobat, der auf einem Rad fährt oder was?«

Cryer schaute über seine Schulter und sagte: »Er ist noch nicht richtig aufgestiegen.«

Ich sagte: »Auf denen, die ich hier habe, ist er aufgestiegen.«

Stevenson sah über meine Schulter auf die Photos, die ich hatte, und sagte: »Mein Gott.«

Ich sagte: »Die Drahtrolle, durch die er ihn gesteckt hat, wurde liebevoll hergestellt, nicht wahr?«

Cryer fragte: »Aber was für eine Form hat dieser Draht?«

»Siehst du das nicht? Die Form einer Vagina.« sagte ich. »Der Penis ist am hinteren Ende des Drahtgehäuses befestigt und wird so in eine Erektionsstellung gebracht. Und der Mann auf der reifenlosen Felge rollt vor und zurück und hält sich mit den Händen am Boden im Gleichgewicht, wie du hier sehen kannst. Wie beim Geschlechtsverkehr. Und der Vorgang dauert so lange, bis er kommt, und das kann Stunden dauern.«

»Gut für die Muskeln«, sagte Stevenson.

»Für alle bis auf einen«, erwiderte ich

»Wofür ist dieser breite Gürtel, den er um seine Taille gebunden hat?« fragte Stevenson.

»Er soll verhindern, daß die Radfelge in sein Fleisch schneidet«, sagte ich.

»Das ist verrückt«, sagte Cryer.

»Natürlich«, sagte ich. »Diejenigen, die anderen Schmerzen zufügen, haben keine Ahnung, was sie bedeuten«, erklärte ich, »denn sie fügen sich auch selbst Schmerzen zu. Ein Mensch, ein Schmetterling -- für einen Peiniger ist alles das gleiche. Für einen Psychopathen ist Gewalt der Ersatz für Liebe. Oder, noch besser, Gewalt ist für sie Liebe. Der Psychopath weiß nicht, was er tut. Sonst ist er vollkommen normal«, fügte ich hinzu. »Er fährt einen Wagen, geht zur Arbeit, heiratet mitunter sogar. Eine Zeitlang geht das gut, mit Kindern und allem, bis irgend etwas explodiert, und dann ruft man uns.«

Stevenson sagte: »Ich glaube nicht, was ich auf diesen Bildern sehe.«

»Da sind noch andere«, sagte ich.

»Ihr seht, daß wir die nicht drucken können«, sagte Cryer. »Die Hälfte unserer Leser würde einen Herzinfarkt bekommen, und die andere Hälfte würde die Zeitung abbestellen -- in einer Woche wären wir pleite.«

»Ja, ich weiß«, sagte ich. »Die Presse kann es sich nicht leisten, den Teppich zu weit aufzurollen.« Ich fügte hinzu: »Ich habe dir ja gesagt, daß es keine große Story werden würde.«

»Oh, es ist eine große Story«, sagte Cryer. »Leider ist sie eine Nummer zu groß.«

»Nun, ich will hier nicht die ganze Nacht herumstehen«, sagte ich. »Hören wir auf, Zeit zu vergeuden.« Zu Cryer sagte ich: »Zeig uns den Weg zu deinem Dach. Ich will einen Blick auf ihn werfen. Dein Junge da oben, kann er auch im Dunkeln photographieren?«

»Natürlich.«

Ich sagte: »Dann laßt uns dort hingehen. Keine Möglichkeit, daß er uns sieht?«

»Keine«, sagte Cryer, »nicht mal am Tag. Wir sind die Feuerleiter vom Block gegenüber hochgeklettert. Das Dach ist in gleicher Höhe wie Spaventos Stockwerk.«

»Okay«, sagte ich. »Dann los.« Wir liefen durch den Regen dorthin.

Cryer sagte: »Ihn dort rauszuholen wird gefährlich werden.«

»Wenn er nicht freiwillig mit uns kommt, dann bestimmt«, antwortete Stevenson.

Ich sagte: »Trotzdem, es war gut, daß wir Toms Photos gesehen haben, besonders die, die zeigen, wie er die Quickhammer lädt, nicht wahr?«

Cryer sagte: »Durch dieses Tor und den Weg hoch, dann hinten ums Gebäude zur rechten Seite.«

Ich sagte: »Und das alles ohne Fackeln und Taschenlampen.«

*

Auf Umwegen war der Killer aus einem Winkel neben dem Fenster, wo er im kräftigen Zug des Nachtwindes gestanden hatte, hervorgetreten, um wieder auf den Golf hinunterzustarren, der für ihn so etwas war wie Flügel für eine Taube. Aber in der geballten Dunkelheit und bei der schwachen Straßenbeleuchtung von College Hill war der Wagen allmählich immer undeutlicher zu erkennen. Er hatte alles zusammengepackt und verspürte zunehmend das Verlangen, mit seiner Adidas-Tasche hinunterzugehen, in den Wagen zu steigen und loszufahren. Die Schlüssel klimperten in seiner Hand. Sie waren sein Fluchtmittel, sie verdrängten das Gefühl, eingeschlossen zu sein und beobachtet zu werden. Er fühlte sich dazu getrieben abzuhauen. Der Impuls abzuhauen trieb ihn an wie Dampf einen Kolben, der Druck stieg ständig. Er hatte sich zwischen den

Beinen notdürftig verbunden. Sicher, er mußte in der Bude Vermächtnisse von sich zurücklassen, die auf dem Boden gruppierten Teller mit ihren uralten Flecken, das Rad -- er konnte nicht das Risiko eingehen, mit all dem beladen auf die Straße zu gehen, und außerdem war er jemand, der nur mit leichtem Gepäck reiste. Und doch drängte ihn sein Instinkt, sich nicht zu bewegen -- nicht die Tür zu öffnen und nicht auf die Straße hinauszugehen.

Eine eigentümliche Mattigkeit, einc Traurigkeit und die wachsende Gewißheit, daß er den Wagen vergebens gestohlen hatte, ergriffen jetzt von ihm Besitz, als er dort stand und sein Gesicht gegen die Ecke des Mauerwerks neben dem Fenster lehnte. Eine innere Stimme sagte ihm, daß er niemals die Chance haben werde, den Wagen zu nutzen. Verloren zwischen einander widerstreitenden Ausbrüchen von Zorn und Furcht, brüllte er laut auf in dieser über ihn herfallenden Qual, die er bisher nicht gekannt hatte. Niemals zuvor war er gezwungen gewesen, seine eigene Hoffnungslosigkeit bewußt wahrzunehmen. Zwischen Stadien des Zorns und der Furcht fühlte er kaum, daß er die ihn überfallende Marter anbrüllte, die ganz neu für ihn war. Es war ein Zustand völliger innerer Abwesenheit. Die Leere des Zusammenbruchs, obwohl er sie ein paarmal flüchtig erlebt hatte, nachdem er in Aktion getreten war, hatte er niemals zuvor als einen dunklen, flatternden, scharfschnäbeligen Vogel kennengelernt, noch hatte sie ihn wie seine vereinzelten Schlafperioden oder seine gelegentlich furchtbaren Träume gefoltert. Diese bewegungslose, anscheinend bleibende Qual, die plötzlich ihren Weg in sein Inneres gefunden hatte -- sie war neu für ihn, weil er sie zum erstenmal wahrnahm -- öffnete sein Ich, als sei es nichts anderes als eine längst vergessene, vergammelte Vordertür, und hielt Einzug in ihm. Eine kauernde, schwarze Leere, die sich in ihm breitmachte, um zu bleiben. Er war darauf völlig unvorbereitet, da sie aus einer Ecke und in einer Weise auftauchte, gegen die er ungeschützt war.

Das Schlimmste an dem, was er gerade durchzumachen begann, war die Vorstellung, daß der Vogel genau seine Gestalt hätte und versuchen würde, ihn von innen heraus zum Bersten zu bringen. Er konnte fühlen, wie er in ihm herumkroch und seine großen Flügel in ihm ausbreiten wollte. Er füllte ihn aus, er füllte ihn so aus, wie ein Ei seine Schale ausfüllt. Und doch war er gleichzeitig sein Gegenteil. Obwohl er so unsichtbar war, wie er für sich selbst unsichtbar war, fühlte der Vogel sich in ihm um so wohler, je mehr der Killer sich quälte. Als der Vogel fühlte, daß die Fütterungszeit gekommen war, pickte er -- ganz wie es ihm gefiel -- geschickt im Innern des Killers herum, und der Killer war sicher, daß er bald anfangen würde, den ersten Kot in seinem Innern auszuscheiden. Es war sein eigener Kot. Der Vogel hielt in seinem stämmigen, attraktiven Körper ein Festmahl und schiß dann in ihn hinein, hüpfte langsam in seinem Innern herum, hustete verfaulende Bissen des Killers aus, die er noch nicht verdauen konnte, oder verstaute sie mit seinem Schnabel an einem anderen Platz in seinem Innern, um sie zu einem späteren Zeitpunkt noch einmal begutachten zu können. Der Killer fühlte, daß die Anwesenheit dieses großen, schwarzen Vogels bedeutete, daß er selbst langsam hinausgedrängt wurde -- zerschlagen, fertig, am Ende -- und daß er dazu verdammt war, von diesem pickenden, großen Inkubus langsam zerhackt und gefressen zu werden, wie und wann der es wollte -- genußvoll oder gierig. Und daß dieser Vogel auch die Teile nicht aussparen würde, von denen er bis zu diesem Augenblick gedacht hatte, daß nur er selbst berechtigt sei, sie zu schaffen oder zu zerstören. Erstmalig in seinen achtunddreißig Lebensjahren kam ihm der Gedanke, ob sein eigener Tod nicht dem Tod von anderen vorzuziehen sei, wenn seine einzige Zukunft darin bestehen sollte, bis zum Tod eine verfaulende Beute zu sein.

Er wollte handeln. Aber zum erstenmal brauste der Sturm des Handelns durch ihn hindurch, als sei er ein verrottetes Segel, das er in Fetzen blies und gestrandet in einer trägen, rotbraunen Ebbe zurückließ. In den ersten paar Minuten seines neuen Zustandes hatte er schon zuviel seiner Energie und Gewalt an das verloren, was jetzt in ihm war. Hoffnungslos zog er die Fetzen seines Schwanzes heraus und versuchte, sie zu massieren, zu schlagen, zu ziehen, sie mit Gewalt zu einer Art Erektion zu bringen, dabei starrte er mit einem verzückten, glasigen Ausdruck der Erregung zum geschwärzten Zement der Decke hoch. Nach dem, was er den ganzen Tag damit gemacht hatte, strömte das Blut nur so heraus. Es war nichts übriggeblieben, was er hätte zu fassen kriegen können, so daß er zum Schluß in seiner Frustration stöhnend mit einem seiner kleinen Sportschuhe darauf herumhämmerte, dessen Absatz mit den Spikes geradewegs in die dicke, schwarze Haarmasse drang, dabei weinte, wimmerte und faselte er vor Wut.

Dann, nackt bis auf die beiden Bänder um seinen Leib, schob er sein Trainingsgerät wieder in die Mitte des Raumes und stieg mit einer Müdigkeit, die genau beobachtet wurde, auf.

*

Wir beobachteten ihn durch das Objektiv der Kamera des Photographen.

»Wie kriegen wir ihn raus?« fragte Stevenson.

Ich antwortete: »Ich hole ihn raus.«

Cryer sagte: »Er steigt wieder auf sein Rad.«

Der Photograph sagte: »Mein Gott, sehen Sie sich das an, sehen Sie, überall auf dem Boden ist Blut.« Er brauchte viele Filme. »Das würde uns niemand glauben«, murmelte er, »wenn wir nicht die Photos hätten.«

»Mein Gott, sein Schwanz«, sagte Cryer. »Davon kann nichts mehr übrig sein.«

»Sehen Sie selbst durch das Objektiv«, sagte der Photograph. »Da ist nichts mehr.«

Abwechselnd beobachteten wir Spavento -- langsam bewegte er sich auf dem Rad vorwärts und rückwärts, trieb das Rad mit den Händen über den Boden vorwärts und hielt sich selbst mit seinen muskulösen Beinen im Gleichgewicht. Jedesmal senkte sich sein Schwanz als Teil davon und schob sich durch die Drahtrolle und war gezwungen, härter und härter gegen das sich drehende Speichengeflecht zu reiben.

Cryer sagte: »Ich werde drei Wochen brauchen, bevor ich nach dieser Sache Angela und den Kindern wieder unter die Augen treten kann.«

»Du hättest Literaturkritiken schreiben sollen«, sagte Stevenson, »keine Berichte über Verbrechen.«

Der Photograph sagte: »Mir tut das arme Arschloch leid.«

Ich sagte: »Sparen Sie sich Ihr Mitleid. Er ist für die Morde an Suarez und Carstairs verantwortlich, außerdem für die an zwölf oder dreizehn anderen Leuten. Er muß geschnappt werden, und er wird geschnappt werden. Sie sehen jemanden in der Hölle, Sie sehen die Wahrheit, die die britische Öffentlichkeit niemals gedruckt sehen will. Die Öffentlichkeit will nur die schmutzigen Konturen, nicht die intimen, ekligen Details.«

»Gut«, sagte Stevenson, »was machen wir also?«

Ich sagte: »Wir fangen an, indem wir erst einmal die Presse nach Hause schicken.«

Cryer protestierte: »Das kannst du mir nicht antun. Nicht jetzt.«

Ich sagte: »Hör zu, Tom, fang nicht so an. Was ich sage, wird gemacht. Es tut mir leid, aber so ist es. Du bist nicht aus dem Spiel. Meine Kumpel lasse ich nie im Stich. Du bist der einzige Zeitungsmensch bei dieser Sache, du hast die Photos, du hast die Story miterlebt, du kannst drucken, was dich dein Herausgeber drucken läßt.«

»Was soll ich denn noch tun, damit ich bleiben kann?«

»Auf diesem Ohr bin ich taub«, sagte ich.

Stevenson sagte zu ihm: »Du hast gehört, was er gesagt hat.«

Ich sagte: »Laßt uns zur Straße zurückgehen.«

Cryer und sein Photograph stiegen in ihren Wagen. Cryer sagte zu mir: »Bei dieser Sache benimmst du dich wie ein richtiger Bastard.«

Ich beugte mich durch sein Fenster und flüsterte: »Das bin ich nicht. Später wirst du sehen, daß ich meine Gründe habe.« Ich fügte hinzu: »Suarez gegenüber habe ich besondere Gefühle.«

»Was?« lachte der Photograph. »Gegenüber einem toten Mädchen?«

»Halt die Fresse«, flüsterte ich ihm zu, »halt die Fresse und sieh zu, daß es so bleibt.« Zu Cryer sagte ich: »Ich rufe dich an, wenn dies hier vorbei ist, Tom, dann können du, Angela und ich mal zusammen essen.«

»Zum Essen kommst du garantiert nicht vorbei«, sagte er, »das tust du nie.« Er wendete rasch, und ich beobachtete, wie sein Wagen nach links in die South Circular Road verschwand. Ich drehte mich zu Stevenson um, der mit dem Rücken an der Wand neben dem Eingang des Blocks lehnte, in dem Spavento war.

»Und nun?« fragte er. »Was jetzt?«

»Der Plan ist einfach«, sagte ich, »nur die Ausführung könnte Ärger machen. Ich gehe dort rein.« Wir standen in der Dunkelheit und sprachen sehr leise.

»Gut, dann laß uns gehen.«

»Nein«, sagte ich. »Du fährst zur *Factory* zurück, und zwar sofort.«

Er schüttelte den Kopf. »Nein«, sagte er. »Sorry.«

Ich sagte: »Spavento gehört mir. Suarez und Carstairs sind mein Fall.«

»Nein«, widersprach er, »das geht nicht.«

»Du verstehst mich nicht«, sagte ich. »Sieh mal, du hast familiäre

Verpflichtungen, ich nicht. Du hast so was wie eine Karriere vor dir, ich nicht. A14 hat mich nur am Strand aufgelesen, weil sie keinen anderen Idioten haben, den sie dies machen lassen konnten. Für die da oben bin ich immer entbehrlich gewesen, und ich sage dir, das ist der einzige Grund, warum sie mich benutzen -- sobald ich für sie die Arbeit erledigt habe, treten sie mir wieder in den Arsch.«

»Das macht alles keinen Sinn«, sagte er. »Wir beide können diesen Wahnsinnigen da oben ausschalten, aber wenn du allein bist, dann könnte es auch anders herum kommen.«

»Du hast immer noch nicht verstanden«, sagte ich. »Es gibt nur einen Weg. Es wird nur einer herauskommen. Deswegen wird es keinen Papierkram geben.«

Er sagte: »Ich glaube, du liebst Suarez.«

Ich sagte: »Das ist es, was ich dir vorhin in deinem Büro zu erzählen versuchte. Aber als ich sie endlich gefunden hatte, da war sie tot.«

Stevenson stöhnte: »Um Himmels willen.«

Ich sagte: »Du bist mein Freund, aber trotzdem kannst du nicht wissen, was ich weiß oder fühle. Du bist nicht ich, und ich werde sie jetzt rächen, so wie ich es geschworen habe, als ich ihren Kopf geküßt habe, und du hast nichts gehört und nichts gesehen -- darum geh jetzt. Dies ist eine Sache zwischen mir und dem Kerl da drin. Ich sage dir noch einmal, es wird nur einer herauskommen, darum geh jetzt.«

»Wenigstens bist du bewaffnet«, sagte er.

Ich erwiderte: »Ja. Obwohl ich aus der Übung bin, habe ich die Waffe dabei, und zwar aus dem gleichen Grund, den ich dir schon genannt habe, wenn das überhaupt ein Grund ist. Nimm jetzt den Wagen und verschwinde. Die Schlüssel stecken.«

»Wenn du ihn tötest«, sagte er, »wirst du vor Gericht keine Rechtfertigung haben.«

Ich erwiderte: »Wenn ich tot bin, brauche ich keine. Wenn ich lebe, dann bist du der einzige, der mir die zwanzig Jahre einbringen kann.« Ich sagte: »Das hängt von dir ab, und ich bin von dir abhängig -- du mußt tun, was du für richtig hältst, nach allem, was du jetzt weißt. Aber du wirst mich nicht aufhalten. Mein Entschluß steht fest, und das wär's, also laß micht jetzt einfach allein.«

»Ich kann nicht zusehen, wie du dein Leben riskierst.«

»Es ist mein Risiko.«

»Ich wiederhole, du nimmst das Gesetz in deine eigenen Hände.«

»In meinen Händen ist es besser aufgehoben als in gar keinen.«

»Es steht uns nicht zu, Gesetze zu erlassen« sagte Stevenson, »wir sind hier, um dafür zu sorgen, daß sie eingehalten werden.«

»Suarez war deine Schwester«, sagte ich, »deine Tochter, deine Frau.«

»Du darfst so nicht denken«, sagte er. »Du bist ein Bulle.«

»Wenn ich nicht so denken würde, wäre ich kein Bulle«, erwiderte ich. »Wenn ich nicht so denken würde, dann hätte es keinen Sinn, ein Bulle oder irgendwas anderes zu sein.«

»Laß es.«

»Nein.«

»Wir brauchen nur in den Wagen zu gehen und das mobile Einsatzkommando rufen. Warte, bis sie kommen und ihn rausholen, dafür werden sie bezahlt.«

»Nein«, sagte ich. Ich schob ihn zum Ford.

»Hör auf, dich wie ein Arschloch zu benehmen«, sagte Stevenson. »Jeder in der *Factory* weiß, daß sie dich zurückhaben und befördern wollen, mach das nicht alles wegen diesem Maniac zunichte.«

»Ich will nicht befördert werden«, sagte ich. »Ich wollte niemals befördert werden.«

»Was zum Teufel willst du dann?«

»Ich weiß nicht, ob das, was ich will, überhaupt existiert«, sagte ich, »aber das ändert nichts an der Tatsache, daß ich es will, und ich bin sicher, daß ich nicht der einzige bin. Und rede nicht so laut«, fügte ich hinzu. »Ich will, daß er ruhig bleibt, bis ich zu ihm komme.«

Er sah ein, daß das Spiel entschieden war. Er verstand jetzt und stieg in den Wagen. Als er ihn anließ, sagte er: »Ich fahre nicht nach Hause. Ich bin in Zimmer 202. Ruf mich sofort an, wenn du fertig bist, dann frühstükken wir zusammen. Gute Nacht und viel Glück.«

*

Als ich beobachtete, wie Stevenson davonfuhr, und mich darauf vorbereitete, nach oben zu Spavento zu gehen, fragte ich mich, ob wenigstens diejenigen, die sich sehr nahestehen und ein angenehmes Leben haben, etwas besser verstehen, was es bedeutet, ein Leben auf widerliche Art und Weise zu ruinieren und zu beenden. Oder ob sie vielleicht vergessen haben, was diese tödliche Krankheit, die wir Verzweiflung nennen, wirklich bedeutet.

Gott sei Dank haben jetzt endlich so viele Leute, auch gute Leute, nach den furchtbaren Schrecken des Krieges eine so sichere Lebensgrundlage, daß sie sich vielleicht gar nicht mehr vorstellen können, mit dem Gesicht zur Wand zu stehen und keinen Ausweg zu haben. Aber ich war zur Polizei gegangen, um die Schwachen zu schützen -- aus der gleichen Geisteshaltung heraus, aus dem Freiwillige auch in anderen Bereichen arbeiten --, nur daß es bei mir kein Krankenhaus, sondern die Straße war.

Wenn man sich um das Böse kümmern will, dann muß man mit ihm leben und es kennen. Bei meiner Arbeit hat man überhaupt keine Chance, etwas zu vernichten, was man nicht kennt, dessen Sprache man nicht sprechen kann. Der Spielraum ist sehr gering, und folglich ist das Risiko, korrumpiert zu werden, sehr groß.

Ich liebte Dora, nicht nur wegen ihrer Schönheit, sondern weil ich mich schämte, daß wir ihr erlaubt hatten, so tief zu sinken. Und darum war ich sicher, daß ich nach menschlichem Recht wenigstens als der Beschützer handelte, den sie hätte haben sollen, wenn ich jetzt zu Spavento hinaufging. Ich fühlte sogar, daß ich vielleicht einen Schritt in Richtung auf die Zeit machte, in der andere, ihre ähnliche Menschen vor einem Tod, wie sie und Betty Carstairs ihn erlitten hatten, geschützt werden könnten. Während meines eigenen Lebens würde ich immer zu spät kommen, aber ich fühlte, daß ich jenen Tag nicht aus den Augen verlieren durfte, an dem all dies anders sein würde, so daß wir Leuten nicht mehr länger nur Gerechtigkeit verschaffen würden, nachdem sie gestorben waren. Ich weiß, daß ich, wenn ich irgend etwas zu bestimmen hätte, ein Zentrum gründen würde, zu dem Leute kommen könnten, die um ihr Leben fürchten. Und diesen Leuten würde man sehr ernsthaft zuhören, man würde sich mit ihren Ängsten auseinandersetzen und sie analysieren. Und dann würde man daraufhin handeln, und den Leuten würde nicht nur erzählt werden, sie sollten abhauen und aufhören, der Polizei die Zeit zu stehlen.

*

Da war eine schwere Eisentür, die einst vor dem Feuer auf einer hohen Plattform am Ende einer Rampe Zutritt zum Fabrikgebäude gewährt hatte. Die Tür war verriegelt, aber stellte doch kein Problem dar, weil sie halb aus der Zementwand gerissen war und nur noch an den unteren Angeln hing. Ich überprüfte meine Pistole, bevor ich hineinging, und dann quetschte ich sie zwischen Bauch und Hosenbund. Den rechten Zipfel meines Jacketts schob ich hinten unter meinen Gürtel, so daß ich direkten Zugriff zu meiner Waffe hatte. Ich hatte große Angst. Ich ließ meine Taschenlampe aufblitzen und erkannte, daß das Treppenhaus vom Feuer zwar geschwärzt, aber doch intakt und aus Zement war. Eine Katze kreischte schrill und floh zu den zertrümmerten Toiletten, und ich ging die Stufen hoch, nicht langsam, aber konzentriert auf alle Geräusche achtend. Durch die verzogenen Fensterrahmen zwischen den Stockwerken leuchtete die Stadt blau und orange und erzeugte Geräusche wie ein geknebelter Mann, der zu sprechen versucht. Aber in meinem Innern sprach Dora wieder zu mir aus ihrem Heft aus der Empire Gate: »Als ich noch klein war, ungefähr acht oder neun, brachte uns mein Vater nach Spanien zurück, und ich verließ meine Eltern und wanderte umher, bis ich mich tief unten zwischen den Felsen in einem verlassenen Garten wiederfand, in dem Olivenbäume wuchsen. Dort war ein kleines Rinnsal, das aus dem Boden in ein Becken sprudelte, das kaum größer als ein Handspiegel war. Ich stützte meine Arme gegen den Rand und starrte hinein, und dabei fragte ich mich, was aus mir werden würde. Diesen Augenblick werde ich nie vergessen, denn ich glaube, daß meine Erfahrungen aus diesem Land kommen, aus dem ich teilweise stamme.«

Ich stieg noch ein Stockwerk höher, und auf dieser geschwärzten Treppe erklang auf einmal ihre verlorene Stimme in mir -- zum ersten Mal. Sie war hoch und klar -- zwar ungenau, aber so, als versuche sie, mir zu danken, als käme sie zu mir, um mir zu helfen, damit ihr geholfen werde.

Ich war mir sicher, sie war froh, daß ich sie gehört hatte, und flüsterte: »Dora, paß auf mich auf.« Ich fühlte ihr Lächeln in mir und wußte, daß sie für immer von dieser Erde erlöst war und daß ich ihretwegen alles gut überstehen würde.

*

Während ich die Stufen weiter hinaufschlich, dachte ich plötzlich, es wäre schön gewesen, wenn Dora meine Schwester Julie kennengelernt hätte. Ich habe Julie immer geliebt. Sie lebt außerhalb von Oxford, und sie ist alles, was mir jetzt noch an Familie geblieben ist. Denn ich wußte, wenn Dora Schwierigkeiten gehabt hätte und zu ihr gekommen wäre, sie hätte sie in den bequemen Sessel neben dem elektrischen Kamin im Wohnzimmer gesetzt und ihr eine Tasse Tee gemacht oder ihr genau wie Betty Carstairs einen Whisky eingegossen. Sie hätte Dora niemals Fragen gestellt -- das tat Julie nie --, und schließlich hätte Dora Julie als Frau vertraut und ihr alles erzählt, was sie sich von der Seele reden wollte, und Julie hätte ihr so geholfen, wie Betty es nicht gekonnt hatte, weil sie schon zu alt war, während Julie nur fünf Jahre älter war als Dora. Auf jeden Fall hatte ich das sichere Gefühl, daß Dora jetzt noch am Leben wäre, wenn die beiden sich nur rechtzeitig getroffen hätten, und dann hätte ich sie zu mir genommen. Aber in der Zwischenzeit hätte Julie sie in dem Schlafzimmer unterm Dach untergebracht, in dem ich während meiner seltenen Abwesenheit von der *Factory* immer schlief, und was ihren physischen Zustand betraf: Julie kannte in Oxford viele Spezialisten, weil sie während ihrer Freizeit -- sie arbeitete im Rathaus -- in den Krankenhäusern Büroarbeiten erledigte. Julie ist eine große, blühende Frau; eine nette, intelligente Frau, wie es sie heutzutage nur noch selten in Großbritannien gibt, und sie ist auch meine reizende Schwester. Wir haben uns immer sehr nahegestanden -- und wir hätten Dora retten können, aber jetzt war es zu spät.

Was hatte Dora sonst noch gesagt? »Wir sind alle erschaffen worden, um das zu geben, was wir haben. ('Habe Geduld mit mir, Liebling', hatte sie geschrieben, 'nur so lange, bis ich meinem Ende entgegensehen kann. Das wird für mich eine Erlösung sein, aber ich glaube nicht, daß du das verstehen kannst.') Ich habe mich immer vor den großen Fragen gefürchtet, und jetzt bedrängen sie mich, jetzt, wo ich bereit bin, meinen plumpen, kranken Körper zu verlassen. Und jetzt bete ich nur, daß, während ich mich vorbereite, nichts, aber auch gar nichts von mir übrigbleibt. O bitte, ich habe nur den einen Wunsch: vollständig zu verschwinden. Ist das möglich?«

Wir alle sind viel zu weit voneinander entfernt. »Denn eines Nachts«, schrieb sie, »kam Jesus im Traum zu mir, er war aus Stein gemeißelt und ganz in Weiß, und er erzählte mir, daß es jetzt Zeit für mich sei zu fliegen, meine Flügel wieder zurückzunehmen, die ich eine Zeitlang zur Seite gelegt hatte, und in mein Land zurückzufliegen. Er sagte mir, daß sei schon richtig so und streckte mir seine Hand entgegen, und ich ergriff sie. So eine Hand wie seine hatte ich noch niemals vorher berührt und werde es auch nie wieder tun.« Sie ergänzte: »Ich habe den Mann geliebt, der mir nur Unrecht und Böses zugefügt hat, denn er war in noch tieferer Not als ich. Ich habe ihm nur wieder und wieder gesagt, versuche mir nicht weh zu tun. Aber er wird mir weh tun.«

Sie schloß: »Nachdem ich das verloren hatte, was ich einst für meine Ehre angesehen hatte, ging ich zuerst auf die Straße, um Geld zu dem Zweck zu verdienen, mir meine Ehre zurückzuerkämpfen. Aber ich verlor dort nur noch mehr davon. Aber dann habe ich gedacht, vielleicht gibt es in unserem Fall eine andere Ehre. Und ich vermute, daß ich wenigstens teilweise recht gehabt habe, denn nach einigen Jahren ist wenigstens das Gefühl wieder zurückgekommen. Sicher, es taumelte wie ein verwundeter Spatz zu mir zurück. Aber da sie so krank zu mir zurückkam, habe ich meine Ehre anders gesehen, als ich sie gesehen hätte, wenn ich sie niemals verloren hätte.«

*

Der Killer hatte mit dem Training aufgehört. Er stand bewegungslos, nackt bis auf die breiten Bänder, im schwachen Schein der Straßenbeleuchtung, sein Mund war etwas geöffnet. Er fragte sich, ob er nicht ein Geräusch im Treppenhaus gehört habe, ein leises Geräusch, das er zu dieser Stunde noch niemals zuvor gehört haben sollte, wenn er es wirklich gehört hatte -- er war sich noch nicht sicher. Die Schwarzen und auch andere aus dem Viertel randalierten in der Fabrik nur so zum Spaß, aber sie machten dabei immer viel Krach. Das hatte ihn nie gestört. Aber dies war ein leises, gleitendes Geräusch, das er gehört zu haben glaubte. Vielleicht war es nichts gewesen, aber wenn, dann konnte es nur zu einem Paar leiser, vorsichtiger Füße gehören.

Frauen! Seine alten Frauen! Manchmal kamen sie zurück, um ihm als Geist zu erscheinen. Manchmal war er sich ihrer leisen, toten Stimmen in der Stille bewußt, die ihn umgab. Er runzelte die Stirn bei dem Echo ihrer stammelnden Zeterei -- während sie starben. Wie Gallenflüssigkeit, die nach einer schlechten Mahlzeit die Kehle hochschießt, stieß ihm wieder die Erinnerung an eine Nase auf, die irgendwo in einem billigen Hotel in einen Schweppes-Aschenbecher getaucht wurde, während die Besitzerin starb. Diese Erinnerungen verfolgten ihn manchmal durch das Klappern von Frauenschuhen auf dem Bürgersteig, durch den Geruch ihres Parfüms und Schweißes, durch den Wahnsinn seiner Arbeit.

Plötzlich rülpste er. Er hatte gerade erst etwas von seiner Scheiße gegessen, die er in einer Baumwolltasche verwahrt hatte. Das war alles, was er sich erlaubte, wenn er im Training war. Er war unfähig, sich zu fragen, warum er es überhaupt machte, was es bedeutete oder was er sich außer dem vorzüglichen Zustand seiner Knochen, Gliedmaßen, seinem lockigen Haar, seiner ausgezeichneten, durchtrainierten Konstitution beweisen wollte. Er würde niemals verstehen, daß er für andere Menschen krumm und müde aussah, die Augen ausdruckslos und tot waren, sein Haar schmutzig, die nasse Hose peinlich. Seine endlosen Geschichten über sich selbst, die er im Pub erzählte, waren ehrlich gesagt verdammt langweilig für andere Zuhörer, und sein monotones Reden vom Tod, von Bestrafungen und davon, daß er eher einen Hund als eine Frau ficken würde, waren auch nicht gerade das, was die meisten Leute hören wollten, wenn sie in die Kneipe kamen, um ein Glas zu trinken.

Der Killer lauschte, was auf der Treppe passierte. Er fühlte sich plötzlich müde und hatte große Schmerzen wie nach der letzten Übung mit dem Rad. Denn jetzt war zufällig und uneingeladen dieser schreckliche Vogel gekommen, um in ihm zu nisten und zu leben. Er war jetzt sogar noch dunkler und machte es sich in ihm noch anmaßender gemütlich als beim ersten Mal, und er benahm sich in ihm, in jedem Teil von ihm, provokativ und überlegt. Er drehte sich und hüpfte immer neugieriger und aggressiver in ihm herum, breitete seine schmierigen, giftigen Schwingem mit ihrem grünen und roten Glanz so aus, wie es ihm paßte, und wütete mit seinem räuberischen Schnabel in seinen Innereien. Die Anwesenheit des Vogels erschöpfte den Killer, nahm ihm seine Kraft, Beweglichkeit und

Schönheit. Geschockt wartete er, furchtsam starrte er die Tür an, während der Vogel in seinem Innern -- unabhängig von ihm -- machte, was er wollte. Sogar mit der Quickhammer in der Hand hatte er die kalte, verschwommene Gewißheit, daß er diesmal nicht handeln würde, wenn irgend etwas geschehen würde. Den ganzen Tag über hatte er sich beobachtet gefühlt, und obwohl er sich einredete, daß er so schnell, fit, vorbereitet und gut wie immer sei, fühlte er im Innern, daß er, da die Hälfte seines natürlichen Zwecks, der sich zwischen seinen Beinen befand, zerstört war, vielleicht scheitern, versagen und sterben würde.

*

Früher hatte ich gedacht: Wie konnten Suarez und Spavento nur glauben, daß zwischen ihnen so was wie Liebe existierte?

Aber sie erklärte es mir mit etwas, was sie für ihn auf eine Papierserviette geschrieben hatte, die ich in ihrer Kiste in der Empire Gate gefunden hatte: »Trotz allem hast du mich immer angezogen -- ich weiß, daß wir uns gegenseitig helfen können.«

Aber alles, an was sich der Killer hin und wieder erinnerte, war der forsche Schlag seiner Axt, mit dem er ihren Arm an der Schulter abtrennte, als sie ihn zur Vernunft bringen wollte.

Während ich durch die Dunkelheit zu Spaventos Versteck ging, sprach Dora zu mir und sagte: »Es ist alles gut, ganz zum Schluß hielt ich Betty, und wir sahen uns, sogar durch das Feuer, und jetzt ruht sie sich aus.« Sie fügte hinzu: »Es ist wunderbar für uns, zu wissen, daß du uns liebst.«

Ich sagte: »Ich liebe dich.«

»Unsere Tür ist immer offen.«

»Sie zu finden ist das Problem.«

»Dort ist sie.«

»Ich wünschte, wir hätten uns getroffen, als wir noch Zeit hatten«, sagte ich.

»Es ist immer das gleiche«, sagte sie, »das passiert nie.«

»Warum nicht, Dora?«

Aber sie sagte nur: »Auf Wiedersehen und viel Glück«, genau wie Stevenson.

*

Als ich mich Spaventos Stockwerk näherte, sah ich, daß seine Tür offen war. Etwa zwei Meter über mir erschien sie als blasses Rechteck in der Schwärze, das von der Stadt dahinter beleuchtet wurde. Ich vergewisserte mich, daß die Waffe locker und leicht erreichbar in meiner Hose steckte, genauso wie ich es wollte, dann ging ich die letzten Stufen hinauf. Als Spavento mir aus irgendeiner Ecke in dem dunklen Raum zurief, daß er bewaffnet sei, antwortete ich: »Ich bin Polizist, und ich habe einen Haftbefehl für dich, also laß alles fallen, Junge, was du an Schußwaffen bei dir hast.«

»So läuft das bei mir nicht«, sagte Spavento und feuerte auf die Stelle, an der er mich vermutete.

Es war ganz sicher keine dieser Pistolen, mit denen man Falschspieler über einen Kaffeetisch hinwegpustet. Es war eine große Kugel. Sie prallte gegen einen Eisenträger kurz hinter mir. Teile verschwanden wimmernd in der Dunkelheit des ruhigen Stockwerks über uns und richteten viel Schaden an Glas und Mörtel an -- undefinierbares Zeug fiel, erzeugte Geräusche, prasselte und klirrte, bis es auf den Boden des Erdgeschosses fiel.

Ich zog meine Waffe nicht, sondern ging direkt in den Raum. Ich war in einem Zustand, in dem ich mir keine Sorgen machte. Ich fragte Spavento: »Hattest du's auf mich abgesehen?«

»Ich mach' dich fertig.«

»Nun, in dem Fall denk daran, daß ich bewaffnet bin«, sagte ich. Ich entsicherte die Pistole und sagte, so als würde ich zwei Leute bei einer Party vorstellen: »Dies ist eine Smith and Wesson. Kaliber 38.«

Er fragte. »Bist du Polizist?«

Ich antwortete: »Darling, in der Lage, in der du dich jetzt befindest, ist es egal, wer ich bin. Ich bin hier.«

»Warum?«

»Suarez«, sagte ich. »Carstairs.«

»Was willst du denn ihretwegen unternehmen?« fragte er und zielte in der Dunkelheit auf mich.

»Ich werde dich töten«, sagte ich. »Laß jetzt entweder die dumme Kanone fallen, oder schieß endlich. Mach schon, mach schon!« schrie ich. »Laß sehen, wer schneller ist, verdammt noch mal.« Er zielte auf mich, zögerte und drehte sich dann halb zur Seite. »Gut«, sagte ich, »wenn du sie nicht abfeuerst, dann wirf das verdammte Ding auf den Boden. Los, ich habe nicht die ganze Nacht Zeit.«

Er ließ die Quickhammer auf den Boden fallen. »Ich habe Dora geliebt«, sagte er. »Ich konnte sie nicht allein lassen.« Mit einem Anflug scheuen Stolzes fügte er hinzu: »Sie hat mich natürlich auch geliebt.«

»Ich weiß«, sagte ich. »Den Beweis dafür habe ich im Leichenschauhaus gesehen, laß uns nicht weiter darüber sprechen.«

Ich ging weiter in seine Richtung. Zum erstenmal bemerkte ich, wie sehr er und der Raum stanken. »Was sollen diese Teller dort auf dem Boden?« fragte ich.

Er sagte: »Das ist kein Geheimnis. Ich habe dort ihre Köpfe draufgestellt, so daß sie mich beobachten konnten, während ich mich bestraft habe.«

»Wie viele?« fragte ich.

»Zehn. Vielleicht zwölf. Ich bin mir nicht sicher.«

»Was ist mit den Köpfen passiert, wenn sie es schließlich leid waren, dich zu beobachten?« fragte ich ihn.

»Nun, du kannst dir vielleicht vorstellen, wie das ist«, sagte er. »Unter uns gesagt, sie fingen an, so fürchterlich zu stinken, daß ich sie wegschmeißen mußte. Schade, aber so ist es nun mal.«

»Laß uns Richter, Geschworene und Angeklagter auf einer freundlichen Basis sein«, bemerkte ich, »schließlich sind wir alle in demselben Raum, also laß uns eine Minute plaudern, bevor gehandelt wird.«

Er schien nichts dagegen zu haben, sondern sagte nur: »Entschuldige, wenn ich einen Augenblick meine Eier halte. Ich blute dort sehr stark.«

Ich beachtete ihn nicht. Ich stocherte mit meinem Pistolenlauf in einem Haufen schmutziger Lumpen herum. Schließlich fragte ich: »Was machen all diese dreckigen, alten Unterhosen hier?«

Er sagte: »Das sind meine Souvenirs. Weißt du, so eine Art Photoalbum. Manchmal, wenn ich in Stimmung bin, dann schnüffle ich daran herum. Hin und wieder gehe ich sie der Reihe nach durch, sie erinnern mich an Dinge, die vorüber sind.«

»Du hättest dich behandeln lassen sollen«, sagte ich, »aber jetzt ist es zu spät dafür.« Scharf fügte ich hinzu: »Steh auf.« Spavento hatte sich auf die Lumpen gesetzt, die sein Bett waren. Dort hatte er die Beine gespreizt und mit den Fingerspitzen das Blut aus dem Schritt seiner grauen Jogginghose gestrichen, daran gerochen, es betrachtet, sogar daran geleckt. Aber das matte Licht fiel immer noch auf die Quickhammer, die für meinen Geschmack zu nah bei ihm lag. Diesmal lauter, sagte ich noch einmal zu ihm: »Ich sagte, steh auf.«

Mit der Geschwindigkeit einer Schlange bewegte er sich auf die Quickhammer zu. Ich zielte auf sein Herz und sagte: »Vergiß es, Tony, du kannst nicht gewinnen.«

»Hast du gar keine Angst, daß dich Dum-Dum Nummer zwei erwischt?«

»Nein«, sagte ich, »das habe ich nicht. Steh jetzt auf.«

Als er stand, sagte ich: »Heb jetzt deine Kanone auf. Los, heb sie auf.«

»Warum?« fragte er.

Ich sagte: »Stell keine Fragen, tu was ich dir gesagt habe.«

Er hob die Waffe auf, und ich sagte: »Ich will, daß du die Kanone jetzt sehr fest hältst, Tony.« Sobald er das tat, sagte ich: »Jetzt könntest du sie auf mich abfeuern, nicht wahr?« Ich sagte: »Du wärst tot, bevor du noch abdrücken könntest, aber du könntest einen sportlichen Abgang haben.«

Er sagte nichts, darum sagte ich: »Hier ist jetzt deine zweite Chance -- wirst du versuchen, mich damit zu töten?«

Er antwortete: »Nein.«

»Gut«, antwortete ich. »In dem Fall kannst du die Kanone hinlegen, wenn du willst. Schmeiß sie in irgendeine Ecke, das ist gut so, und dann bist du dran.«

Er warf sie weg. Der entsetzliche Krach, den die Pistole dabei auf dem Betonboden erzeugte, war ein scharfer Kontrast zu unseren leisen Stimmen und dem schwarzen, ruhigen Raum.

»Gut«, sagte er. »Und was jetzt?«

Ich sagte: »Gut, geh jetzt rüber zum Fenster, damit ich schießen kann.«

Er ging hinüber. »Noch eins«, sagte er.

»Hast du noch einen Wunsch?«

»Zwei«, sagte er. »Erstens, sieh dir nicht mein Geschlechtsteil an.«

»Gut«, sagte ich. »Wenn das dein Wunsch ist, dann dreh dich doch mit dem Rücken zu mir, dann werde ich dir diese schönen, neuen Fahrradschuhe rüberwerfen, und du kannst dich mit denen bedecken. Binde sie einfach an den Gürtel, den du über deinem Bauch trägst.« Als er fertig war, sagte ich: »Gut. Und was noch? Sei nicht zu gierig.«

Er sagte: »Nein, mach es nur schnell, bevor ich Zeit zum Nachdenken habe.«

»Gut«, sagte ich. Ich hatte schon auf ihn gezielt, darum feuerte ich sofort und machte Schluß mit ihm. Meine Kugel traf ihn oben links in der Brust mit dem zusätzlichen Donnern, das alle lauten Geräusche in Zementgebäuden begleitet. Das Gesicht des Killers nahm einen strengen, starren Ausdruck an, als wäre er hereingekommen und hätte seine Frau zusammen mit seinem Bruder im Bett erwischt. Seine rechte Hand, die schon für den Bruchteil einer Sekunde tot war, schlug auf die Wunde, während er sich durch die Kraft der Kugel nach hinten drehte, als tanze er einen Tango doppelt so schnell, wie die Musik ihn spielte. Dann knallte er gegen eine Wand und fiel mit dem Gesicht nach unten auf allen Vieren in einer hockenden Stellung auf den Boden wie ein Läufer, der plötzlich träge geworden war. Eine Sekunde lang kritzelten seine Finger eifrig im Schmutz herum, so als versuchten sie zu schreiben. Als ich ihn mit meiner Taschenlampe anleuchtete, um zu sehen, ob er noch eine Nachbehandlung brauchte, hörten sie auf.

Ich nahm das Magazin aus der Pistole und ließ es zusammen mit der 38er in meine Taschen fallen. Ich fühlte nichts.

Ein unerfahren aussehender, junger Sergeant in Uniform vom örtlichen Revier erschien im Eingang, gefolgt von zwei anderen Polizisten, und eilte zur Leiche hinüber, um sie sich im Schein einer Taschenlampe anzusehen. Als er genug hatte, stand er auf, wandte mir sein Gesicht zu und fragte: »Sie?«

»Richtig«, sagte ich.

»Sind Sie Polizist?«

»Ja«, sagte ich. Ich zeigte ihm meinen Dienstausweis.

»War es Notwehr?«

»Die Fakten werden für sich sprechen.«

»Haben Sie den Schuß mit einer Dienstwaffe abgegeben?«

»Nein«, sagte ich. »Ich habe mit meiner eigenen Waffe geschossen.«

Er sagte: »Ich verstehe.« Er streckte seine Hand aus. »Ich fürchte, ich muß Ihre Waffe mitnehmen.«

Ich gab sie ihm. »Aber vergessen Sie nicht die 9mm in der Ecke«, sagte ich.

»Die anderen sind auf dem Weg hierher.« Er räusperte sich und sagte: »Ich fürchte, Sie werden mit uns runterkommen müssen.«

Also steckte ich die Hände in die Taschen und folgte dem Sergeanten nach unten in den strömenden Regen. Der Morgen des ersten März dämmerte herauf, eine Zeit der Stürme, und von Osten blies fast ein Orkan die Themse herauf. Zum erstenmal, seit ich mir mit sechzehn beim Fußballspielen den Arm gebrochen hatte, hatte ich Tränen in den Augen. Aber die Tränen waren nicht für mich -- sie waren für die gerechte Wut der Menschen.

BLACK LIZARD BÜCHER
BACKLIST

 # 00 CRIME ANTHOLOGIE 1, Hrsg. Ed Gorman, X, 347 S., DM 24,80
»Insgesamt ein wohlgeratenes, literarisch überraschend niveauvolles Werk...« DEUTSCHLANDFUNK

 # 01 TÖDLICHE INJEKTION, Jim Nisbet, 146 S., DM 16,80
»Weder Norman Mailer noch Truman Capote haben in ihren Beschreibungen von Hinrichtungen eine derartige Intensität erzeugen können, wie dies Nisbet gelungen ist...« DIE WELT

 # 02 KEIN GLÜCK IN L.A., Murray Sinclair, 217 S., DM 19,80
»Gewisse Ähnlichkeiten mit den Protagonisten eines Raymond Chandler sind dabei nicht rein zufällig.« HAMBURGER ABENDBLATT

 # 03 LEBEN IM VAKUUM, Peter Rabe, 142 S., DM 16,80
»...düster und überzeugend...« ESQUIRE

 # 04 SCHWERE KÖRPERVERLETZUNG, Ted Lewis, 229 S., DM 21,80
»...Lewis gebührt ein Platz ganz oben in der Rangliste...«
DEREK RAYMOND

 # 05 ICH WAR DORA SUAREZ, Derek Raymond, 220 S., DM 21,80
»...Raymond ist der legitime Nachfolger des unvergleichlichen Ted Lewis, rabiat, frontal, zynisch, vulgär...« PRINZ

BLACK LIZARD CRIME CLUB

Clubspezialausgaben aller Black Lizard Bücher
Mitglieder-Leserforum: Mitbestimmung über Programm, Crime-Infos.
Poster, T-Shirts, Extras.
Für weitere Informationen:
Black Lizard Crime Club
Kurfürstenstr. 23
D-1000 Berlin 30